LUCIEN THÉORÊT

Héros de la Révolution tranquille

JEAN-FRANÇOIS SOMAIN

LUCIEN THÉORÊT

Héros de la Révolution tranquille

ROMAN

MARCEL BROQUET
La nouvelle édition

Catalogage avant publication de Bibliothèque et Archives nationales du Québec
et Bibliothèque et Archives Canada

Somain, Jean-François, 1943-

Lucien Théorêt : héros de la Révolution tranquille

(Collection La Mandragore)

ISBN 978-2-923715-26-1

1. Théorêt, Lucien - Romans, nouvelles, etc. I. Titre. II. Collection: Collection La Mandragore.

PS8587.O434L82 2010   C843'.54   C2009-942758-3

PS9587.A434L82 2010

Pour l'aide à la réalisation de son programme éditorial, l'éditeur remercie
la Société de Développement des Entreprises Culturelles (SODEC), ainsi
que le Conseil des Arts du Canada.

Marcel Broquet Éditeur
55 A, rue de l'Église, Saint-Sauveur (Québec) Canada J0R 1R0
Téléphone : 450 744-1236
marcel@marcelbroquet.com • www.marcelbroquet.com

Révision : Maryse De Meyer et Frederick Letia
Photo de la couverture : John Evans Photo Ltd.
Illustration de la couverture : Roger Belle-Isle
Mise en page : Roger Belle-Isle

Distribution :

PROLOGUE

1650, Boulevard Lionel-Bertrand
Boisbriand (Québec) Canada J7H 1N7
Téléphone : 450 434-0306 • Sans frais : 1 800 363-2864
Service à la clientèle : sac@prologue.ca

Distribution pour l'Europe francophone :
DNM Distribution du Nouveau Monde
30, rue Gay-Lussac, 75005, Paris
Tél. ; 01.42.54.50.24 • Fax ; 01.43.54.39.15
Librairie du Québec
30, rue Gay-Lussac, 75005, Paris
Tél. ; 01.43.54.49.02
www.librairieduquebec.fr

Diffusion – Promotion :

Phoenix alliance

r.pipar@phoenix3alliance.com

Dépôt légal : 2ᵉ trimestre 2010
Bibliothèque et Archives nationales du Québec
Bibliothèque et Archives nationales Canada
Bibliothèque nationale de France
© Marcel Broquet Éditeur, 2010

Jean-François Somain – Bibliographie

Le plus bel amour du monde, récit, Éditions du Vermillon, Ottawa, 2008.

La visite de l'atelier, essai, collection Écrire, éditions Trois-Pistoles, 2008.

Une *fille sur le pied de* guerre, roman, Éditions du Vermillon, Ottawa, 2007.

Envie de vivre, roman, éditions de la Paix, 2006 (Prix Excellence 2006).

La vie, sens unique, roman, Éditions du Vermillon, Ottawa, 2005.

Tranches de soleil, roman, Éditions du Vermillon, Ottawa, 2003.

L'Univers comme jardin, roman, collection « L'Aventure »,
Éditions du Vermillon, 2002.

Le ballon dans un cube, récits et nouvelles,
Éditions du Vermillon, Ottawa, 2001.

La naissance du monde, roman, Éditions Pierre Tisseyre, 2000.

Un baobab rouge, roman, Éditions du Vermillon, Ottawa, 1999

Le jour de la lune, roman, Éditions du Vermillon, Ottawa, 1997.

Karine, roman, Éditions Pierre Tisseyre, 1996.

Une affaire de famille, roman, Éditions du Vermillon, Ottawa, 1995.

Le soleil de Gauguin, roman, Éditions Pierre Tisseyre, 1993.

La vraie couleur du caméléon, roman, Éditions Pierre Tisseyre, 1991.

La nuit du chien-loup, roman, Éditions Pierre Tisseyre, 1990.

Vivre en beauté, roman, Éditions Logiques, 1989.

Dernier départ, roman, Éditions Pierre Tisseyre, 1989.

Sous le nom de Jean-François Somcynsky :

Sortir du piège, roman, Éditions Pierre Tisseyre, 1988.

Les visiteurs du pôle Nord, roman, Éditions Pierre Tisseyre, 1987
(Prix Louis-Hémon de l'Académie du Languedoc).

Un tango fictif, roman, Éditions Naaman, 1984.

J'ai entendu parler d'amour, nouvelles, Éditions Asticou, 1984.

La frontière du milieu, roman, Éditions Pierre Tisseyre, 1983
(Prix Esso du Cercle du Livre de France).

Vingt minutes d'amour, roman, Éditions Pierre Tisseyre, 1983.

La planète amoureuse, roman, Éditions Le Préambule, 1982.

Trois voyages, poèmes, Éditions Asticou, 1982.

Peut-être à Tokyo, nouvelles Éditions Naaman, 1981.

Les incendiaires, roman, Éditions Pierre Tisseyre, 1980.

Le diable du Mahani, roman, Éditions Pierre Tisseyre, 1978.

Les grimaces, nouvelles, Éditions Pierre Tisseyre, 1975.

Encore faim, roman, Le Cercle du Livre de France, 1971.

Les rapides, roman, Le Cercle du Livre de France, 1966.

SITE INTERNET : www.jfsomain.ca

« À tous ces amis et amies des années soixante,
qui, tout comme moi, ont vécu leur jeunesse durant
la Révolution tranquille, et que j'ai perdus de vue,
pour la plupart, chacun suivant son destin et son chemin,
et à qui j'ai souvent pensé chaleureusement
et avec nostalgie en écrivant ce roman. »

JEAN-FRANÇOIS SOMAIN

On a l'enfance
qui nous tombe dessus

Lucien Théorêt père craignait Dieu, votait pour Monsieur Duplessis et connaissait le bonheur lorsque Maurice Richard marquait un but pour les *Canadiens*. Dans une vie autrement exemplaire, sa seule erreur fut peut-être d'engendrer Lucien Théorêt fils. Il avait toutefois conçu son rejeton dans des circonstances particulièrement exaltantes, quand il s'attendait encore, quoique fraîchement marié, à être appelé à se joindre à l'armée canadienne qui allait libérer l'Europe. Et puis, si Lucien fut un déviant, toutes les mutations ne sont pas nécessairement nocives.

Lucien naquit le jeudi 22 février 1945 dans un village de la Mauricie dont on ne mentionnera pas le nom, puisqu'il n'a pas songé à consacrer un monument ou une petite plaque au plus illustre de ses enfants. Il vit le jour en pleine nuit, ce qui explique qu'il soit resté quelque peu déboussolé, tout en se montrant souvent bien débrouillard. En date du 22 février 1942, l'extrait de baptême constitue un faux, maquillé à une époque où les jeunes gens devaient se vieillir pour franchir le seuil de la Régie des Alcools. Ce document n'a jamais été utilisé, en raison de la timidité qui retenait encore Lucien de trop s'écarter du droit chemin. Son jour de naissance le plaçait sous les bons auspices du Poisson. Des mal-pensants en ont parfois profité pour le traiter de tel, ce qui représente un abus du zodiaque. Il serait plus généreux d'attribuer à son signe son étonnante facilité à se faufiler à travers les pièges du destin.

Que dire de la première enfance de Lucien ? Quand il pleurait la nuit et que ses cris réveillaient son père, qui réveillait sa femme, qui apportait son biberon à l'enfant, on voyait à quel point Lucien faisait l'unité de sa famille. Le gros bébé rose apprit assez tôt à maîtriser sa vessie. Bien que ses boyaux aient été plus persistants à maintenir leur indépendance, son passage du stade oral au stade anal, si on croit encore en ces choses-là, ne laissa pas de marque. Il traversa les labyrinthes de l'Œdipe sans difficulté et sans lésion psychique ; ceci, en admettant que ce complexe ait bel et bien existé. À l'école primaire, plusieurs professeurs et professeures trouvèrent Lucien vaguement brillant ; d'autres ne semblèrent remarquer chez lui qu'une propension à arriver en retard aux cours de l'après-midi.

La confirmation de Lucien fut remarquable, mais jamais il ne le sut. C'était le mercredi 4 mars 1953. Il avait huit ans. Rien n'étant trop beau pour un enfant qu'on aime, malgré son âge tendre, on avait voulu profiter de la première tournée du nouvel évêque dans la région. Deux vieux amis de la famille devaient lui servir de parrain et marraine. Les Lagacé arrivèrent vers cinq heures avec leurs bons sentiments habituels, un regard curieux sur les préparatifs du repas qui suivrait la cérémonie, et leur fille Yvonne, qui elle aussi devait recevoir le sacrement. Après les commérages coutumiers, les commentaires sur l'horoscope de la journée, les remontrances aux enfants qui avaient chiffonné leurs vêtements, la crise de nerfs pour une agrafe qu'on ne retrouvait pas, le groupe finit par s'installer dans l'église du village peu avant le début du spectacle.

Les chuchotements qui remplissaient la nef cessèrent à l'arrivée d'un bedeau qui inspecta les lieux, s'agenouilla plusieurs fois, contempla l'autel et la foule, puis disparut. À l'orgue, l'émouvante improvisation d'une maîtresse d'école qui croyait suivre sa partition. On sentait que le Saint-Esprit viendrait faire son petit tour dans ce coin de la Mauricie. La messe se disait encore en latin et un sentiment grandiose imprégnait l'assistance. Mieux encore que de la religion, c'était de la magie. Des femmes se scrutaient avec un manquement bénin à la charité. Des hommes maugréaient contre l'heure tardive, choisie en fonction de l'horaire chargé de l'évêque. D'autres regardaient les images sur les murs, un étalage de livres pieux, le grand slogan fraîchement peint : DOMINUS DEUS NOSTER - DOMINUS UNUS EST. On surveillait aussi les cachotteries habituelles des enfants.

Alors apparut l'homme déguisé en évêque. Fascinée, Mme Lagacé se rappela le dernier *Attila* filmé par un cinéaste italien après un séjour à Hollywood. Le nouveau venu se mit à asperger la foule, ce qu'on voit aussi dans les documentaires sur les carnavals dans les vieux pays. Toutefois, au lieu de rire et de chanter, les gens se signaient, copiant nos aïeux du Moyen Âge quand ils croyaient rencontrer le diable. Aussitôt après, la voix grave et lente du prélat résonna dans la salle et dans les cœurs :

– Mes enfants, vous avez tous été faits enfants de Dieu. Cette date doit demeurer gravée en vous, comme celle où l'on vous a arrachés à la faute originelle pour vous placer dans le giron de votre nouvelle mère, l'Église. Aujourd'hui, vous allez tous être confirmés. Et, en vérité je vous le dis, ce jour de votre naissance spirituelle doit être pour vous plus mémorable encore que celui de votre baptême.

Mme Théorêt, qui avait oublié la date de baptême de son fils unique, se promit bien de se rappeler celle-ci.

– Dieu, de là-haut, vous regarde toujours. Le bon Dieu, c'est Quelqu'un qui s'occupe de vous. Personne, je vous le dis, ne peut prétendre qu'ayant fait appel au Seigneur, le Seigneur lui ait refusé Son aide. Quand cela arrive, c'est que l'on a manqué d'espoir. Je dirai même que, si quelqu'un a des problèmes insolubles, c'est de sa faute, parce que sa foi n'est pas assez forte. Car Dieu est notre Père et nous sommes Ses enfants. DIEU NOUS AIME. Cette phrase doit toujours nourrir votre prière et votre vie.

En entendant parler de nourriture, Mme Théorêt, sacrilège véniel, laissa glisser ses pensées vers le repas du soir. Y aurait-il assez de poulet ?

Avait-elle mis assez de persil dans sa salade ? Trois bancs en avant, le sermon commençait à troubler Mme Lagacé.

– Dieu est amour, affirme saint Jean. Dieu s'occupe de nous, Dieu est amour, Dieu nous aime, voilà tout le mystère chrétien. Le reste est sans importance. Si tous les hommes comprenaient cela, il n'y aurait plus de guerres, il n'y aurait plus de chicanes, il n'y aurait plus d'injustices. Il y aurait l'Église, l'Église serait partout, et nous sommes l'Église. Aujourd'hui, mes enfants, la lumière descendra sur vous. Aujourd'hui, vous comprendrez le mystère chrétien. À partir de ce soir, l'Église devra vous considérer comme des grandes personnes, je dirais même comme des adultes.

Mme Lagacé joignit ses mains dans une prière inquiète, sentant que l'évêque, de façon détournée, voulait lui rappeler qu'elle ne s'était pas confessée depuis Noël.

– Si on veut comprendre quelque chose à notre sainte religion, il faut comprendre que nous allons à Dieu par amour, car la religion catholique est une religion de l'amour.

Il y avait sans doute là quelque chose d'immensément grave et profond sur quoi il convenait de méditer, mais ces jongleries sur l'amour accroissaient le trouble de Mme Lagacé, dont les pensées devenaient gentiment lubriques.

– Saint Paul aime à répéter dans ses épîtres que nous sommes des voyageurs. Ce n'est pas une marotte. Ce n'est pas une figure de style. En vérité, nous sommes des voyageurs. Nous voyageons sur la terre et dans la vie. Nous rencontrons des obstacles. Quand vous faites face à des misères, souvenez-vous que vous n'êtes pas seuls au monde. Souvenez-vous qu'il y a Quelqu'un qui vous aime et qui est prêt à entendre votre appel.

L'évêque, qui croyait visiblement en tout ce qu'il disait, réglait de sa voix les frissons des spectateurs.

– Aussi vrai que le tabernacle de cette église contient le vrai corps du Christ...

La force de la foi imprégnait chaque phrase, les musclant spirituellement. Chacun se sentait fier de confier son enfant à une institution aussi admirable.

– Au moment de l'adolescence, lorsque le Saint-Esprit vient sur vous pour s'emparer de votre esprit...

M. Théorêt sortit son mouchoir pour éponger quelques sueurs d'émotion. Son voisin, se méprenant sur son intention, prit les devants et toussa. Deux dizaines de gorges lui firent écho. L'évêque eut la bonté d'attendre, puis entama sa péroraison :

– Quand Dieu nous parle, il faut avoir la capacité de L'entendre. Voilà l'effet du baptême, mes enfants. Ainsi, quand Notre Seigneur dit à Pierre : « Viens, tu ne seras plus simple pêcheur de poissons, tu seras pêcheur d'hommes », Pierre comprend. Mais vous savez que cela n'est pas suffisant. Ainsi, quand Jésus tomba dans les mains des Romains, les soldats demandèrent à Pierre s'il connaissait le Seigneur, et Pierre répondit qu'il ne Le connaissait pas. Le coq chanta une fois. Le coq chanta une deuxième fois. Mes enfants, mes enfants, le coq chanta une troisième fois. Et Pierre renia encore son Maître, et se cacha. Pourquoi, pourquoi ? C'est que Pierre était peureux. C'est que Pierre n'avait pas été confirmé.

Les yeux écarquillés, paralysée par une délicieuse culpabilité, Mme Lagacé attendait la suite de l'histoire.

– Jésus revint ensuite vers Ses disciples. Et, après la Pentecôte, Pierre s'en alla convertir les païens en terre étrangère, affrontant tous les dangers. Que s'était-il passé, mes chers enfants ? C'est que Pierre n'était plus peureux. Entre-temps Pierre avait été confirmé.

Mme Lagacé n'entendait plus. Immobile, en extase, frappée par la grâce, elle affichait l'air béat des vaches qui vous regardent au bord des routes. L'évêque expliqua les autres bienfaits de la confirmation. Au bout de son allocution, de son souffle et de son inspiration, il enleva son chapeau pour signifier qu'il avait fini. Les gens se signèrent, tellement émus qu'ils en oublièrent d'applaudir le prélat.

L'évêque posa ses gants sur le dossier d'une chaise. Ils tombèrent. Un enfant de chœur s'empressa de les ramasser. Personne ne comprit ce symbole fatal. Comme il y avait beaucoup d'enfants, on les faisait passer par ordre alphabétique. Quand l'évêque levait les mains et demandait au Saint-Esprit de descendre sur un enfant, ce que l'Esprit Saint faisait aussitôt, Mme Lagacé pensait qu'il était le plus bel homme qu'elle ait jamais vu. Elle le sentait s'approcher d'elle, de plus en plus proche, lui parlant d'amour, et leurs corps se collaient dans une étreinte mystique.

Un cantique s'éleva : « Nous sommes en Toi, nous sommes en Toi ». Des spasmes exquis gagnaient Mme Lagacé. Obnubilée par la silhouette multicolore de l'évêque qui fonçait sur elle et la pénétrait, elle ne savait plus qui se trouvait à sa gauche, qui à sa droite. L'hymne continuait. Même M. Théorêt, courageusement, essayait de chanter.

L'évêque tenait près de lui cette huile miraculeuse dont l'Église garde jalousement la recette et qui éclaire l'intelligence des enfants. Il marmonnait des formules magiques et leur donnait des petites tapes sur les joues, heureux de fournir de nouveaux soldats au Christ. Déjà on appelait ceux dont le nom commençait par un S. Déjà on en était aux T.

Par trois fois on nomma Lucien Théorêt. Mme Lagacé entendit l'appel à travers le brouillard de son transport sacré. Une intervention spéciale du Saint-Esprit, dissipant son émotion, elle saisit la main de l'enfant assis à sa droite. Celui-ci résista, mais un pincement à l'oreille l'aida à avancer sagement vers l'évêque qui lui sourit, le bénit, lui tapota la joue et le laissa aller. M. Théorêt choisit ce moment pour essuyer ses lunettes. Mme Théorêt, aveuglée par les larmes, ne pouvant voir ce qui se passait, remerciait les anges d'avoir eu la bonté de sauver son fils des maux énumérés par l'évêque. Quant à Lucien, placé à la gauche de Mme Lagacé, il observait sans rien y comprendre le petit garçon qu'on confirmait pour la seconde fois.

De retour à son banc, Mme Lagacé sombra à nouveau dans l'extase. Elle se voyait dans un nuage d'amour, d'évêques, d'orgues, d'autres évêques, de prières, de chaleur, de grâce, et d'autres évêques encore. Comme une automate, oubliant qu'elle ne s'était pas confessée, elle alla recevoir l'hostie des mains de son idole. Réveillée par un début d'activité digestive, elle crut sentir que quelque chose avait mal tourné. Toutefois, convaincue que jamais le Dieu qui nous aime et nous donne de si beaux évêques n'aurait permis la moindre erreur en une telle occasion, elle s'en remit à la Providence et se persuada rapidement d'avoir bien conduit son nouveau filleul au sacrement. Quant à Lucien, qui n'avait pas vraiment compris la raison de la cérémonie, ce qu'on ne saurait lui reprocher, il eut tôt fait d'oublier cette journée.

Le lendemain de la confirmation ratée de Lucien, à l'autre bout de la terre, à la suite de manœuvres douteuses, Staline mourait. En raison, peut-être, de la négligence de Mme Lagacé, sa fille Yvonne, quoique dûment confirmée, tourna mal et finit par épouser un militant du Mouvement laïque de langue française. Et les parents Théorêt, coupables d'un manque de surveillance, eurent la douleur de voir leur fils s'engager dans une voie différente de celle qu'ils auraient souhaitée.

Pour commencer, après la cérémonie, une nuit sur trois, pendant trois semaines, Lucien mouilla son lit. Ses études s'en ressentirent et il prit l'habitude de somnoler durant ses cours de catéchisme, matière en laquelle il finit toutefois par exceller. Même s'il grandissait comme tous les enfants, c'est-à-dire au hasard, on pouvait déceler dans bien des événements l'abandon spirituel que le sacrement en question aurait dû lui éviter.

Rappelant la troublante rencontre des destinées de Staline et de Lucien, trois ans après le jour fatal, Nikita Khrouchtchev lançait sa première attaque contre l'oncle Joseph afin de stupéfier le monde, de proclamer la vérité et de se débarrasser de quelques collègues gênants. Curieusement, c'est à partir de cette date que Lucien refusa de manger des bananes, et cela dura jusqu'en 1960, lorsque la Conférence des Partis frères fournit aux délégués chinois l'occasion de faire de nouveau l'éloge du défunt Petit Père des Peuples. Lucien croyait mettre fin à son caprice dans le but de reprendre possession de son intégrité sexuelle, car des lectures de Freud et de Ferenczi, ou plutôt de leurs vulgarisateurs en vogue, lui avaient donné l'impression que son anti-bananisme cachait de sérieuses inhibitions. Les observateurs, qui aiment établir des parallèles entre le destin des individus et les hoquets de l'Histoire, remarqueront pourtant la coïncidence entre les manies alimentaires de Lucien et l'éclosion de la ligne maoïste. Si cette association peut sembler audacieuse, elle présage bien l'engouement futur de Lucien pour la révolution, ce qui, comment le nier, est du même ordre d'importance qu'aimer ou non les bananes.

Il est possible que Lucien ait eu quelques problèmes de croissance, une flopée de complexes agréables, plusieurs innocentes déviations discrètement cachées, mais pas à un degré plus élevé que d'autres adolescents. Il est difficile de remonter exactement à sa première découverte du sexe. À onze ans, il trouva parmi de vieux bouquins un traité d'harmonie conjugale qui avait servi jadis à M. Théorêt et à son épouse. Après lecture, exercices pratiques, confession et pénitence, ils l'avaient mis de côté, sans se résigner à le jeter, tellement il leur rappelait de bons souvenirs. Lucien le parcourut avec un intérêt vaguement scientifique, n'y comprit pas grand-chose, mais en rêva un peu et de travers jusqu'à sa dix-neuvième année, lorsqu'il apprit pour la première fois comment une femme était faite.

Le premier mai 1957, avec un déchirement du cœur, la famille Théorêt quitta la Mauricie pour n'y plus jamais revenir. Obscur assistant comptable dans une importante compagnie de papier, M. Théorêt venait d'être promu comptable non moins obscur dans les bureaux de la même firme à Québec. Mme Théorêt regretta surtout ses amies et leurs réunions hebdomadaires de petites médisances, mais Québec offrait de meilleures écoles pour son garçon. Quant à M. Théorêt, il ne regrettait aucune amie, l'adultère lui ayant toujours semblé une sorte de miracle qui n'arrivait qu'aux autres. Il appréhendait plutôt que Québec, au lieu d'un gros village confortable, ne fût une jungle semée d'embûches et de périls, ce qu'étaient les grandes villes dans les feuilletons populaires. Il ne prit guère de temps à découvrir que son rejeton n'avait rien à craindre des donzelles de la Terrasse ou des Plaines d'Abraham, qui ne prennent vie que dans les chansons. Il faut préciser qu'à cette époque, la prolongation de la virginité de Lucien constituait le but et le souci des parents Théorêt, sans pour autant exclure les autres facettes de son éducation.

Le déménagement n'affecta pas la santé morale ni physique de Lucien, protégé par une certaine tendance à ne pas comprendre ce qui arrivait autour de lui. Comment lui en tiendrait-on rigueur ? On sait bien à quel point tant d'événements, autour de nous ou loin de nous, et tant de comportements, chez nos proches ou chez des inconnus, sont totalement incompréhensibles. Il continua d'être bon troisième en classe, médiocre joueur de hockey et lecteur assidu de bandes dessinées américaines. L'insignifiance de sa physionomie et la lenteur de ses réactions garantissaient sa chasteté, abstraction faite de quelques attouchements solitaires. Il se conduisait correctement, allait rarement au cinéma, communiait chaque dimanche et le premier vendredi du mois, et ne jouait pas dans les ruelles obscures avec les fillettes de son âge.

Telle a été l'enfance de Lucien Théorêt, ce qui explique pourquoi il n'a jamais voulu, puis n'a jamais pu, se rappeler le moindre incident de ses premières années.

Chacun débute comme il peut

Le 4 octobre 1957, Moscou annonçait le lancement du premier satellite artificiel. Certains chantèrent aussitôt la victoire magistrale de l'intelligence slave, efficacement soviétisée, sur la civilisation occidentale décadente et bourgeoise ; d'autres y virent la supériorité du budget spatial russe sur celui de l'agence spatiale américaine. Quoi qu'il en soit, l'événement fit tellement de bruit que l'esprit de Lucien s'éveilla au monde.

Jusque-là, Lucien s'était senti entouré d'une vague masse d'objets indéterminés se mouvant au hasard, ce qui incluait sa famille, sa vie quotidienne et les affaires publiques qui atteignaient l'écran de télévision, alors en noir et blanc. Il ne voyait que ce qu'il avait sous les yeux ; et il était myope, ce que ses parents n'avaient pas encore découvert. Les histoires dont traitaient les journaux se déroulaient pour lui au-delà des frontières du connu. L'exploit russe le tira brièvement de sa léthargie. Deux semaines après la mise en orbite du Spoutnik, il retournait à la passive béatitude de son enfance.

Ainsi, alors que le monde entier s'indignait du lancement dans l'espace de la chienne Laïka, Lucien n'eut pas la curiosité de collectionner des photographies de la blanche martyre qui souriait de la queue. Sa mère se disait outrée de cette cruauté infligée aux bêtes, malgré leur piètre consolation d'avoir précédé l'homme dans la conquête de l'espace. Son père, plus sensible aux exigences de la science, proposait d'expédier dans la stratosphère des criminels ou des homosexuels plutôt que de pauvres toutous qui n'ont fait de mal à personne. Lucien, quand il mettait la main sur les journaux à scandale, n'y cherchait que les bandes dessinées, ce qui est bien normal à douze ans.

Lucien, appelé à de plus hautes destinées, n'allait pas se satisfaire de Bushmiller, d'Al Capp et de Walt Disney. Dès l'âge de treize ans, il commença de se gaver de livres. Des romans policiers, des romans historiques, d'aventures, de cow-boys, d'espionnage, de pirates, et même des romans de science-fiction, ce qui n'était pas encore à la mode. Il se fabriquait paisiblement, entre quatre murs, un univers personnel. Il se rêvait des épopées héroïques, de courageuses expéditions, des exploits grandioses. Cette vie spirituelle trépidante, si on veut l'appeler ainsi, était certainement plus fascinante et plus éducative que l'instruction religieuse.

Lucien connut plusieurs éveils au monde au cours de l'année 1958. Il fut même secoué par un puissant choc lyrique. Le 13 mai, on apprenait qu'un Comité de Salut public avait été formé à Alger par des militaires qui venaient de relire l'histoire de la Révolution française dans leurs moments de loisir. À Paris, la foule manifestait contre le gouvernement. Au Québec, on s'intéressa de nouveau, avec émotion, à la terre de Champlain, de Bossuet et de Louis Veuillot. La soldatesque a parfois fait de tels miracles pour la culture. Deux jours plus tard, Charles de Gaulle, qui voyait loin et de haut et avait parcouru une fois encore la vie de Jeanne d'Arc, annonçait au monde qu'il était prêt à sauver la France, une de ses bonnes habitudes, et à prendre le pouvoir en passant. M. Théorêt, qui avait toujours regretté d'avoir manqué la guerre et serait devenu un héros si sa mobilisation n'avait pas coïncidé avec la fin des hostilités, sentit de douces chaleurs lui pénétrer le cœur. Il en parlait, il commentait l'actualité durant les repas, son enthousiasme déteignait sur son fils. Après de longs conciliabules, les colons algériens, exaltés par de beaux souvenirs, se rallièrent au grand général historique. Des unités navales avançaient sur Alger dans des rumeurs de guerre civile. Le premier ministre démissionnait alors au bon moment et le Président René Coty, qui n'avait pas tellement le choix, invitait de Gaulle à former un gouvernement de salut public, chose qui sonnait très bien, aussi dramatique que romantique.

Pour la première fois de sa vie, Lucien lisait les manchettes. Il prenait l'affaire au sérieux et consultait ses livres de géographie et d'histoire, tout en se fiant davantage aux journaux, ce qui lui permettait plus facilement de se faire une idée fausse de la situation. Le 3 juin, l'Assemblée nationale française avait la gentillesse d'autoriser le général à gouverner par décret. Le lendemain, de Gaulle effectuait une tournée triomphale en Algérie, annonçait aux Français et aux Françaises qu'il les avait compris, et promettait à qui voulait l'entendre que, de son vivant du moins, l'Algérie demeurerait un département français d'outre-mer. Heureusement, les promesses des politiciens ne se réalisent pas souvent.

Tout finit par se caser. Lucien suivit encore un peu cette histoire. Il se réjouit avec ses parents de la défaite communiste de novembre, et, après que de Gaulle eût été nommé officiellement président, il se désintéressa à nouveau du monde extérieur.

S'il convient d'insister sur cet épisode, c'est parce que de Gaulle a exercé sur Lucien une influence capitale, moins sournoise et plus vaste que celle de Staline : ce fut une influence littéraire. En pleine euphorie, enivré par les événements, Lucien composa un poème héroïque qui s'achevait par ces vers : « La Marseillaise sur la Gaule ! Vive le général de Gaulle ! » Très fier de sa trouvaille, il était fermement convaincu de reprendre le flambeau épique que Hugo avait porté. Son poème se trouve encore dans le fond de ses tiroirs, mais il est utile de signaler que c'est de Gaulle qui a fait de Lucien un poète.

Lucien passa l'année dans l'ermitage de sa poésie. Avec une précocité redoutable, il écrivait des poèmes à la chaîne, qu'il eut toujours l'élégance de ne montrer à personne. Muni du traité de Banville, il s'adonnait à une furieuse versification, rimant villanelles, ballades, rondeaux, pantoums et chants royaux avec un entêtement remarquable. Il dévorait les anthologies, dont la digestion produisait de nouveaux poèmes. Découvrant que ces formes poétiques n'avaient plus cours depuis quelques siècles, il se passionna pour le vers libre, puis pour les surréalistes, ce qui se traduisit par un extraordinaire méli-mélo verbal qu'André Breton n'aurait pas désavoué. Son indéniable vigueur littéraire l'isolait fermement du reste des mortels.

C'est ainsi qu'il prit à peine connaissance de l'événement qui bouleversa ses concitoyens. À minuit et une minute, la nuit du dimanche au lundi 7 novembre 1959, après une ponction lombaire et cinq hémorragies cérébrales, M. Maurice LeNoblet Duplessis s'éteignait. On appelle ça la fin d'une ère. Il était mort dans le Grand Nord, dans les domaines qu'il avait cédés à la Iron Ore Company afin de ne pas y engloutir imprudemment l'argent des contribuables. Cet homme exceptionnel avait brillamment employé son intelligence caustique, la logique française perdue en terre anglo-saxonne, des tactiques politiques très efficaces dont on préférait ne pas parler et les ressources intarissables de son esprit pour conserver au moins dans son terroir cette noble mentalité moyenâgeuse dont le temps avait garanti la valeur. M. Théorêt, à l'instar de millions de Québécois, fut terrassé par ce brusque trépas. Les dangers du monde moderne allaient certainement s'abattre sur la Belle Province. Même ceux qui n'avaient pas apprécié le grand homme contemplaient l'avenir avec inquiétude, à commencer par le chef de l'opposition, angoissé par la crainte de devenir premier ministre aux prochaines élections, ce qui par chance ne lui arriva pas. La direction du *Devoir*, qui l'avait combattu pendant tant d'années, eut dans un éditorial ce mot charitable à l'endroit du disparu : « Le dogme de la Communion des saints lui donne droit à nos prières. »

Mais Lucien ne s'occupait pas de l'éphémère : il avait des vers à écrire. Il devait montrer aux gens qui il était. S'exprimer, disait-on. Son âme tourmentée brûlait d'apporter sa lumière poétique dans les ténèbres et le chaos. Des œuvres grandioses attendaient de naître sous sa main. Si

Montaigne avait débuté à cinquante ans, Racine à quarante, Lamartine à trente, Hugo à vingt ans et Rimbaud à dix-sept, il était dans la nature des choses que Lucien veuille rédiger à quinze ans les ouvrages clés du siècle. Qu'importait alors que le Québec, nouvellement orphelin, s'extasie devant Diefenbaker, que de Gaulle ait des démêlés avec d'autres généraux, qu'Eisenhower décide, entre deux parties de golf, de céder l'arène politique à une nouvelle génération ?

Diverses futilités forcèrent Lucien à reprendre contact avec la réalité. M. Théorêt ayant été promu comptable principal dans les bureaux montréalais de sa compagnie, la famille déménagea dans la métropole. Le destin de Lucien subit encore l'influence moscovite et l'affaire Francis Powers réveilla l'adolescent, d'âge à s'intéresser avidement à l'histoire d'un espion américain, pris en flagrant délit de survoler le territoire soviétique. Excité par cette comédie, Lucien Théorêt fit ses débuts sur la scène publique à la mi-mai 1960.

À cette époque, juste avant la Révolution tranquille, il n'en fallait pas beaucoup pour connaître le plaisir exquis d'être subversif. Il suffisait de fréquenter le *Cortijo*, une cave bohème où l'on pouvait déguster un espresso, tenir une conversation stimulante, jouer une partie d'échecs, rencontrer des jouvencelles gentiment existentialistes et se mêler à la faune déversée par l'École des Beaux-Arts ainsi que de deux ou trois collèges privés qui accueillaient les élèves du genre brillant qui s'adaptaient mal à la discipline scolaire de l'époque. Comment remplir un bel après-midi quand on n'a pas grand-chose à faire ? En manifestant devant le consulat américain, bien sûr, déclara Barnabé, exilé espagnol quadragénaire, esprit généreux sensible aux injustices sociales et un tantinet en manque de guerre civile. Agréablement stimulés par le café, quelques jeunes gens de dix-sept, dix-huit ans, dont Christian Vasneil, poète intellectuel, Erik, fac-similé d'aristocrate qui portait encore le deuil de Marie-Antoinette, Denis, apprenti mystique et amateur de yoga, Roger, plus âgé que les autres, jouant le faux tzigane mal léché, et Gérard, garçon bien éveillé curieux d'observer l'aventure, tous beatniks à temps partiel ou faisant du tourisme dans le milieu, se transformèrent allègrement en groupe anarchiste, sourire en coin, magnifiquement sérieux dans la bonne humeur d'une certaine liberté.

Pour manifester, il fallait une cause. Justement, Caryl Chessman, qui moisissait depuis douze ans dans la fameuse cellule 2245, venait d'être, encore une fois, condamné à mort. Incrédule, Erik rappela que Chessman était inculpé de viol, ce qui ne constitue pas la plus noble des causes. Gaston, également quadragénaire, prophète libertaire pour les uns, aliéné en sursis pour les autres, affirma que le viol devait être traité comme un simple excès de vitesse. Devançant un célèbre premier ministre, il soutint que l'État n'avait rien à fiche dans la chambre à coucher des citoyens. Apôtre de l'immunité dans les affaires privées des gens, Chessman devenait un martyr de l'individualisme. On convainquit d'autres placides jeunes gens de se dégourdir les jambes en fonçant sur la cible favorite de tous les protestataires d'hier, d'aujourd'hui et de demain.

Fraîchement installé dans la métropole, Lucien passait ses journées à découvrir la grande ville. En apercevant, au coin des rues Hutchison et Sherbrooke, les huit paisibles manifestants, il voulut changer de trottoir, mais déjà Gaston lui faisait face.

– Bonjour !

– Ben... fut la réponse, hautement caractéristique, de Lucien.

À quinze ans, on n'est pas toujours très vite sur ses patins. Et puis, Lucien était encore porté à respecter les gens plus vieux que lui.

– Tu connais Caryl Chessman, n'est-ce pas ?

– Non.

– Non ? ! ? !

– Euh... Oui, bien sûr, un peu...

Lucien regardait la poignée de jeunes gens avec quelque inquiétude, mais sans doute savait-il que son destin venait de lui accorder ce rendez-vous.

– Qu'en dis-tu ?

– Je…

Gaston se mit à vibrer.

– Oui, justement ! Il faut dire : JE ! MOI ! MA LIBERTÉ ! MA VIE ! La liberté est le devoir principal de tout citoyen. Même de toi, oui. Est-ce que tu aimerais te retrouver en prison ?

– Ben… pas vraiment.

– Est-ce que tu voudrais être condamné à mort ?

Lucien secoua la tête avec véhémence.

– C'est pourquoi il faut protester ! hurla Gaston. Si on ne se révoltait pas, personne ne le ferait. Et l'État nous écraserait ! Qu'est-ce que tu préfères : vivre libre, à l'avant-garde de la civilisation ou croupir parmi les déchets de l'avenir ?

– Ben…

– C'est ça ! Alors, viens avec nous. On a toujours besoin de gens comme toi, audacieux, intelligents, prêts à se battre pour leurs convictions. À mourir, s'il le faut !

Abasourdi, Lucien restait cloué sur place. Christian, qui ne voulait pas s'attarder, de peur de manquer une rencontre galante à la fin de l'après-midi, invita Gaston à se presser.

– Toi, tu es Talleyrand, répliqua Gaston. Je ne te parle pas.

L'air digne, il prit son nouveau disciple par le bras. Christian contempla avec une curiosité non dénuée de sympathie ce garçon visiblement dépassé par les événements.

– Nous allons leur montrer ce que vaut la nouvelle génération ! En avant ! lança Gaston.

Solidement entouré, Lucien se mit en marche. Au deuxième coin de rue, il voulut se retourner.

– Ne regarde jamais derrière toi ! s'écria Gaston. Un chef avance en avant du peuple, et le peuple le suit parce qu'il lui indique le chemin. Nous sommes déjà cinq cents à te suivre.

Une voiture de police circulait le long de la rue Sherbrooke. Inquiet, Lucien tenta encore de tourner le visage.

– Surtout pas ! l'arrêta Gaston. La police ne peut rien contre nous. Avec toi, nous sommes au moins dix mille ! Bientôt cent mille !

Lucien crut entendre les clameurs de la foule.

– Droit devant toi ! cria Gaston. Toujours en avant ! Dans vingt minutes, nous serons un million !

Le cœur battant, Lucien se voyait à la tête de la population entière de Montréal qui s'était précipitée dans les rues en entendant parler de lui. Il songeait à ces histoires de chefs de guerre adolescents qui sauvaient des royaumes, princes anonymes que le peuple reconnaissait soudain.

– Nous prendrons l'immeuble d'assaut et ils nous écouteront !

– Euh... Écouter quoi ? demanda Lucien d'une voix fluette.

– Je te comprends ! Mais ne crains rien. Les héros jaillissent spontanément d'une nécessité historique. Tu parleras pour nous ! Un véritable orateur ne réfléchit jamais ! Prends exemple sur tous les chefs politiques ! Devant la foule qui t'acclamera, les mots te viendront à la bouche sans que tu fasses le moindre effort.

Lucien avançait, front levé, essayant de se rappeler ses meilleurs poèmes et regrettant que le vacarme des voitures lui cachât le grondement enthousiaste de la multitude exaltée. Le groupe arrêta devant une cabine téléphonique afin de vérifier l'adresse de l'ennemi et Lucien fut obligé de constater qu'ils étaient toujours neuf. Gaston, le regard intense, l'encouragea :

– Nous avons pris de l'avance. Ne t'en fais pas, la foule nous rejoindra bientôt. Quand on lance une révolution, il ne faut pas hésiter ! On fonce, et les autres nous rattrapent !

Le groupe atteignit enfin l'antre du grand tortionnaire des peuples libres. On contempla le bâtiment d'un air décidé. On entrerait de force. On occuperait le bureau du consul. On téléphonerait au président des États-Unis, à frais virés. Barnabé cherchait vainement de quoi fabriquer une pancarte. On inventait des slogans, mais, à neuf, on ne crie pas très fort.

Des passants remarquaient ces jeunes énervés et s'écartaient, ahuris. Lucien, brusquement dégrisé, attendait, prêt à tout, et spécialement à fausser compagnie aux autres, car il pensait de plus en plus à ses parents. Gaston gesticulait, excitait les troupes, leur expliquait par A plus B la grandeur de leur action. Malgré tout, insidieusement, le bon sens finit par se glisser dans le groupe, qui prit doucement le chemin du retour.

En redescendant la rue Sherbrooke, Gaston, fébrile, provocant, dévisageait encore les gens, et, à travers eux, l'univers et la société. Où frapper l'adversaire tentaculaire qui opprimait l'individu ? Il s'arrêta soudain devant une obscure église protestante et songea à Voltaire : l'Infâme s'y cachait, qu'il fallait écraser.

– Venez ! trépigna-t-il. Nous allons saccager ce temple ! Nous pisserons partout !

Barnabé, qui craignait des histoires avec les services d'immigration, tenta de le dissuader. Gaston entraîna Lucien dans l'église. Trois hommes les accueillirent gentiment en anglais, langue que Lucien ne comprenait pas. Gaston s'agenouilla, en baissant gravement le front. Discrètement, il cracha par terre. Ce petit plouc couronna l'équipée révolutionnaire. Quand il se releva, Lucien avait déjà pris la fuite.

Après cette glorieuse expédition, un grand calme gagna l'existence de Lucien. Si les tourments de la puberté ravageaient son esprit, la découverte de l'onanisme ne rendit pas ses confessions plus intéressantes et le reste de ses péchés n'attira guère l'attention du père aumônier de son collège. Peu après la manifestation, Caryl Chessman était allé s'asseoir quelques minutes sur une chaise électrique ou prendre l'air dans une chambre à gaz ; Lucien ne le sut jamais au juste, car il avait de nouveau coupé tout contact avec le monde.

Il n'écrivait plus et, avouons-le, personne n'y perdait rien. Alors qu'à Berlin, sans doute pour atténuer le chômage, on se lançait dans de grands travaux publics, dont la construction d'un vaste mur, Lucien se promenait parfois près des grilles que Ville Mont-Royal, par souci d'émulation, élevait pour se protéger de Montréal. Il partageait sa vie entre le collège, ses lectures et de longues randonnées entre la bibliothèque municipale et le Mont Royal. Son existence s'étiolait. Il portait maintenant des lunettes. Il cherchait sa voie. Enfin, le soir du 17 juin 1962, en tournant le bouton de la radio, qui parlait de graves émeutes au pénitencier de Saint-Vincent-de-Paul, il pensa à ces hommes esseulés et décida qu'il était amoureux.

Lucien développait déjà l'adresse, l'entêtement, et la rapidité de décision qui finiraient par le caractériser. Il se rendit immédiatement dans la salle de bains et se contempla dans la glace. Il est difficile de concurrencer Roméo avec une acné persistante, mais la beauté de l'âme vaut celle du corps. À la rigueur, il pourrait se passer de miroir, même pour se peigner, et il ne se rasait qu'une fois par semaine. La question était de savoir de qui il était amoureux.

À cette époque, l'éducation n'était pas mixte et Lucien ne connaissait que deux filles, Émilie, sœur cadette d'Antoine Gélinas, un de ses bons camarades, et Adrienne Dumoulin, petite amie de Joseph Legault, un autre compagnon de classe. Lucien était sûr qu'elle lui avait souri une fois très particulièrement. Ne sachant pas laquelle il aimait, il choisit de procéder par élimination. Restait à savoir laquelle il éliminerait en premier.

Il hésita pendant deux mois. L'attente affectait sa santé et décuplait sa timidité, mais la lecture du *Blé en herbe* lui donna des forces et, au tout début de l'année scolaire, il appela Émilie. Après deux faux numéros, la main tremblant de passion, il remit l'affaire au lendemain, puis au surlendemain. Il écrivit un poème, ce qui ranima son courage, et composa le bon numéro. Il laissa sonner trois coups et déposa l'appareil avec soulagement. Quelques jours plus tard, après autant de poèmes, il refit l'expérience.

– Allô ? Oui ?

Le son de la voix adorée anéantit la déclaration d'amour soigneusement préparée par Lucien. La sueur collait sa chemise sur son dos comme la main pesante du destin.

– Ben... C'est moi...

– Ah, Lucien ? Antoine n'est pas là. Il sera de retour pour le souper. Bon, je te laisse, j'attends un appel.

Lucien découvrit alors qu'il était follement, éperdument, irrésistiblement, désespérément amoureux d'Adrienne. Il sentait aussi qu'Adrienne, secrètement, l'idolâtrait. En amour, l'intuition ne trompe pas. Des réminiscences du *Grand Meaulnes* le remplissaient de merveilleux espoirs. L'amour est à qui veut le prendre. Tout est question de détermination. Adrienne serait à lui. C'était écrit, comme dans les poèmes de Musset, ou peut-être de Vigny. Après tout, il avait maintenant dix-sept ans et les dieux aiment les jeunes gens. Du moins, certains dieux grecs. Peut-on sérieusement concevoir un monde où un adolescent, même avec des boutons, ne connaîtrait pas tôt ou tard toute la tendresse des premiers amours ? Lucien, dont le talent se raffinait, écrivit de grands poèmes où il jouissait de son bonheur dans des îles désertes peuplées de baisers troublants et de chastes étreintes juvéniles aux ravissants plaisirs furtifs. Et il appela Adrienne. Elle avait beau être la copine de son ami Joseph, l'amour donne tous les droits.

– Oui ?

– Ben... Adrienne ? Euh... C'est Lucien.

– Lucien ?

– Oui, Lucien. Lucien Théorêt.

– Ah, oui ! Qu'y a-t-il, Lucien ?

Que faire, que dire ? L'émotion déclenche tous les fléaux, et surtout ceux de la timidité. Il s'attendait à ce qu'elle réponde : « Oh ! Lucien, enfin toi ! Mon amour, comme c'est bon de t'entendre ! Viens me voir tout de suite, mon chéri, mon prince charmant ! » L'amour lui inspira une proposition originale :

– Je voulais... On joue deux bons films au Saint-Denis et j'ai pensé qu'on pourrait y aller ensemble, samedi.

– Samedi soir, c'est impossible, je sors avec Joseph.

Dans des cas semblables, il faut être rapide :

– Alors, allons-y l'après-midi.

Elle hésitait. Il ajouta, dans un éclair de génie :

– Bien sûr, je paierai ton billet.

C'est ainsi que Lucien obtint son premier rendez-vous d'amour, de haute main, avec la promesse des meilleurs avenirs. Il consacra les jours suivants à ses poèmes. On y reconnaissait Verlaine, Lamartine et Apollinaire, mais l'amour se moque bien des noms. Il devait attendre Adrienne devant le cinéma. Il s'y rendit vingt minutes à l'avance, et elle fut vingt minutes en retard. La femme au guichet, qui le lorgnait d'un air soupçonneux depuis une demi-heure, esquissa un vague sourire. Adrienne aussi lui sourit, et Lucien crut tomber en pâmoison.

Pendant trois heures et demie, les mains sur les genoux, Lucien composa mentalement de grandes strophes sur les fougueuses étreintes dans les rangées obscures. Sans oser jeter le moindre coup d'œil sur sa compagne, il rêvait qu'elle lui touchait tendrement l'épaule et que, les yeux clos, elle lui abandonnait ses lèvres plus ou moins virginales. Il se rappelait des commentaires sur la cristallisation stendhalienne et les passions foudroyantes des romans courtois. Guenièvre et Lancelot. Tristan et Iseult. L'ineffable destin des amants légendaires. Adrienne, douce Adrienne aux joues de pêche et aux mains de rosée. L'amour inévitable.

À la fin du deuxième film, ils prirent un café dans un restaurant des environs. Elle parlait de son école, il parlait de ses cours. Enfin, ils parlèrent de Joseph, dont Lucien dut bien se résoudre à faire l'éloge. Sous prétexte d'examiner la bague qu'elle portait au doigt, il lui saisit la main quelques secondes. Ce geste, par un miracle poétique, devait donner naissance à tout un recueil lyrique au cours des mois suivants.

Pendant cinq semaines, Adrienne se montra toujours trop occupée pour revoir son amoureux. Finalement, Lucien se rendit à l'évidence : frappé par le destin, il ne lui restait plus qu'à souffrir éternellement les affres de l'avenir, à l'instar de tous ceux qui, blessés d'amour, agonisent tranquillement dans les romans des passions impossibles.

La joie exquise et éducative
des mauvaises fréquentations

Lorsqu'on est adolescent, comment faire savoir qu'on est devenu quelqu'un d'intéressant ? Lucien s'appuyait sur une base solide : une atroce tragédie d'amour qui lui rongeait les fondements de l'élan vital. Ses poèmes commençaient par : « Ah ! Je fus ulcéré dans les premiers instants,/ Hélas ! Et je pleurai de longs ululements », ou par : « Il neige dans mon âme/Comme sur le trottoir », ou encore par : « Oh ! Comme elle a tombé, la pluie !/ Mon cœur est un tapis de suie ». Il avait des lettres. Sa souffrance ne l'empêchait pas de s'occuper consciencieusement de la rentrée des classes, les livres à acheter, les premiers examens, les devoirs et les études. Dans ses moments libres, il songeait à Adrienne et il blâmait l'univers, Dieu le Père et la société toute entière de son amour malheureux.

Il lui semblait que Joseph le regardait avec une pointe de moquerie. Leurs rapports n'étaient plus exactement les mêmes. Le fantôme d'une gamine les séparait et les unissait aussi dans une louche complicité. Parfois Joseph l'interpellait :

– Hé, pauvre vieux, tu as l'air tout à fait amoureux !

Secouant insolemment les épaules, Lucien répliquait :

– Ben...

Il se sentait extrêmement vulnérable, victime d'un sinistre complot métaphysique. La Providence l'avait trahi, comme bien d'autres avant lui. Les poèmes d'Aragon pour Elsa constituaient d'infâmes mensonges, puisque Adrienne ne l'aimait pas. Son acné ayant diminué, il pouvait voir dans son miroir l'éternel romantique. À l'occasion, des tempêtes byroniennes lui permettaient de traverser le parc Lafontaine en insultant les cieux, le destin et les astres. Des semences vieillies du héros fatal trouvaient en lui un terrain fertile. Il lisait *René*, *Werther*, *Lara*, *Éloa*. Il se savait maudit. Il écrivait des poèmes à la gloire du grand Déchu. Il préférait chez Baudelaire les pages de *La Révolte* aux *Poèmes condamnés*.

Il réussit à assembler un recueil qui aurait pu être l'œuvre magistrale attendue depuis des siècles si trop de poètes ne l'avaient pas déjà écrite au cours des siècles précédents. Il y était question de son amour aux mille métamorphoses, la chaste Adrienne, Adrienne victime de ses parents et du monde hostile, Adrienne la quintessence de la femme, la traîtresse Adrienne, Adrienne l'insensible, la trop belle Adrienne. Deux cents pages hébergeaient l'amant esseulé, le poète incompris, le prototype universel du rêveur martyrisé par la réalité. Quoique le recueil ne manquât pas de passages émouvants, Lucien, dans sa sagesse, dédaigna d'offrir à un éditeur le spectacle de ses blessures.

Ces mouvements intérieurs de Lucien revêtaient une importance considérable sur le plan de son insertion sociale. Il n'avait pas vraiment raté sa chance avec Adrienne, puisque cette chance n'avait jamais existé. Seul au monde, rejeté par une société incompréhensible, ballotté dans un univers incohérent, il découvrait la nature même de la condition humaine. Ses décisions, ses impressions, ses désirs s'évanouissaient dans une aboulie croissante. La religion aurait pu l'aider, les moines lui ayant souvent répété que le Seigneur exauce toujours ceux qui ont vraiment la foi, mais, comme la majorité des gens, il ne la prenait pas au sérieux, en dépit de tant de poèmes adressés à Dieu et au diable. Son drame ne le condamnait toutefois pas à l'inertie totale. Il avait un but, celui d'aimer silencieusement son Adrienne, qui ressemblait de moins en moins à Adrienne Dumoulin, et il avait une fonction, celle de témoigner de l'injustice que le monde impose aux amoureux. C'était un beau début, coloré par le souvenir d'avoir déjà osé manifester publiquement son mécontentement devant le sort de Caryl Chessman.

Le mal d'amour lui permettait de se voir tel qu'en lui-même, c'est-à-dire tel qu'il se rêvait. Il s'identifiait aux grands écorchés, aux âmes tourmentées qui errent à travers les siècles. L'étonnant masochisme de l'adolescence lui donnait des forces immenses. Ses habitudes littéraires l'aidaient à prolonger sa puberté dans des postures théâtrales. Son échec amoureux devint une façon de vivre, pétrie de lyrisme et de complaisance. Bien entendu, il cachait sa tragédie à ses parents et à son confesseur. De temps à autre, il laissait entendre à ses amis qu'il portait en lui une horrible blessure, et chaque fin de semaine, après ses devoirs, ses leçons et ses études, il traînait sa morne silhouette dans les rues de Montréal.

Il grandissait quand même. Son père, insensible aux supplications de son épouse, qui craignait les dangers des milieux inconnus, poussa Lucien à se trouver un emploi à temps partiel. Il travaillait donc le vendredi soir et le samedi dans les entrepôts de *Woolworth*, déballant, remballant, triant et rangeant des quantités astronomiques de cartons de toutes dimensions. Il remettait l'argent à ses parents, se réservant deux dollars par semaine, ce qui lui suffisait pour se payer des rafraîchissements et des petits classiques *Larousse*, *Hatier* ou *Vaubourdolle*.

Au début des cours, Lucien entendit parler du *Paloma*, un des derniers cafés beatniks. Les élèves des classes supérieures prétendaient y faire des conquêtes intéressantes. Il les enviait. Cinq fois, il se mit en marche vers la rue Clark, et cinq fois il rebroussa chemin, se méfiant des initiations fantasques, des messes noires, de la marijuana, des amphétamines qu'on appelait *goofballs* et des fillettes trop délurées. Un jour, il osa passer devant le café et y jeta un coup d'œil rapide. Un soir, il poussa la porte.

C'était une date importante, le destin du monde étant en jeu. Les Américains avaient photographié des missiles soviétiques à Cuba. Le Président Kennedy venait de réclamer gravement le retrait des fusées.

Les superpuissances s'affrontaient enfin ! On entrevoyait la possibilité d'une troisième conflagration mondiale. Quel soulagement ! La stupide tension de la guerre froide allait prendre fin, on crèverait l'abcès, quelque chose arriverait !

Lucien s'installa furtivement au bout d'une table, espérant ne pas se faire remarquer. Des bohèmes plus âgés, dont Christian Vasneil et Denis, parlaient avec un mépris amusé de la nouvelle génération qui n'avait pas connu l'époque de Tex Lecor, du *Cortijo* dans ses heures de gloire, du *Mas* et de la revue *La Forge*. Lucien, en costume d'écolier, joufflu, les cheveux coupés en brosse, une pipe dans la patte, qu'il devait rallumer toutes les deux minutes, les yeux perdus dès qu'il ôtait ses lunettes, les écoutait avec indulgence. Si seulement ils savaient qui il était ! Seul comme un chef qui attend ses disciples, il souriait timidement lorsqu'on le bousculait pour s'asseoir à la table voisine.

Une fille aux longs cheveux noirs lui demanda des cigarettes. Gêné de ne pas en avoir, il s'excusa en montrant sa pipe, lui donna de la monnaie et l'invita à se servir de la machine distributrice. Sa générosité attira le tiers du *Paloma* à sa table et la moitié du paquet disparut en un clin d'œil.

On discutait ferme de la crise des missiles. Troublé, Lucien se posait bien des questions. À la maison, il avait appris à voir chez les communistes des ennemis implacables de la race humaine, de la chrétienté et du monde libre. Autour de lui, il entendait des gens prendre parti pour Moscou sans recevoir de regards réprobateurs. Il ne savait qu'en penser. Heureusement, personne ne lui demandait son avis. La fille aux cheveux noirs s'était assise devant lui, flairant la chance de menus cadeaux.

– Comment tu t'appelles ?

– Lucien Théorêt.

– Moi, c'est Nicole. Dis, tu me paies un café ?

– Oui, bien sûr.

Son charme faisait effet ! Il jubilait, ému, persuadé que le destin allait enfin penser à lui. Comment une belle fille sensible et bohème ne tomberait-elle pas amoureuse d'un grand poète adolescent au cœur blessé avide de douceur ?

Mario, jeune homme sombre et maigre, fit son apparition, lentement, silencieusement, l'insigne du Mouvement pour le désarmement nucléaire à la boutonnière.

– C'est quoi, ça ? s'étonna quelqu'un. Tu es devenu pacifiste ?

– Je suis membre par tactique. Les Américains sont assez cons pour désarmer. Les Russes ne le feront pas. Quand les États-Unis auront sabordé leur armée, nous n'en ferons qu'une bouchée.

Lucien trouva cela extraordinairement intelligent. Il fut aux anges lorsque Mario s'assit à sa table, la seule où il restait des places libres. Ayant entendu parler des noyaux révolutionnaires formés par des Québécois romantiques, Lucien se sentait fier de rencontrer quelques-uns des héros de demain. Il prit un air qui pouvait passer pour une mine dégagée, dissimulant pourtant un secret, et tendit une cigarette à Mario. Celui-ci la refusa, un révolutionnaire n'ayant pas de vices, mais il accepta un café, n'étant pas adventiste du septième jour.

– Que dis-tu de Cuba, Mario ? demanda quelqu'un.

Le sombre jeune homme prophétisa :

– Ça va montrer aux gens que les Yankees sont des dégonflés. Ils devront reconnaître le droit souverain des Cubains de posséder des ogives nucléaires. Vous avez ma parole !

– Et si nous avons la guerre ?

– Nous la gagnerons, c'est tout ! Le prolétariat ne faiblira pas !

Et il ajouta, mystérieux :

– Nous formons déjà des équipes de volontaires pour défendre la révolution.

Gaston entra, le visage soucieux et les yeux fatigués, ce qui fait toujours bien. Il exposa à Denis ses idées à propos d'un film exaltant qui éclairerait les gens sur les vrais problèmes du monde et forcerait le gouvernement canadien à se rallier au bloc rouge. En tournant la tête, Christian aperçut Lucien et se rappela aussitôt la manifestation pro-Chessman. Il dit à

Gaston qu'il passait encore dare-dare à côté des jeux et des enjeux du pouvoir et des réalités sociales.

— En suivant ta logique, affirma-t-il, la meilleure façon d'apporter la concorde et la justice dans le monde, c'est de confier aux armées de la paix le soin d'exterminer jusqu'au dernier les belliqueux et tous ceux qui ne pensent pas comme nous.

— Toi, tu es Machiavel, répliqua Gaston. Je ne te parle pas.

Convaincu que le sourire de Christian signifiait qu'on lui avait cloué le bec, Lucien le contempla avec un dédain infini et se rangea aussitôt du côté de Gaston et de Mario, qui se mirent à discuter à voix basse, de façon à ce que tout le monde les entende :

— Des milliers de gens sont prêts à se joindre à nous, et ils ne le savent pas.

— Des milliers ? Des dizaines de milliers ! affirma Gaston.

— Ils ne savent pas où nous trouver, voilà le bobo.

— Il faudrait mettre une annonce dans le journal, suggéra Christian, qui, de l'autre table, les écoutait distraitement.

Mario fulmina, foudroya le mécréant du regard et enchaîna :

— Les cellules doivent rester petites. Et anonymes.

Gaston ruminait :

— Des millions de gens ! Mais comment faire ?

— Je te montrerai.

Et Mario aborda Lucien :

— Toi, par exemple, tu n'irais pas combattre ces salauds d'Américains ?

— Ben...

Après deux secondes de réflexion, Lucien, qui devenait de plus en plus alerte, comprit le jeu et imita l'air conspirateur de Mario :

— J'ai déjà des contacts. Avec d'autres groupes.

— Tu vois ? dit Mario à Gaston. Il y a plein de cellules ! Partout !

— Nous commençons à organiser un réseau, ajouta Lucien du bout des lèvres.

– C'est bien. C'est très bien, déclara Gaston.

– Je crois qu'on devrait le soumettre à une enquête serrée, glissa Mario à Gaston, sans quitter Lucien des yeux. Il a de l'étoffe, celui-là !

Ils sirotèrent leur café en scrutant Lucien, qui prenait des poses. Gaston affirmait qu'ils formaient le noyau de l'humanité en marche et tenaient l'avenir du monde entre leurs mains. Mario annonçait l'éclosion prochaine d'un séparatisme marxiste, ce qui était nouveau. Ils renverseraient le gouvernement en deux mois, proclameraient l'indépendance et se joindraient au camp des pays sous-développés dans la grande fraternité socialiste.

Une jeune femme s'approcha de Mario et lui chuchota quelque chose à l'oreille. Il répondit que non, et la belle blonde s'éloigna. Gaston l'interrogea du regard.

– Elle voulait... expliqua Mario, faisant discrètement un geste obscène. Un vrai révolutionnaire se tient à l'abri des tentations. Pas d'alcool, pas de tabac, pas de femmes.

Lucien, moins à cheval sur les principes, osa espérer que la jeune femme en quête de partenaire remarquerait peut-être sa disponibilité, mais elle leur tournait déjà le dos. Mario consulta brusquement sa montre et murmura :

– La réunion !

Il disparut avec Gaston, laissant Lucien tout ému. Ce départ en cinq sec, tellement efficace ! Ça, c'était du terrorisme ! Ça, c'était de la personnalité ! Ça, c'était de l'organisation !

Il n'avait plus de cigarettes. Nicole se déplaça à une autre table, où on la réclamait. Lucien resta un instant comme perdu. Déjà neuf heures et demie ! Sa mère devait s'inquiéter. Il alla donc se coucher avec ses nouvelles pensées subversives.

Le souvenir de Mario le hanta pendant une dizaine de jours. Il se souvenait qu'on ferait enquête sur sa vie, ses convictions, ses relations. Plusieurs fois par jour, il se sentait observé, suivi, épié, étudié, pesé, soupesé, repesé. Il était très fier de lui. On s'occupait de sa personne. On comptait sur lui.

L'automne cédait sa place à l'hiver, avec ses soirs de claustration et de tranquillité. Par suite d'une intervention fort appréciée du philosophe Bertrand Russell, les Russes, bien soulagés, abandonnaient Cuba au blocus américain. Lucien, encore dépourvu de sensibilité politique, ne savait pas trop comment nourrir ses nouveaux sentiments révolutionnaires. Faute de mieux, il se replia sur ce qu'il possédait vraiment, c'est-à-dire la création littéraire. Adrienne héritait peu à peu des cheveux d'ébène de Nicole. Le puissant esprit de Lucien fabriquait des personnages étincelants et de splendides anecdotes autour de sa visite au *Paloma*. Il lisait Prévert, Cendrars, Carco, Vian. Il composa une longue suite poétique sur les femmes rencontrées dans sa vie vagabonde aux îles de Trobriand, à Vladivostok, à Rio, à Venise, à Paris, à Valparaiso, même au Basutoland. Cette litanie de cinquante pages, trempée dans le doux acide du vague à l'âme, dégageait une monotonie affective qui tenait du chef-d'œuvre. Rempli de ses aventures intérieures, Lucien pouvait se permettre de toiser les jeunes filles du haut de ses cinq pieds sept. Ses récits lyriques, bien entendu, finissaient dramatiquement, sous le poids du triste destin des grands amours.

Il fréquenta résolument le *Paloma*. Il voulait devenir un parfait beatnik, du moins à temps partiel, afin que la postérité sache que sa jeunesse s'était déroulée à l'écart de la société bourgeoise. Il dévorait avidement Nerval et les biographies des poètes maudits. Après deux tentatives infructueuses, il réussit à passer à travers *Les Chants de Maldoror*. Son pénible apprentissage de bohème fut couronné de succès. Il parvenait à fumer sa pipe vingt minutes sans qu'elle s'éteigne ; il savait la tenir entre ses dents sans qu'elle tombe ; quand il parlait, il l'étreignait dans ses doigts, ce qui lui donnait un air très sartrien. Quand ses parents et ses professeurs étaient hors de vue, il se promenait avec *La Nausée*, *L'étranger* ou *L'Immoraliste* dans les poches, qu'il bourrait de papier hygiénique afin qu'on puisse voir émerger les titres et admirer son courage avant-gardiste, car ces livres étaient à l'Index, ce qu'on prenait au sérieux à l'époque. Il s'accoutuma à avaler cinq ou six espressos dans la soirée sans attraper une insomnie. Il apprit même à s'en faire payer, mais il en offrait autant à chaque jeunette aux yeux alanguis et à chaque garçon à l'air conspirateur. Son père avait convaincu sa femme qu'il fallait le laisser pousser à son aise. Après tout, Lucien communiait une fois par mois et son âme se trouvait certainement à l'abri. Le brave Théorêt père ignorait, évidemment, que son rejeton n'avait pas été confirmé et que son salut était loin d'être acquis.

Dans la bohème, les soirées de Lucien se passaient à écouter les autres, à sourire aux gamines, à siroter son café et à moisir derrière sa grosse pipe. Comme il venait souvent et se joignait à tous les groupes, il se prenait pour un meneur, l'éminence grise d'invisibles héros. Mario ne lui parlait guère, pas plus que Gaston. Il n'était vraiment pas dans le coup. Nicole, à l'occasion, se faisait payer quelque chose. Lucien en était très amoureux, ignorant ses fermes penchants lesbiens, et il écrivait beaucoup de vers sur elle. Enfin, il rencontra Normand.

Normand arrivait toujours avec une canne volée, de vieilles bottes jaunes, des vêtements rapiécés au fil blanc, un sourire énigmatique et les yeux tournés vers les cigarettes et les cafés qu'il quémandait. Il parlait des nouveaux poètes américains, des nouveaux beatniks, des nouveaux styles littéraires, des nouvelles philosophies. Sous son influence, Lucien se rallia au modernisme en donnant dans le dadaïsme, avec cinquante ans de retard. Lors de leur première rencontre, Normand revenait de Greenwich Village avec le dernier *Playboy*, dont la vente était encore interdite au Québec. Ce fut là un événement majeur dans l'éducation de Lucien, qui n'avait jamais vu de nu féminin ailleurs que dans des albums sur l'art de la Renaissance. Sa poésie en fut transfigurée. Sans rien savoir de la vie biologique qui se déroule entre le nombril et les genoux, il parvenait à décrire avec une certaine authenticité un monde de laves charnelles où circulaient des femmes féeriques dont il était le conquistador.

Il se décida un jour à présenter des poèmes à Normand. Au bout d'une semaine, ce dernier, qui les avait jetés sans les feuilleter, le félicita chaleureusement, affirmant qu'ils étaient tous deux les plus grands poètes vivants de langue française. Lucien, qui lui non plus ne connaissait aucun texte de Normand, accepta le verdict avec une simplicité enthousiaste, découvrant rapidement qu'il n'est pas nécessaire de lire un livre pour en dire du bien ou du mal. Son respect et son admiration pour son ami grandirent au point qu'il en parla à sa mère et qu'elle lui proposa de l'inviter à souper, curieuse de rencontrer les amis de son fils.

Normand professait que les parents sont sans exception d'horribles bourgeois. La perspective d'un souper gratuit écarte cependant tous les obstacles et anéantit les préjugés. C'était un soir de pluie verglaçante. Normand ne portait pas de claques, ses bottes ayant de bonnes semelles de crêpe. Mme Théorêt vit entrer un cadavre ambulant, emmitouflé dans un manteau de peau de chien, maigre comme une vieille femme, les longs cheveux ruisselant sur les épaules. Elle en fut effrayée. Elle regarda, sidérée, les marques des lourdes semelles sur le plancher fraîchement ciré. Elle ferma les yeux quand Normand jeta sur un divan son manteau mouillé. Les lois de l'hospitalité prirent le dessus et elle l'invita à se mettre à l'aise en attendant que le repas soit servi.

Normand se mit à l'aise, c'est-à-dire qu'il fonça dans le salon, essuya ses bottes sur le tapis et se vautra dans un fauteuil. M. Théorêt, qui lisait le journal, en demeura stupide, se le fit présenter par Lucien et se précipita dans la cuisine. Sa femme éplorée l'accueillit avec un regard impuissant. Elle avait des larmes aux yeux en pensant aux fréquentations de son garçon et à l'individu qui allait engouffrer trois bonnes heures d'efforts culinaires. Mais on ne pouvait reculer.

Dans le salon, Normand discourait de peinture abstraite, de poésie hermétique, de pensée sauvage, de révolution sexuelle et de sculpture contemporaine. Subitement lucide, Lucien appréhendait l'écoulement de la soirée. Durant le repas, Normand, de la sauce plein les oreilles, arrivait, sans se forcer, à parler de façon à épouvanter ses hôtes, abordant des thèmes modernes tels que les mérites du sabotage anarchiste, les valeurs esthétiques de la pédérastie, la primauté de l'individu dans une société décadente. Très émancipé, il mangeait autant que possible avec les mains, qu'il essuyait au hasard sur la nappe, sa serviette ou ses pantalons. Il dévora deux biftecks afin de se fabriquer des provisions de graisse pour les jours suivants. Il racontait qu'il vivait quelques jours chez un copain, quelques heures chez une copine, jusqu'à ce qu'on le mette à la porte. Les Théorêt souriaient avec indulgence pour dissimuler leur frayeur. Il ne fallait surtout pas fournir à ce maniaque un prétexte pour se déchaîner ou envisager de s'installer chez eux. Lucien se taisait, lorgnait ses parents et se faisait tout petit, s'enfonçant dans sa chaise autant qu'il le pouvait. Normand prit trois portions de tarte et un café dans lequel il vida le sucrier, expliquant qu'il manquait de vitamines et de calories. Ses doigts laissant des marques sur tout ce qu'il touchait, il exposait en passant les principes de la liberté et le sens du retour aux sources.

Après le souper, il invita carrément la compagnie à le rejoindre devant la télévision, où l'on jouait un film de Robert Hossein, noir et sordide à souhait, qu'il ne fallait pas rater. Calé dans son fauteuil, les pattes sur un autre, il demanda de la bière pour tout le monde. Personne ne souffla mot durant le film. Enfin, le ventre plein, l'esprit rassasié, Normand s'inventa un rendez-vous galant et délivra ses hôtes de sa présence.

Mme Théorêt pleurait doucement en contemplant les dégâts. La maison entière exigeait un nettoyage en règle. Une horde mongole était passée par là. M. Théorêt, accablé, n'avait pas la force de sermonner son fils. Mais Lucien dut, pendant un mois, rendre compte de son temps, s'abstenir de fréquenter le *Paloma* et accompagner ses parents à l'église deux fois par semaine. Ses lectures furent sévèrement surveillées et des œuvres pieuses remplirent maternellement les rayons de sa bibliothèque.

Il avait de nouveau le loisir de se baigner dans ses souvenirs, réels et inventés, et d'en faire des bilans poétiques. Il entreprit de corriger ses vieux poèmes, ici et là, pas trop, pour ne pas en fausser l'inspiration première. Son cœur se découvrait sans cesse de nouveaux tourments. Le monde entier s'était ligué pour le séparer sciemment de l'objet de ses amours. Il ne se couchait plus sans murmurer le nom d'Adrienne ou de Nicole, devenues interchangeables. Une tristesse inouïe gonflait ses paupières. Il s'acharnait tellement à souffrir, qu'un jour, un de ses professeurs, voyant son expression constipée, lui demanda doucement s'il avait besoin d'aller aux toilettes.

Lucien s'intéressa à la chansonnette, préférant les complaintes les plus macabres. Il chantonnait du Mouloudji ou du Ferré sur le chemin du collège, et le froid tirait des larmes de son visage contorsionné. Dès qu'il pénétrait quelque part, on se détournait d'un air gêné, car la souffrance des autres est toujours obscène. Les premiers soleils du printemps tombèrent sur un Lucien sérieusement miné par la tristesse, cette curieuse maladie de jeunesse. Il avait parcouru les sentiers les plus lugubres, lu les œuvres les plus torturées et écrit les vers les plus déchirants, quoique malheureusement pas déchirés. Il était pourtant un adolescent en bonne santé, l'intellect brillant, le caractère en formation, de plus en plus habile à comprendre les gens et a jouer les rôles qui convenaient aux circonstances. Il attendait son heure. Quelque chose de neuf devait se produire, qui l'arracherait à sa léthargie et le placerait à l'avant-scène de la grande pièce que le destin lui préparait.

Les grands dangers de la bohème

Lucien suivait le cours classique. Il apprenait ce que toute personne civilisée doit connaître, c'est-à-dire le latin, la religion, l'histoire sainte, l'histoire contemporaine jusqu'en 1914, l'histoire des civilisations mortes, qui demeurent des exemples à imiter, la grammaire et des rudiments de géographie, de mathématiques et de sciences. Son éducation le préparait à entrer de plain-pied dans le monde réel, où la survie dépend de la capacité de dessiner les diagrammes de la réfraction, de présenter correctement les syllogismes de saint Thomas d'Aquin, de décomposer rapidement un polynôme en facteurs et de distinguer une Bible autorisée d'une Bible hérétique, à n'ouvrir sous aucun prétexte.

Semblable à la majorité de ses confrères, Lucien traversait ses années scolaires dans une divine inconscience. Il ne savait pas à quoi rimait le programme qui lui était assigné et personne n'aurait pu le lui dire. L'année 1962 n'avait, à ce titre, rien d'exceptionnel. Le collège classique constituait un de ces lieux privilégiés où l'on pouvait se former à l'abri des tumultes et des courants disparates de la vie sociale et intellectuelle.

Lucien faisait partie de l'espèce des élèves modèles. Il écrivait un français potable, ce qui le mettait au-dessus des autres étudiants ; la qualité de sa foi ne faisait aucun doute, puisqu'il connaissait par cœur au moins une des généalogies du Christ ; ses notes de latin se maintenaient à un haut niveau. On le remarquait en classe par son silence, son respect des professeurs, sa conduite irréprochable, ses lunettes aux dioptries comparables à celles des travailleurs mentaux les plus acharnés. Il personnifiait toutes les vertus engendrées par la timidité. Sans les événements qui allaient bouleverser son existence, il aurait fait la fierté de ses parents et de la société.

Lucien ne disposait cependant pas de tous les atouts nécessaires pour affronter ce monde cruel. Ainsi, ce que tout jeune homme devrait savoir, il ne le savait pas. Les plus sensuels de ses poèmes, inspirés des *Playboy* de Normand, décrivaient de splendides étreintes où les doigts et la langue ne jouaient aucun rôle. Lucien, dans la saine moyenne des jeunes gens de son temps, ignorait comment on fait les enfants et, ce qui est encore plus important, comment on ne les fait pas. Il aurait certes pu passer avec succès un examen sur le sujet, décrivant le processus de la reproduction sexuée chez les mammifères et les vertébrés, et cachant habilement qu'il ne savait pas au juste si le vagin est situé au centre du bas-ventre, entre les jambes ou ailleurs mais dans les environs. Malgré quelques velléités sporadiques de rébellion, il demeurait convaincu que le Canada était une monarchie orangiste, que la vérité venait toujours de Rome, que le système économique américain était libre et parfaitement capitaliste, que l'amour est la plus grande chose sur terre, que le Québec avait une vocation agricole, que la race canadienne-française portait le dernier flambeau de la civilisation dans la barbarie d'un continent anglophone, et que le salut de l'homme se trouve dans la poésie. Cette vision du monde donnait un sens à ses actes et expliquait sa pensée et sa vie.

Il convient de rappeler qu'à cette époque, lorsque les institutions catholiques, juives et protestantes unissaient leurs forces pour combattre la presse jaune et la pornographie, les curés prenaient soin de rassurer leurs ouailles craintives en déclarant qu'il s'agissait là d'une coalition temporaire, mise sur pied pour s'attaquer à un ennemi commun ; l'Église catholique demeurait le dépositaire unique de la vérité et les autres baignaient dans l'erreur. Chaque premier vendredi du mois et les fêtes d'obligation, les bons pères, sans se douter de ce qui les attendait, regardaient défiler leurs élèves, qui tous avançaient dans la vie avec la tranquille possession d'une bêtise partagée. Mais Lucien fauta une fois, en plein hiver, et cet incident le mena sous les brûlants éclairages de la direction du collège.

Privé par ordre paternel et maternel de la compagnie de Normand, soustrait à l'influence malfaisante du poète moderne, arraché au milieu où naissaient les courants historiques du Québec, Lucien s'était étiolé pendant quelques mois, ou du moins quelques semaines, et très certainement quelques jours. Ayant senti de façon aiguë le monde entier s'acharner sur lui, sa première réaction fut d'écrire des poèmes, notamment sa *Suite du Paria*, qui commençait par : « Je vis dans l'exil, inutile comme un cygne ». Très mallarméen, il explorait en douze pages une belle gamme de sentiments, la tristesse, la rancœur, la rage, la soif de revanche, et finissait, latin oblige, par : « Mais je vous dis, le knout au poing : *Ibo, ibo* ! »

Lucien, plus qu'adolescent déjà, ne pouvait pas éviter de laisser passer dans sa vie extérieure un reflet de son monde intérieur. On a beau être poète et vivre pour l'art et la postérité, il est désagréable que les autres ne le sachent pas. Comment pourraient-ils nous admirer et nous féliciter ? Lucien n'osait pas afficher ses poèmes, trop personnels et risquant de compromettre des dames, mais il n'hésita pas à exploiter son expérience de la vie.

Ses quelques soirées au *Paloma* devinrent des années de bohème, tumultueuses et trépidantes. Une fois, alors qu'il prenait un *Pepsi* dans la cafétéria avec des camarades, la conversation porta sur le sexe opposé, dont la plupart avait entendu parler. Il faut peut-être rappeler encore une fois que les collèges d'alors n'étaient pas mixtes. Nonchalamment, avec une indifférence étudiée, Lucien laissa tomber :

– Oh ! J'ai eu plusieurs aventures, et…

Il esquissa un geste dédaigneux, qui impressionna beaucoup. Certains se mirent à le respecter. On rechercha sa compagnie. On devinait un grand mystère sous les lunettes qu'il retirait parfois pour promener sur les autres un regard désabusé. On sentait qu'il avait vécu, ces signes ne trompent pas. Lucien excellait à déguiser dans une expression blasée les défaites provoquées par sa timidité. Une autre fois, et cela le perdit, il avoua :

– Oui, j'ai vécu dans la bohème, jadis. Je connais tout le monde, et on me connaît...

Ses confrères se faisaient une étrange idée de la bohème montréalaise, convaincus que les cafés beatniks étaient de splendides endroits de perdition, fantastiques, obscurs, vicieux, excitants, où il suffisait de lever le doigt pour voir une fille venir à vous du creux de la fumée. On ne cessa dès lors d'entourer Lucien d'une amitié extrême. On l'adulait, on lui payait des cafés, des orangeades, des *Seven Up* ; on se disputait ses faveurs ; on insistait pour qu'il initiât tout le monde aux mœurs occultes de la bohème. Et Lucien dut enfin conduire le groupe au *Paloma*.

Ils partirent en expédition, à la sortie des cours, cinq d'entre eux, Lucien, Gérald, Claude, Aristide et Gaétan. Lucien et Aristide portaient cravate et chemise blanche ; les autres avaient enfilé des chandails, ce qui fait plus bohème. Lucien les dirigeait, l'air décidé et le ventre plein d'appréhension.

– Tiens, salut, Diego...

Diego, le patron, regarda Lucien sans le reconnaître, puisqu'il ne le connaissait pas, mais, flairant les bons clients, il lui sourit cordialement. Les collégiens commandèrent un café, épatés et émus, Lucien en revoyant l'endroit, les autres en imaginant l'avenir. On trouvait dans la salle une poignée d'étudiants de l'École des Beaux-Arts et quatre filles venues s'encanailler gentiment sans le moindre risque pour leur vertu. Il était beau de voir cette fraîche génération personnifier l'éternelle révolte de la jeunesse idéaliste contre l'univers, la société et les parents, et défendre, dans ce refuge symbolique, le droit à la liberté ; plus précisément, le droit de boire un espresso avec les pieds sur une chaise. De grandes théories fermentaient autour des tables, alors que le juke-box faisait vibrer la fumée sur des airs de Brassens et d'Aznavour.

Lucien mâchonnait sa satisfaction de meneur, de chef, d'initiateur. Il ruminait des pensées sublimes, que soulignait la boucane de sa pipe, et contemplait ses disciples autour de lui. Ceux-ci observaient avec convoitise les quatre jeunes filles qui, mystérieusement, tardaient à se rendre à leur table.

Ils attendirent patiemment le temps de trois cafés. Et les demoiselles s'en allèrent goûter, chacune chez soi, au souper de maman. Les cinq explorateurs déménagèrent au *Cortijo*, à deux pas de là. Contrairement au *Paloma*, situé au rez-de-chaussée, le *Cortijo* était une cave, un coin bohème certifié et autrement plus lyrique, à commencer par la superbe fresque de Tex Lecor qui couvrait tout le mur de gauche et représentait, en traits noirs, un torero écroulé à terre, une fleur rouge dans la main. Avec émotion, ils descendirent et prirent un espresso. Des Espagnols jouaient aux dominos ou s'engueulaient fermement à propos de souvenirs plus ou moins imaginaires. Ils parlaient dans leur langue et Lucien pensait qu'ils revivaient des péripéties de la guerre civile. À une autre table, trois jeunes gens déguisés en artistes épataient une fillette blasée aux collants noirs, aux sourcils noirs, aux cheveux noirs et au cœur blanc comme un mariage blanc. Aristide l'imaginait dans ses bras ; Gaétan se taisait, ébloui, car elle l'avait regardé une demi-seconde ; Lucien, les yeux vagues, murmurait à Gérald qu'à telle place, à telle table, jadis, elle et lui, lui et elle, et telle autre... Au bout de vingt minutes, chacun rentra chez soi.

Lucien ne retourna pas de sitôt dans ces endroits. Il en avait assez vu pour composer plusieurs chansons nostalgiques d'une déchirante mélancolie. Cependant, chacun sait que le sort s'acharne sur les innocents ; c'est même ce qui prouve la réalité du paradis et de la vie après la mort, car il doit finalement y avoir une justice, ainsi que le pensent si naturellement les enfants qui savent d'intuition qu'un jour ils seront grands et pourront priver de dessert leurs parents devenus petits. Alors que Lucien végétait dans une autre phase de son vague à l'âme, le destin ourdissait l'un de ses noirs complots.

Aristide crut pouvoir trouver dans cette bohème les prémisses du plus bel avenir, la jeune fille révoltée, aux mœurs libres, imperméable aux conventions, dont il pourrait peut-être embrasser les lèvres et même toucher le sein à travers son chandail. À l'époque, c'était déjà beaucoup. Il retourna au *Paloma*. Gaétan et Claude firent de même, sans plus de succès. Gérald se vanta d'y avoir été trois fois, mais c'était faux. Des chuchotements à propos de *goofballs*, une petite drogue à la mode, de femmes faciles, de graves désordres (pensez-y, des garçons cherchaient à coucher avec des filles !), de messes noires, de *païenneries* et d'idées scandaleuses atteignirent l'oreille attentive d'un de leurs camarades, le brave Bona Lachapelle, délégué des affaires religieuses de sa classe. Celui-ci en fit part ipso facto aux autorités compétentes, assumant la lourde responsabilité de dénoncer Lucien Théorêt en tant que chef de file des éléments subversifs.

La direction du collège, consciente de ses obligations envers les parents qui lui confiaient l'éducation de leurs enfants, prit des mesures immédiates pour enrayer la révolution. C'était une époque dangereuse, où chacun, au collège Saint-Denis, au collège Sainte-Marie, dans la bohème et dans les facultés des arts et des sciences sociales de l'Université de Montréal, se vantait de placer des bombes et de faire partie des forces libératrices qui devaient renverser le joug anglo-saxon. Le père Eugène Gravel fut chargé de l'affaire. Il convoqua sans tarder M. Robert Foisy, professeur de religion de Lucien. On alerta ensuite les membres du corps professoral et les services disciplinaires. M. Foisy, avec l'esprit de décision, la perspicacité, la conviction et le sens du devoir qui le caractérisaient, passa deux jours sans se raser, se dépeigna pour se donner un air hirsute, enfila un chandail usé, de vieux pantalons, et alla mener son enquête.

Il longea deux fois la rue Clark, entre Sherbrooke et Ontario, avant de trouver le *Cortijo*. Que ferait-il, si on l'attaquait ? Il tâta dans sa poche la poignée de porte qu'il avait eu la prudence d'apporter et dont il pourrait se faire une matraque, invoqua saint Jude et franchit le seuil de l'antre de perdition. Il descendit dans la cave. Il demanda une bière. Le garçon prétendit qu'on ne servait pas de boissons alcoolisées. M. Foisy esquissa un rictus, comme quoi on ne la lui faisait pas, et se contenta d'un café. Il inspecta les lieux et scruta les visages de ces anarchistes, ces saboteurs, ces révolutionnaires, ces mécréants qui faisaient semblant de jouer aux échecs ou aux dominos sous le regard concupiscent de jeunes filles visiblement dévergondées. Connaissant quelques mots d'espagnol, il comprit que la porte close, au bout de l'escalier, sur laquelle on avait écrit SEÑORAS, ouvrait sur des chambres de débauche où les garçons rencontraient des femmes à leur disposition. Il frémit de dégoût devant une perversion aussi flagrante. Tenant enfin la preuve qu'il se trouvait dans un bordel, il décida de partir. Avant de sortir, il s'arrêta devant une autre porte. Ne devait-il pas, par sens du devoir, jeter au moins un coup d'œil sur l'orgie qui s'y déroulait certainement ? Il entrouvrit discrètement la porte et aperçut des seaux, des balais et des vadrouilles, ainsi que des boîtes de savon dans lesquelles on dissimulait, de toute évidence, des narcotiques. La chambre qui donnait sur la rue, et qui servait parfois de logement au garçon de table, lui parut être, à coup sûr, le siège d'état-major des sinistres comploteurs et corrupteurs de la jeunesse.

Horrifié par ces découvertes, il entra au *Paloma*, à deux maisons de là, en priant la douce Vierge et le bon saint Antoine de l'aider. Il se garda de trop reluquer une jeune femme bien roulée qui sans doute racolait des clients. L'espresso, très fort, contenait certainement des drogues. Tout à coup, des cris, des propos rapides, du tapage. Des jeunes gens essayaient de fuir. Trois policiers en civil les refoulaient dans la salle. L'un d'eux parla avec une femme de l'escouade de moralité, vêtue en beatnik, que l'honnête Foisy avait prise pour une vilaine prostituée. On se mit à vérifier les papiers d'identité. La majorité des clients n'en portaient pas et on les embarqua dare-dare. La police faisait parfois de telles descentes, sous la pression de parents inquiets. Avec sa poignée de porte dans la poche, personne ne crut à l'histoire de M. Foisy. Il se retrouva donc au panier à salade et dut expliquer les raisons de sa présence à l'inspecteur responsable de l'opération.

Son rapport confirma les craintes de la direction. Le père Gravel remercia l'Esprit Saint, dont la grâce avait si bien et si à propos éclairé M. Foisy, et Lucien reçut une petite note de convocation pour le jour suivant. Il la lut quatre fois. De quoi s'agissait-il ? Depuis bien des semaines, il n'avait fait qu'étudier et écrire des poèmes. Le lendemain, il se rendit au bureau, cogna, entra et resta droit devant le père Gravel, dont le sourire bienveillant contrastait avec la sévérité de la posture.

– Mon enfant, je dois vous entretenir de choses graves. Je vous demande de réciter avec moi un Credo, un Pater et trois Ave, et implorons humblement l'assistance du Seigneur en cette occasion.

Ce qu'ils firent ; puis le père Gravel invita Lucien à s'asseoir.

– Vous êtes devenu un cas difficile, mon enfant. J'ai consulté vos professeurs. Je me suis renseigné.

L'abbé s'éclaircit la gorge et passa au tutoiement pour se rapprocher spirituellement du pécheur ébranlé.

– Lucien, tu t'es engagé dans la mauvaise voie. Tu lis n'importe quoi. Tu fréquentes des gens possédés par Satan. Que va-t-il t'arriver, maintenant ?

– Ben... répondit une voix fluette.

– Si au moins on pouvait déceler une parcelle de foi et de vie religieuse dans ton comportement ! Mais non ! Rien ! Un vide spirituel ! C'est le péché...

– J'ai d'excellentes notes en religion ! s'insurgea Lucien, pourtant troublé par l'émotion qui secouait son interlocuteur.

– C'est l'intelligence, mon enfant ! L'arme du démon !

Le bon père avait des larmes aux yeux. Lucien, bien qu'il ne comprît rien à cette scène, se sentait pareillement ému.

– Nous avions tellement confiance en toi ! Qu'as-tu fait, mon enfant ? La grâce de Dieu t'aurait-elle manqué ? Il fallait prier, pauvre enfant ! Prier, prier davantage ! Mais non, tu as préféré le chemin de la faiblesse et du vice, la voie de la perdition. Dans les tourments et la confusion de ton âge, tu as opté pour la mauvaise consolation de la drogue, des sens, des lectures dangereuses. Et, plutôt que la saine atmosphère de l'Église, tu as choisi l'air sulfureux du *Paloma* et du *Cortijo*, où t'attendaient les griffes de Lucifer. Ne voyais-tu pas l'enfer sous ces parfums, dans la fausse beauté des créatures, dans la chaleur traîtresse des désirs impurs ? Ne sentais-tu pas ton âme s'éloigner de Dieu ? Ah ! Lucien, Lucien...

Il contempla l'adolescent. Effondré, plié en quatre, immobile, Lucien priait, sans trop savoir lui-même s'il était sincère ou habile. Porté à afficher spontanément des postures théâtrales et à jouer le rôle qu'on attendait de lui, il se laissait parfois prendre par son personnage. L'abbé resta bouche bée. Lucien leva le visage, larmoyant.

– Mon père, je suis terrassé. Mais que Dieu me pardonne, car je ne savais pas ce que je faisais. Je ne voyais pas l'ennemi qui me guettait. Maintenant, je sens en moi une lumière immense qui m'éclaire et me montre la route que je n'aurais jamais dû quitter. Mon père, je me repens, une fois, deux fois, trois fois. Mon père, je vous supplie de m'entendre en confession générale.

– Mon enfant, je... Vous me bouleversez... Je...

Le père Gravel, qui venait de relire la vie de saint Ignace, comprenait l'état d'âme du pécheur repenti. L'influence de la Providence était si apparente ! Dieu manifestait encore une fois Sa force et Sa bonté. Il suspendit les mesures qu'on envisageait de prendre contre Lucien. Foudroyé par la grâce, celui-ci remercia le Seigneur de sa miséricorde et demanda la permission de faire une retraite fermée, ce qui lui fut accordé pour Pâques.

En dépit d'une certaine exagération, compréhensible dans les circonstances, surtout chez un garçon sensible et porté à dramatiser, le repentir de Lucien ne manquait pas d'authenticité. Il changea de vie et renouvela son âme pendant trois jours, ce qui correspond à la durée moyenne des repentirs. Ses remords profonds se traduisirent en une ode touchante où ses amours charnelles, parfaitement imaginaires, cédaient la place à l'amour divin, également imaginaire. Il versifia trois psaumes, ce qui lui permit de se considérer comme l'héritier des classiques. Il envisagea de mener une existence retirée, voire une entrée dans les ordres ; chacun sait que la vocation est une affaire soudaine, du moment qu'on a la force de caractère et la détermination de ne pas y réfléchir trop longtemps. Mais Lucien, victime innocente du chaos qui préside aux destinées humaines, n'avait pas été confirmé. Le quatrième jour, il glissa de nouveau sur la mauvaise pente.

Il s'était lié avec Aristide d'une forte amitié. Tous deux se complétaient, Lucien dissimulant sa timidité sous une attitude de maître à penser, et Aristide cachant sa léthargie intellectuelle sous une audace aventureuse. Ses désirs stimulés par ses visites au *Paloma*, Aristide, sanguin et vif, s'était lancé dans la vie et avait vite accumulé une expérience convenable et des relations intéressantes. Il invita Lucien à une soirée chez un ami, Léon Payette, ancien étudiant en lettres, nouvel employé d'une compagnie de finances, qui se prenait très au sérieux, comme ceux qui ne savent pas faire mieux.

Un logement de célibataire, trois caisses de bière, une demi-douzaine de jeunes gens, tous mâles ou à peu près. Un tourne-disque jouait des chansons de Ferré, qu'il était bien vu d'apprécier. On bavardait de choses importantes, telles que le marxisme, la théorie de l'évolution, le laïcisme et la peinture abstraite. La soirée se déroulait normalement, sans ordre, sans but, un prétexte à boire, à fumer, à être ensemble, bref toutes les fonctions ordinaires d'un groupe primaire qui se respecte. Aristide, qui lisait Gide et se tenait pour Ménalque, scandalisait allègrement Roger Bergeron, candide lecteur de Nietzsche, en paraphrasant avec entrain des passages du *Corydon*. Bien entendu, personne ne pouvait concevoir que le grand Aristide hésiterait jamais entre une fille et un garçon. Toutefois, Léon, qui le prenait au mot, fit une intervention bien réfléchie :

— Ce qui affaiblit vraiment l'homme québécois, ce n'est pas la pédérastie galopante, mais l'influence simultanée de l'Église catholique et du colonialisme anglo-saxon en provenance d'Ottawa. Et il n'y a qu'une solution : la mystique de Tchen !

Il venait de lire *La Condition humaine*. Gratien ne partageait pas son avis. Tout entier sous l'emprise de Jean-Jacques Rousseau, il faisait confiance au bon sauvage qui sommeille dans le cœur de chacun, y compris les voltairiens.

– Le bon sauvage ? Oui, j'y crois, affirma Léon. Mais nous sommes écrasés sous la botte de l'impérialisme bourgeois ! Si nous voulons vraiment devenir de bons sauvages, nous devons changer l'infrastructure afin de créer une superstructure viable.

Ces propos firent sensation. Lucien se sentit menacé. Les mots, c'était son domaine. Léon continua sa tirade :

– Il n'y a qu'une méthode : la révolution. C'est elle qui nous rendra sauvages ! Le reste, c'est des demi-mesures. Nous devons brûler les églises, sauf celles qui ont une valeur historique, dynamiter les édifices fédéraux, mettre le Québec à feu et à sang et construire un monde nouveau, pacifique et heureux, tel que Jean-Jacques et Voltaire l'ont rêvé ! Nous avons déjà commencé, ajouta-t-il à voix basse.

Roger grimaça, mal à l'aise. Alphonse aussi, qui croyait que la police tenait les éléments subversifs à l'œil. Ils sentaient chez Léon le meneur en quête de brebis. Lucien sauva la situation :

– C'est une éventualité, déclara-t-il posément. Une option importante. Cependant, réfléchissons. La conjoncture actuelle appelle-t-elle des moyens draconiens dirigés dans cette direction ? Le monde s'organise macromoléculairement, et tout le reste est réactionnaire, y compris certaines révolutions.

Roger, Alphonse et Gratien hochèrent la tête, soulagés. Ils n'avaient rien compris, ce qui ne doit pas étonner. Léon dévisagea Aristide : quel étrange concurrent lui avait-il amené ? Lucien afficha un air suffisant, ayant sa réputation à soutenir. Il venait de lire un livre sur les grands blocs politico-économiques et s'aventurait pour la première fois dans ces questions. C'était aussi la première fois qu'il buvait plus d'une bière.

Léon, défendant son territoire, se montra catégorique :

– Le séparatisme n'isole pas le Québec. Il nous libère d'un bloc condamné, grugé par ses contradictions, et nous donne la chance de vivre à la mesure de notre temps. Cuba ne sera plus seul !

C'était émouvant. On regardait Léon. On regardait Lucien. Comment ne pas hésiter entre ces deux adversaires, aussi formidables l'un que l'autre ?

– Je ne le crois pas, riposta Lucien sèchement. C'est mal interpréter l'Histoire.

Ils passèrent quelques heures à discuter de ces grands problèmes. L'actualité leur brûlait la cervelle et ils raisonnaient et déraisonnaient avec l'habileté et la compétence de leur âge, persuadés qu'ils sauraient diriger les nations plus efficacement que ces méprisables marionnettes internationales dont les visages illustrent les journaux. La jeunesse victorieuse parlait par leurs bouches. Ils avaient tous foi en eux-mêmes, ce qui constitue la base du succès. L'avenir leur appartenait.

Cependant, en attendant l'avenir, il fallait être de retour chez soi avant onze heures. Lucien rentra à pied. Des horizons immenses s'ouvraient devant lui, un peu trop mobiles toutefois. Il avançait vers un futur héroïque en titubant, quatre bouteilles de bière dans le ventre et trop d'effluves dans le cerveau, mais le cœur ferme et décidé. Quelque chose de sublime, de grandiose, lui arrivait. Une noble ambition de guider l'humanité, comme lorsqu'il conduisait la manifestation en faveur de Caryl Chessman.

Et là, Lucien s'arrêta, ferma les yeux, crispa les mains sur son estomac déréglé et vomit sur l'escalier de la maison la plus proche.

Il faut bien commencer
par un premier baiser

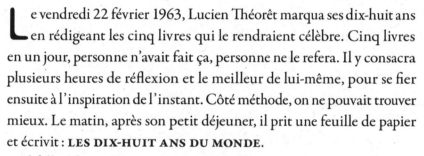

Le vendredi 22 février 1963, Lucien Théorêt marqua ses dix-huit ans en rédigeant les cinq livres qui le rendraient célèbre. Cinq livres en un jour, personne n'avait fait ça, personne ne le refera. Il y consacra plusieurs heures de réflexion et le meilleur de lui-même, pour se fier ensuite à l'inspiration de l'instant. Côté méthode, on ne pouvait trouver mieux. Le matin, après son petit déjeuner, il prit une feuille de papier et écrivit : **LES DIX-HUIT ANS DU MONDE**.

Il fallait, bien sûr, vaquer aux misérables occupations quotidiennes, ses cours, ses études, ses activités familiales. Avant le repas du midi, dans un accès remarquable de lucidité, il inscrivit, sur une autre feuille : **ON A LA JEUNESSE QU'ON PEUT**.

Une merveilleuse exaltation accompagnait chaque minute de cette journée capitale. Il eut l'élégance de ne pas ouvrir les journaux, leur pardonnant d'avance de ne pas lui consacrer deux ou trois éditoriaux et la totalité des rubriques littéraires. Juste avant le premier cours de l'après-midi, il songea à la lumière que l'artiste projette dans le cosmos et écrivit : **L'AUBE DU POÈTE**.

Solidement installé sur la crête de son frisson intérieur, il regardait à peine les vaguelettes écumantes que les heures lui apportaient. Avant le souper d'anniversaire, qu'il tenait à passer discrètement, en famille, avec son père, sa mère, son parrain et sa marraine, qui venaient de s'installer à Montréal, et leur fille Yvonne, qui fréquentait un autre garçon, il décida qu'il publierait une anthologie de ses meilleurs morceaux. Il prit quelques secondes pour griffonner : **LES DIAMANTS DU NOUVEL ÂGE**. Et c'était bien avant qu'on ne plagie sa trouvaille dans un sens spiritualo-ésotérique. Pour lui, le « nouvel âge » était celui qui commençait avec lui et grâce à lui.

Après le déballage des cadeaux, les coups de téléphone de quelques amis et parents, les bonnes paroles de circonstance et sa première bouteille de mousseux, avant de s'endormir, il écrivit sur une dernière feuille : **CLAIR-OBSCUR DE L'ÉTERNEL DESTIN**.

Il savait déjà que l'essentiel, en littérature, c'est le titre. Quand on questionne de façon serrée les gens les plus cultivés, on s'aperçoit qu'ils connaissent surtout les titres des grandes œuvres, ce qui leur suffit amplement. Lucien avait ses titres, qui contenaient toute son inspiration, et la rédaction des ouvrages s'avérerait tâche facile, de l'ordre du remplissage. Convaincu d'avoir brillamment couronné les millénaires de la poésie universelle, au zénith de sa pensée et de ses réflexions sur la vie, il jeta un long coup d'œil sur l'univers et se coucha pour s'endormir aussitôt.

❧⸮⸎❧

Une soif confuse d'héroïsme, une démangeaison lyrique, un soubresaut collectif d'imagination poussaient alors des jeunes gens à poser des bombes devant les casernes fédérales, à en glisser dans des boîtes aux lettres de Westmount, faisant bien du bruit, tuant par mégarde un concierge, laissant circuler le vent de l'histoire dans cette fin d'hiver et ce début de printemps. Il faut ce qu'il faut pour meubler les conversations, remplir les pages des journaux et se donner de temps à autre la grave et noble satisfaction de vivre des événements transcendants dont on pourra parler à ses petits-enfants.

Lucien ne faisait partie d'aucun de ces groupes. Le séparatisme n'était pas encore tout à fait à la mode. Bien des révolutionnaires québécois de demain militaient tout au plus en faveur d'un nouveau drapeau canadien qui remplacerait l'Union Jack. Peu de gens lisaient les éditoriaux et les lettres des lecteurs qui prenaient, curieusement, ces remous très au sérieux et proposaient, pour y mettre fin, des recommandations aussi saugrenues que la pendaison des fauteurs de trouble et la proclamation d'une République laurentienne. À l'abri de la réalité, ce qu'on ne saurait lui reprocher, la réalité étant ce qu'elle est, Lucien, auteur de cinq recueils définitifs et, dira-t-on plus tard, incontournables, s'occupait du développement de son esprit.

Ainsi que tout honnête adolescent ouvert au progrès, il dévorait des traités de vulgarisation de psychanalyse qui lui donnaient le sentiment de connaître et de comprendre la psychologie humaine, et, surtout, enrichissaient son vocabulaire. Il se psychanalysa lui-même. Avec un peu d'imagination, il se découvrit un tempérament cyclothymique, ce qui élargit l'éventail des comportements, avec des pointes de schizophrénie, une double personnalité valant mieux qu'une seule, et s'efforça de s'attribuer deux ou trois complexes. Il est très agréable d'en avoir, car ils constituent un substitut valable à la santé mentale et enrichissent le caractère. D'ailleurs, tous les grands hommes ont été plus ou moins complexés. Pendant plusieurs semaines, Lucien parla de système neurovégétatif, de types extrovertis et introvertis, de génotype et de phénotype, de mouvements autosomiques, d'animus et d'anima. Il ne parvint pas à lire plus de vingt pages du traité des rêves de Freud, mais il le cita souvent. Sous l'influence de Carl Jung, il découvrait dans les moindres gestes la marque d'un archétype collectif. Il jouait très bien avec les théories du vieux professeur suisse, ce que chacun peut d'ailleurs faire avec impunité. Tranquillement, il élaborait une vision organique de l'univers qui n'aurait pas déplu à Teilhard de Chardin. « L'avenir, c'est la bio-psychophysiologie », aimait-il à dire avec une solennité convaincante. Il flirta brièvement avec un néonazisme théorique pour intellectuels, mi-wagnérien et mi-nietzschéen, y mettant toute la ferveur qu'on peut apporter dans l'adhésion à quelque idéologie périmée, et se complut dans un monde abstrait où ses frustrations, ses inhibitions, ses lâchetés et ses faiblesses s'évanouissaient devant le sentiment de sa toute-puissance. Soulignons qu'il ne s'attarda pas longtemps sur ces territoires, n'étant vraiment pas enclin à jouer avec la cruauté et le fanatisme guerrier.

L'intelligence n'excluant pas la candeur, Lucien croyait que la psychologie servait à quelque chose, aidait à comprendre les autres, notamment les femmes, expliquait tout et donnait les clés du meilleur des mondes. De fil en aiguille, il se tourna vers la graphologie. Après tout, Balzac affirme que les graphologues sont des hommes supérieurs. Des livres empruntés à la bibliothèque municipale lui permirent de brosser le portrait psychologique d'un inconnu rien qu'en promenant ses lunettes sur la forme des o, l'âpreté ou la sensualité des courbes au-dessous de la ligne, la spiritualité des lettres au-dessus de la ligne, l'obliquité des marges, la position des points sur les i et les barres des t, la pression du stylo et la continuité du tracé. Il entreprit de modifier sa graphie, traçant ses n et ses m comme des v et des w, dessinant de gros j lubriques, inventant de bizarres majuscules métaphysiques, appuyant énergiquement sur ses t, décrivant des d fantaisistes, s'acharnant à offrir de lui-même l'image d'un homme volontaire, un artiste aspirant à une affection profonde, doté d'une libido ardente et contrôlant de justesse la puissance de ses passions.

Se découvrant aussi, pour la première fois, un esprit pratique, il analysa pour vingt-cinq cents l'écriture de ses amis et de leurs copines, parents et relations, jusqu'à ce qu'on s'aperçoive que chacun de ses portraits, à l'instar des horoscopes, pouvait s'appliquer à vingt personnes différentes. Il eut quand même la satisfaction d'inciter un de ses camarades, dans la graphie duquel il avait décelé un symptôme cardiaque, à consulter un médecin, qui le rassura sur sa bonne santé.

Encore d'âge à succomber à des influences littéraires, soucieux d'envisager l'univers et la vie en bloc, Lucien décida que le chaos détermine les lois générales et que l'individu est une parcelle d'or dans un marasme boueux. Sa philosophie, très souple, se modifiait au gré des livres qui lui tombaient sous la main. On pouvait suivre dans ses textes l'évolution de ses lectures. On pouvait également y voir un témoignage de son esprit critique et généreux, de son pouvoir d'assimilation et de compréhension. Ainsi, suite à une digestion éclectique, Hugo et Baudelaire, Breton et Lamartine, Leconte de Lisle et Prévert se retrouvaient souvent ensemble dans le même poème de Lucien.

Jusque-là, il avait surtout donné dans la poésie. Décidé à se lancer dans la grande prose, il se fit un point d'honneur de s'en tenir aux auteurs réputés. Après avoir lu *La Nausée*, acheté deux ans plus tôt, il s'avoua incapable de dire de quoi il s'agissait. Mauriac lui plut davantage ; ses romans lui apportaient l'illusion d'être à la fois un saint et un pécheur, ce qui convenait à l'identité qu'il se rêvait. Il s'abandonna à Saint-Exupéry avec complaisance, puis tomba sur un article qui traitait les ouvrages de Saint-Ex de banalités héroïques pour petit-bourgeois. Incapable de mettre en doute l'avis d'un expert, il passa à Malraux ; il ferma *L'Espoir* au troisième chapitre, s'essaya à *La Tentation de l'Occident*, y renonça, et finit par dire du bien de la philosophie esthétique du *Musée imaginaire*, sans avoir ouvert le livre. Effrayé par l'épaisseur des romans de Zola, de Proust, de Flaubert, il décida qu'il s'agissait là d'écrivains dépassés. À part *Les Engagés du Grand Portage*, un prix de français au secondaire, il ne lut aucun roman québécois, ce qui n'était pas anormal au début des années soixante ni même aujourd'hui.

Il parvint à se trouver des idoles, ce qui fait partie d'une saine croissance littéraire. L'amant métaphysique de la douce Adrienne s'adonna à une reposante misogynie qu'il croyait de mise après la lecture des *Jeunes filles* ; il citait Montherlant à tout propos, prenait des poses constipées et parlait de mépris, de qualité, de syncrétisme et d'alternance. Éberlué par *Moravagine*, il tenta de mettre ses biceps intellectuels au service d'une conception violente de la vie ; il s'imagina d'aventureux périples qui feraient de lui le successeur privilégié de Cendrars. Il tempéra ces projets sous l'effet des romans de Henry Miller, obtenus par l'entremise d'Aristide ; on le vit alors toiser les femmes au passage et s'inventer des orgies énergumènes dont il n'osait pourtant pas effrayer l'aumônier du collège lors des confessions obligatoires du premier vendredi du mois.

Quand il faisait beau, Lucien sillonnait le Mont Royal, qui n'était pas encore aménagé comme un jardin. Il s'enfonçait dans les broussailles, choisissant les sentiers peu fréquentés et les falaises abruptes où il pratiquait la descente de l'Orénoque et l'assaut de l'Annapurna. Caché derrière des arbres pour méditer sur la vie, il attendait le passage d'une jeune fille ; il imaginait alors qu'elle le voyait et tombait amoureuse de lui, mais il préférait lui sauter dessus en plein soleil et repartir, figure éternellement tragique, à couteaux tirés avec la société et ses règles coercitives. Il cherchait un promontoire quelconque d'où il pût contempler la métropole, rêvant qu'il posait les mains sur les manettes d'un détonateur ; la ville disparaissant dans une immense explosion, punie de ne l'avoir pas reconnu à temps. D'autres fois, il se contentait de jouir de sa profonde solitude, rempli de dédain pour l'humanité, avec cependant le regret empoisonné de n'être pas vu. Il souffrait de ne pas pouvoir faire peur aux gens rien qu'en les fixant dans les yeux. Le plus souvent, il finissait sa randonnée au *Chalet de la Montagne*. Il traversait la salle, regardant chacun de haut, même s'il était plutôt court, attendait d'un air conquérant qu'on voulût bien le remarquer, et, d'une voix étranglée qu'il croyait tonitruante, il demandait une crème glacée au chocolat.

Une autre liaison amoureuse le marqua profondément. Jeune infirmière à l'hôpital Notre-Dame, Geneviève Saint-Amour aimait la musique, le cinéma, les mâles et la danse, et n'avait dans la vie nul autre but que de jouir de sa jeunesse et d'épouser sur le tard un médecin ou un riche malade. Lucien s'en était amouraché à cause de son nom et parce qu'il avait désespérément besoin de femme, n'ayant pas embrassé de jouvencelle depuis maintenant plus de dix-huit ans. Léon lui aurait bien donné de bonnes adresses, mais, comme chacun, il pensait que Lucien était un intellectuel paillard qui gardait ses conquêtes dans l'ombre et n'avait pas besoin d'un coup de main dans ce domaine.

Le premier soir, Lucien crut à une erreur du destin. Il prenait un café chez Léon quand Aristide se présenta avec Geneviève. Aristide avait un œil sur elle, mais il arrive que les myopes gagnent au jeu, et c'est à Lucien qu'elle demanda s'il viendrait danser le samedi suivant, avec l'air d'une fille qui se cherche un cavalier. Lucien n'étant pas au courant de cette soirée, Léon s'empressa de l'inviter.

Lucien ne connaissait rien à la danse. Après avoir consulté en vain le *Larousse illustré*, il se résigna à faire confiance à l'amour, qui, comme chacun le sait, révèle dans ses victimes des facultés inattendues. On s'était cotisé pour acheter deux gallons de Gamay, un vin rouge à bon marché. En entendant les premiers accords d'un disque de jazz, Lucien se dépêcha d'allumer sa pipe. Il savait que les femmes aiment ceux qui dédaignent les coups faciles. En effet, comme sur commande, Geneviève vint s'asseoir à côté de lui.

– Tu ne danses pas ? Tu n'aimes pas le jazz ?

– J'aime beaucoup écouter du jazz. Ce rythme syncopé…

Il lança en l'air un regard perdu et compléta, doctement :

–… me semble répondre à des pulsions profondes de la vie.

Geneviève regarda Lucien de plus près. Un visage intelligent, sensible, juste un peu gauche. Ce garçon lui plaisait. Il y avait en lui quelque chose de calme qui ressemblait à de la force. Sans doute devait-il être difficile à conquérir. Un défi.

On fit tourner un microsillon de Mouloudji, dont le rythme plus lent inspirait confiance. Après avoir bien observé Aristide et les autres, qui tenaient étroitement des filles contre eux et ne bougeaient pas beaucoup, Lucien décida d'inviter Geneviève. Ses centres de décision étant quelque peu éloignés de ses cordes vocales, il continua de lui parler de Saint-Germain-des-Prés. Trois rengaines plus tard, il trouva le courage de lui proposer une danse, ce qu'elle accepta avec soulagement.

Contrairement aux autres couples, ils dansaient sans se toucher. À la deuxième valse, fière d'avoir été respectée, comme on disait, Geneviève se colla contre lui. Il crut à un faux mouvement de sa part et rétablit délicatement les distances. Il dansait fort mal, ce que sa partenaire prenait pour de l'émotion. Lucien envisageait de profiter du morceau suivant pour la serrer dans ses bras. Il y songeait encore lorsque le disque prit fin.

Léon, responsable de la musique, avait la manie des changements brusques, et Lucien fut forcé de twister aux accords de Chubby Checker. Ses lunettes oscillèrent dangereusement durant la performance, mais ce fut dans son intégrité physique qu'il invita, à bout de souffle, sa compagne rieuse à prendre un verre. On causait cinéma. Lucien, qui avait négligé depuis quelques mois de fréquenter les salles, se drapa dans un mépris souverain des films contemporains, exception faite d'Alain Resnais et de Godard, dont on disait beaucoup de bien. Geneviève, qui allait au cinéma pour se délasser ou se bécoter avec un copain, se montra hautement impressionnée par le goût exigeant de Lucien. Contrairement à ses amies infirmières, presque toutes des vierges de mauvaise et excitante réputation, elle aimait faire l'amour. Elle se demanda ce que Lucien pouvait bien valoir dans ce domaine. Elle présageait une expérience exaltante. Loin dans son for le plus intérieur, il y avait chez elle un besoin d'être prise au sérieux. Une liaison avec un vrai intellectuel devait sans doute s'avérer très gratifiante.

Lucien, deux pintes de vin dans l'estomac et une autre dans le cerveau, parlait du *Sacre du Printemps*, de l'amour libre et du sens surréaliste de l'existence. Quand on est jeune, il est normal d'avoir quarante ans de retard sur son époque. Aristide couvait de ses yeux rouges une fille qui regardait sa montre à la dérobée et tentait surtout de l'empêcher de renverser son verre sur sa jupe. Léon pensait à d'autres bombes que celle-là. On ne dansait plus. On buvait, on fumait, on riait, on prenait soin de ne pas exagérer. L'éternelle nouvelle génération, montante et florissante, faisait son petit tour au bord du délire et d'un certain bonheur et s'empressait de rebrousser chemin, de compter les cigarettes, de boire sans excès et de garder son maintien devant une folie qu'on avait fait semblant de libérer.

Pendant une heure ou deux, ces huit espoirs de leurs parents s'attardèrent donc au seuil de leurs désirs. Il faut tout un miracle pour forcer les gens à saisir ce qu'ils convoitent et qui leur est offert, et les miracles ne sont pas un ingrédient de la vie courante. Le seul point que Lucien marqua ce soir, ce fut un rendez-vous avec Geneviève le samedi suivant.

Brûlant, impatient, énervé, Lucien n'écrivit pas le moindre sonnet pour sa dulcinée. Il était sûr de son coup. L'amour cédait enfin à ses instances répétées. Le samedi, il s'éveilla pourtant avec un morne désespoir. Il doutait de son étoile. Pour se donner du courage, il lut quelques pages de Miller et de Cendrars.

Son trouble amoureux le paralysa quand il aperçut Geneviève dans une jupe étroite et un chandail émouvant. Comme il lui souriait béatement, elle prit les devants et garda la main de son cavalier en avançant dans les rangées du cinéma *Élysée*. Brave fille, elle se laissa caresser, gentiment et poétiquement, durant le film. Lucien apprit tout ce qu'il faut savoir concernant la forme et la texture d'un soutien-gorge. Geneviève trouvait que ce garçon était moins timide qu'elle ne le craignait. Lucien n'alla toutefois pas plus loin, tout occupé à mettre ses sensations en octosyllabes aux rimes croisées.

À la sortie du cinéma, Lucien se sentit attiré dans un coin obscur où il fut passionnément embrassé. Que faire ? Il avait beaucoup lu, il avait même vu dans des films comment on embrassait, mais doit-on s'absorber dans le baiser ou laisser courir ses mains le long du dos de sa partenaire ? A-t-on le droit de lui toucher les fesses ou est-ce un comportement de goujat ? Doit-on garder les lèvres ouvertes ou fermées ? Est-il préférable de saisir la tête, les épaules ou la taille de sa compagne pour bien la serrer contre soi ? Geneviève menait donc le jeu, qu'elle trouvait agréable, et ce fut elle qui lui enfonça la langue dans le palais. En dépit d'un arrière-goût de chose mal faite, le déséquilibre entre sa vivacité et la timidité de son partenaire produisait un plaisir intéressant. Intimidé, au lieu de l'inviter à voir sa collection de timbres dans quelque hôtel de passe, Lucien offrit à son nouvel amour un café au restaurant grec du coin. Il lui parla de ses cours, de ses professeurs, de ses amis, des livres qu'il lisait, et puis l'heure arriva où Geneviève dut rentrer à la résidence des infirmières.

Lucien passa quelques jours dans un état de frénésie. Après tout, il avait embrassé une fille ! Et quel baiser ! Encore d'âge à croire que le monde s'occupait de lui, il prenait soin de cacher son émoi sous une impassibilité supérieure. Toutefois, en regardant ses confrères, ses professeurs, ses parents, il jouissait de sa victoire secrète : eux, Geneviève ne les avait pas embrassés. Il stimulait des sensations intimes en se rappelant le sein qu'il avait tenu dans sa paume, même si trop de vêtements l'en séparaient. En plus de sonnets tendres, il écrivit son premier poème impubliable, non en vertu de critères littéraires mais en raison de cet érotisme verbal exalté qui est propre aux jeunes gens en bonne santé et fait peur aux censeurs.

Tranquillement, il assimilait sa félicité, il la savourait au carré et au cube. En marchant, en classe, il s'imaginait avec Geneviève. Elle le regardait tendrement, obnubilée. Il lui disait, avec l'air lointain de ceux que le destin a frappés : « Que veux-tu que je te dise de la vie ? C'est toi... » Elle répondait : « Que tu parles bien ! » Il répliquait : « Il suffit de laisser parler son cœur. » Et alors, les yeux abandonnés, elle le suppliait de l'embrasser. Et alors le professeur, qui lui posait une question pour la seconde fois, lui conseillait de revenir sur terre. Les adultes ne comprennent rien à l'amour.

Geneviève glissait déjà dans un monde que Lucien avait toujours préféré à la réalité. Et la réalité réagissait en se dérobant de plus en plus. Il ne se levait plus et ne s'agenouillait plus aux bons moments à la messe, il répondait de travers en classe, il oubliait les commissions de ses parents, il négligeait l'alternance des rimes féminines et masculines, et il faillit ne pas rappeler Geneviève pour lui fixer leur prochain rendez-vous.

Geneviève travaillait de nuit cette semaine. Ils se verraient donc à midi. Le matin, Lucien avait toussé, pâli, titubé, ce qui inquiéta le titulaire, qui lui donna congé pour la journée sans lui poser de question indiscrète. De son côté, Geneviève avait vu Léon, qui, chose relativement fréquente, lui avait prêté les clés de son appartement. Elle alla ensuite trouver son soupirant au restaurant, comme convenu.

– Bonjour, dit-elle avec un sourire prometteur. Ça va bien ?

– Ben... répliqua-t-il en retrouvant son âme d'enfant, ce qui est un effet connu de l'amour.

Il crut qu'une pièce de Brecht, qu'il venait de voir, fournirait un bon sujet de conversation. Elle essaya plutôt de parler d'eux. Il fit dévier l'entretien sur la mère Courage. Elle l'incita discrètement à lui confier ses souhaits et ses désirs. Trop humble, il bifurqua sur l'état du théâtre amateur à Montréal. Elle persista et entreprit de parler d'amour. Il rougit, confus, et tenta de mettre en prose son dernier poème. Elle n'y comprit pas grand-chose et mentionna que Léon lui avait passé les clés de sa chambre. Lucien fit un brillant éloge de l'amitié vraie et du caractère cordial et confiant de Léon. Geneviève se demandait si elle devait se résoudre à l'inviter explicitement à voir sa collection portative de miniatures chinoises. Heureusement, quand la serveuse déposa sur la table une troisième paire de cafés et la facture révisée, Lucien proposa, la voix plus juvénile que jamais :

– Ben, tu sais, peut-être qu'on pourrait bien, si tu veux, aller peut-être passer l'après-midi, ou une partie de l'après-midi, chez Léon, à écouter des disques. Ça ne le dérangera pas, puisque... ben, enfin... il n'est pas chez lui, comme tu dis.

Avec un soulagement évident, la jeune fille entraîna Lucien, qui essayait par tous les moyens de marcher lentement. On sait qu'être jeune, c'est laisser les beautés de la vie nous glisser entre les doigts. Pourquoi faut-il alors que le destin nous force parfois à nous rendre dans des chambres avec des femmes au lieu d'aller tranquillement écrire les grands poèmes de demain ? Heureux d'aimer et de désirer Geneviève, Lucien aurait bien souhaité « se coucher nue à nu » avec elle, comme on lit dans *Daphnis et Chloé*, mais il craignait viscéralement que cette aventure ne se solde par un nouvel échec, plus cruel que tous les autres. Pourtant, si c'était vraiment le grand jour ? Il reprit contenance en entrant dans l'appartement et repassa rapidement en mémoire tout ce qu'il savait en matière de théorie sexuelle, ce qui était beaucoup mais pas assez.

Prétextant la fatigue, Geneviève se jeta sur le divan. Lucien, poussé par son ange gardien, saboteur de premier ordre, fit tourner le disque de *Poèmes grinçants* récités par Pierre Brasseur. Sidérée par la voix grave et lente du comédien, Geneviève supposa que les intellectuels préfèrent sans doute baiser dans ce genre d'atmosphère. Elle se plaignit de la chaleur et ouvrit le col de sa chemise. Obligeant, Lucien lui apporta un verre de coca. Il brûlait de l'embrasser, mais ne voulait pas se comporter en rustre affamé. Elle prit un air rêveur et lui demanda de s'asseoir à ses côtés afin de mieux apprécier les poèmes. Il eut la délicatesse de s'installer à l'autre bout du divan, soucieux de ne pas effaroucher cette fille tant aimée. Elle étendit vers lui ses jambes, dont il ne sut que faire. Il craignait que, s'il la touchait prématurément, elle le traiterait de profiteur, lui ferait une scène et détruirait à jamais ses chances de transformer leur bel amour en une passion plus agréablement lubrique. Elle se déchaussa et laissa reposer ses mollets sur les cuisses de Lucien. Il l'invita à écouter bien attentivement le prochain poème et lui parla du suicide de Nerval. Là, Geneviève eut l'occasion de mesurer les limites de sa patience.

Le diable avait perdu la partie. Les jours suivants, Lucien médita longuement sur la mauvaise organisation sociale qui entrave l'irrésistible avance des grands amours. Et, pendant longtemps, il essaya vainement de comprendre pourquoi Geneviève ne se trouvait jamais à la résidence des infirmières quand il l'appelait.

Une révolte tous azimuts

Un grave problème tracassait Lucien, et c'était de ne pas se sentir engagé dans le conflit des générations. Les tourbillons sociaux refusaient de le prendre en considération. Il songeait avec envie à ces héros aux vestes de cuir qui défiaient l'ordre établi en se promenant en moto dans la nuit du parc Lafontaine. Comment faire ? Il avait beau dresser le bilan de sa vie, il ne parvenait pas à se voir comme un opprimé, persécuté par une société de vieillards, victime du despotisme bourgeois. Et c'est une grande douleur que d'avoir dix-huit ans et ne pas se sentir maudit.

Le besoin de se révolter étant bien ancré dans le code génétique avec sa panoplie de tensions hormonales, la pression devenait insoutenable. Lucien se voulait lucide. Quand on approfondit la question, on s'aperçoit vite que l'ordre du monde, dans ses dimensions sociales, économiques et politiques, et la condition humaine, dont la mort et la souffrance font partie, fourmillent de situations révoltantes. Avec son enthousiasme des grands jours, Lucien décida qu'il était temps d'afficher une révolte intégrale qui ferait trembler l'univers, arracherait la société de ses gonds et le classerait, avec les cinq recueils dont il avait les titres, au premier rang des poètes contemporains.

Lors du sermon du dimanche, le curé de sa paroisse affirma que l'Église croyait en la liberté individuelle, et spécifiquement en celle qui poussait les gens à choisir le bien et leur imposait le devoir d'être de bons catholiques romains. Lucien prit alors la ferme résolution de se séparer du troupeau. Après y avoir réfléchi durant la communion, il conclut que cette notion de liberté individuelle camouflait une profonde ignorance de la nature humaine. Il devint un fervent déterministe. Comment expliquer autrement la façon dont avait tourné sa liaison avec Geneviève ? Sous l'influence insidieuse de Gide, il adhéra parallèlement à la théorie de l'acte gratuit, ce qui avait l'avantage de suspendre toute décision en la matière.

Cependant, qu'on soit déterministe ou pas, cela n'a guère d'importance en dehors des milieux intellectuels, toujours enclins à la candeur métaphysique. Lucien Théorêt s'en rendit vite compte. Il lui fallait trouver une façon plus efficace de signaler au monde entier l'apparition d'un nouveau révolté dans les domaines de la pensée, de la politique, de la littérature et de la vie sociale. Il avait bien senti que quelque chose clochait chez Rousseau, et pas seulement sur la question du bon sauvage. Il regarda un jour le ciel, et, à l'encontre de Jean-Jacques, il découvrit que son cœur n'avait pas besoin de Dieu. C'était un beau début. Vu qu'il n'avait pas été confirmé, la grâce ne le visita pas, la Providence ayant sans doute, comme à son ordinaire, autre chose à faire ailleurs.

Lucien se détacha de l'Église de façon progressive. Il commença par s'affirmer tout bonnement hérétique et se créa une nouvelle théologie où Dieu cédait son rôle au poème premier, le Verbe. Jésus conservait une place d'honneur pour avoir parlé des lys de la vallée dans un pays où, semble-t-il, il n'y avait pas de lys. C'est alors que la perfidie du serpent, déguisé en Aristide, s'interposa entre Lucien et ce dernier chaînon religieux.

Aristide était devenu bouddhiste. Pas un bouddhiste ordinaire, mais un vrai adepte du zen. Après quelques essais de yoga, il avait choisi de ménager ses membres et ses articulations en donnant dans le mysticisme, tellement plus reposant. Il passait des heures à admirer son nombril, une bière à la main, plongé dans les pensées sublimes des sages anciens. Plus tard, on appellerait cela de la méditation. Introduit par des amis dans un cercle orientaliste, après avoir bien regardé le minois des participantes, Aristide comprit que la solution de ses problèmes se trouvait dans la voie du *Rig-Véda* et du *Mahabarata*, avec une saine dose de tantrisme et la contemplation attentive du nombril des jeunes filles. Son expérience fut couronnée de succès et il fit ses adieux à son pucelage après la lecture en commun du deuxième chant du *Bhagavad-Gita*.

Un beau soir, Lucien surprit son copain en train d'expliquer à une demoiselle, dûment déshabillée, du moins partiellement, le sens du Hatha-Yoga. Il en fut vivement impressionné. Au lieu de faire appel à son ami pour qu'il l'aide à se débarrasser à son tour de sa virginité, il devint disciple de Gautama. Sa conversation se fit aussi inintelligible que ses poèmes. Il parlait de l'homme perdu dans le cycle de la roue, qui atteint son nirvana, puis l'état de yogi suprême, et marche avec Patanjali sur le sentier sanscrit. Toutefois, ayant encore toute sa tête, Lucien ne chercha nullement à imiter ces braves jeunes gens au crâne rasé qui proclament la vérité, rose à la main, au coin des rues, et préféra lancer son paganisme sur la piste plus savoureuse des dieux et des déesses gréco-romains.

C'était déjà le temps du carême et le père Gravel rappela à Lucien sa promesse de faire une retraite pascale édifiante. Impossible de se dérober, sa carrière collégiale étant en jeu. De toute façon, puisque Dieu n'existe pas, il n'y a aucun mal à aller à la messe. Par un beau jour de printemps, abandonnant sans les finir *Les Nouvelles nourritures terrestres*, Lucien prit religieusement le chemin de Saint-Benoît-du-Lac.

Les saintes confitures des moines bénédictins ne l'empêchaient pas de conserver une mine sombre et pensive devant le père Gravel. Il prenait soin de laisser de temps en temps la grâce illuminer son regard. Ses confessions offraient un dosage touchant de grivoiserie, d'inquiétude et de repentir. Lucien riait, l'impie, en songeant qu'il doublait Dieu, puisqu'il communiait tout en étant agnostique. Le dieu des chrétiens, qui en avait vu d'autres, se montra bon diable et ne se froissa pas pour si peu, car aucune tempête ne s'abattit sur le monastère. Les bords du lac demeurèrent aussi propices qu'avant à l'amour et aux prières et Lucien retourna dans la métropole sous l'œil satisfait du bon père.

L'athéisme avait un côté frustrant dans la Belle Province, puisque le code civil ne le reconnaissait pas et le clergé, encore maître à bord dans la conduite de la société et la protection de l'ordre public, ne l'avait pas en grande sympathie. Le premier ministre de l'époque, interrogé à ce propos, se contenta de déclarer que, à son avis, les athées n'étaient pas des criminels, mais des malades qu'il fallait aider à y voir clair. Dans un esprit de compromis, Lucien tâta de l'antithéisme sous l'influence de Vigny et de Byron. Finalement, pour extirper le mal à la source, il écarta tout bonnement l'idée de Dieu, se disant, à la suite de l'astronome Laplace, qu'il n'avait pas besoin de cette hypothèse, et il chercha de meilleurs débouchés à sa révolte. Dans son cheminement, Lucien affichait bien sa trempe de précurseur, puisque, en quelques années seulement, l'église et la religion devaient être reléguées à l'arrière-plan à mesure que l'ensemble des gens cessaient simplement de les prendre au sérieux.

Un moyen ordinaire et peu coûteux d'exprimer sa révolte consiste à écrire des poèmes. Lucien prit plaisir à remarquer, en fouillant ses tiroirs, qu'il avait manifesté son désaccord avec la réalité depuis l'âge le plus tendre. Pour pousser sa rébellion plus loin, il changea quelques mots aux quatre coins de ses vers et donna à ses recueils des formes avant-gardistes qui étaient la norme depuis un demi-siècle. Les années soixante étant une période d'ébullition de l'imagination artistique et d'exploration de formes expérimentales, il abolit la ponctuation et la moitié de la syntaxe, ce stupide artifice d'ignorants qui veulent se faire comprendre. Supprimant ici et là des verbes, des articles et des prépositions, il se prononçait contre la grammaire étriquée et la logique bourgeoise du français conventionnel. Il coupait une strophe en deux, la rassemblait à l'envers et en faisait un pot-pourri dont l'élite saisirait la beauté. Après tout, critiques et exégètes sont là pour ça et la postérité finirait certainement par entendre le message subversif de Lucien Théorêt.

Il tenait beaucoup à son message, conscient du sens profond de son expérience de la vie. Quand il parlait du monde, il savait qu'il mettait les points sur les i avec une force peu commune et que son œuvre éclairerait l'humanité en disant précisément où sont les bobos, ce qui les a produits, et quelle est la recette de la pommade. Ses textes constituaient un miroir fidèle de son esprit. En lisant les pages criminelles des journaux, il se prenait de compassion pour ces victimes de la vie moderne et les plaignait de ne pas lui avoir demandé conseil avant de commettre leurs forfaits désespérés. À l'instar de Confucius, il éprouvait un besoin cuisant d'offrir ses services aux princes de la terre qui le couvriraient de richesses, d'honneurs et peut-être de femmes ; et il savait bien qu'il aurait son heure, comme le vieux sage chinois.

Méprisant les petites histoires particulières, Lucien se lança à la chasse des grands courants de l'existence, des lignes de force majeures de l'univers. Avec un admirable foisonnement verbal, il discourut en détail sur l'infini humain, l'absolu poétique, la fatalité métaphysique, l'intuition téléologique, la révolte transcendantale, s'en remettant aux autres pour la compréhension de ses métaphores aux grandioses extrapolations. Il est toutefois désolant de se savoir indispensable à l'humanité et de constater que les autres ne s'en aperçoivent pas. La révolte poétique a le désavantage de l'incognito, surtout quand aucun éditeur ne paraît à l'horizon. Lucien partit donc à la recherche de voies nouvelles.

On trouve généralement utile, dans une société bien policée, de permettre aux citoyens d'émettre sur les questions qui échappent à leur contrôle des opinions qui, sans rien changer à rien, leur apportent la satisfaction d'insérer leur vie quotidienne dans un domaine plus vaste. Privée de cet exutoire, la population serait capable d'entreprendre de déplorables révolutions, ou, pis encore, de ne pas prendre les événements au sérieux. Lucien fut ainsi conduit, tout naturellement, à se révolter politiquement.

Il succomba d'abord au mythe du despote éclairé, car il avait des lettres. L'Église québécoise avait la candeur de voir en Voltaire l'ennemi du genre humain, du pape et de ses évêques. Lucien crut reconnaître en de Gaulle un voltairien de dernière heure et le général reparut ainsi dans sa vie, lui qui, on s'en souvient, avait jadis fait de Lucien un poète. La figure du sauveur de la France, fils spirituel de Louis XIV, émule de Bonaparte, présentait l'inconvénient de fasciner tous les conformistes. Il faut rappeler qu'à cette époque, dans l'ancienne Nouvelle-France, de Gaulle concurrençait sérieusement les chefs provinciaux dans les manchettes des journaux. M. Théorêt, avec la nostalgie de la guerre qu'il n'avait pas faite, estimait que les esclandres diplomatiques du général redoraient le prestige de la France. Mme Théorêt admirait la prestance du vieux militaire, comme elle avait jadis aimé celle de Pétain, avec sa ferveur de monarchiste refoulée qui se précipitait sur la rue Sherbrooke pour s'extasier devant le cortège à chaque visite royale. Lucien était sensible aux petites cachotteries du seigneur de l'Élysée à l'endroit de la Maison Blanche. Encore sous l'influence de la théorie des grands blocs, il croyait demeurer sur la bonne voie en dépréciant l'Alliance atlantique au profit de cette Europe des patries qui avait fait les délices de plusieurs générations précédentes et continuerait de fasciner les suivantes.

Il est cependant peu satisfaisant d'exprimer sa révolte par des convictions gaullistes lorsque ses parents sont gaullistes et qu'on habite au Québec. Lucien eut l'idée saugrenue de se façonner des opinions sur la politique canadienne. Se proclamer diefenbakeriste ? Personne n'aurait fait attention à un diefenbakeriste, même s'il y en avait eu. Toujours en quête de révolutionnaires tranquilles, Lucien tourna alors son cœur vers « l'équipe du tonnerre ». Jean Lesage et ses ministres gouvernaient la province depuis trois ans. On ne reconnaissait plus le royaume de Duplessis, dont la statue posthume se morfondait dans une cave secrète. Par comble de malheur, loin de là, à Rome, la sainte Église flirtait avec la liberté, convoquait des conciles œcuméniques, négligeait d'excommunier les recrues de Moscou et se déguisait en organisation moderne. La catastrophe ne pouvait se faire attendre. Mme Gilberte Côté-Mercier avait beau asperger chaque village de l'eau bénite du Crédit Social, le souffle mauvais avançait de partout. Et Lucien trouva moyen d'affronter son père.

Ayant pris la facture d'électricité dans la boîte aux lettres, Lucien la porta à l'auteur de ses jours avec un commentaire révolutionnaire :

– Ben, depuis que Lesage a nationalisé Hydro-Québec, ça a l'air que ça marche mieux.

– Mon fils, répliqua gravement M. Théorêt, étatiser un service public, c'est le commencement du communisme.

– Ben... riposta Lucien.

Il abandonna la partie, son père s'étant replongé dans les pages sportives. Sans toutefois céder, du moins intérieurement, il attendit son heure, qui arriva lorsqu'on annonça à la télévision le prochain congrès du Mouvement laïque de langue française.

– Ben, il est bon d'avoir des groupes comme ça, glissa-t-il timidement, sans avouer qu'il avait sa carte de membre.

– Bon à quoi ? demanda son père, sans quitter l'écran des yeux.

– Ben, ça permet à des gens de s'exprimer.

– Mon fils, déclara M. Théorêt, quand on permet à Satan de s'exprimer, c'est que nous n'avons plus l'âme chrétienne.

Cela ne suffisait pas à abattre Lucien, qui riposta :

– L'école neutre est le signe d'une société progressiste.

– Mon enfant, si jamais on force l'Église à quitter nos écoles, il n'y aura plus de Québec. Nous serons une province anglaise et protestante, comme les autres. Rappelle-toi cela : qui perd sa langue perd sa foi et qui perd sa foi perd sa langue.

– Il ne s'agit pas de chasser le clergé de partout. Il faut seulement qu'il s'en aille de quelques écoles.

Son père n'était pas habitué à autant de résistance et ce fut avec toute son autorité paternelle qu'il posa la question clé :

– J'ai été élevé par des frères. Est-ce que tu trouves à redire à mon éducation ?

– Ben... murmura Lucien, ébranlé par cette tactique déloyale.

– Mon garçon, en attaquant le clergé, les francs-maçons du Mouvement laïque veulent nous priver de notre foi, de notre langue et de notre terroir. On commence par l'école laïque, on finit par l'école mixte, la promiscuité, le désordre et le vice. Tu vas réciter un rosaire avec ta mère pour remercier le Seigneur de nous avoir donné une Église puissante qui nous protège de tout.

Les forces de l'avenir ne succombent pas facilement aux manœuvres des passéistes. Lucien attendit patiemment le prochain discours de René Lévesque, ministre des Ressources naturelles. À la fin du journal télévisé, il lança, prudemment :

– Au moins, c'est grâce à des hommes comme lui que le Québec commence à être connu dans le monde.

– Il y a des bandits qui sont célèbres tandis que d'humbles saints restent ignorés, répliqua son père.

– Mieux vaut l'obscurité d'une vie chrétienne qu'une existence marquée par le scandale et le péché, ajouta sa mère. On respecte davantage sainte Eulalie, qui est au ciel, que Brigitte Bardot, qui ira en enfer.

Lucien esquiva le tournant dangereux et tenta de ramener la conversation dans ses limites politiques :

– Ce que je veux dire, justement, c'est que c'est seulement maintenant qu'on commence à se faire respecter.

Silence incrédule. Il poursuivit :

– Et c'est grâce au gouvernement actuel que nous nous trouvons... ben... une identité.

Il respira et soupira à la fin de sa tirade. Son père le dévisagea gravement, ôta ses lunettes, les remit, et éclaira son rejeton :

– Mon fils, si Monsieur Duplessis revenait parmi nous, il pleurerait sur son peuple. L'identité profonde du Québec, c'est la religion catholique. Autrement, c'est le chaos. Avec les libéraux, on croit revivre la dépression. Mais tu ne sais rien de la crise de 29. Vous êtes tous comme ça, les jeunes. Heureusement, nous savons encore prier, nous, et un jour le Seigneur nous rendra l'Union nationale.

Ignorant que son père verrait bientôt sa prière exaucée, Lucien laissa tomber la discussion. Non confirmé, damné d'avance, il tenait opiniâtrement à suivre les mauvais sentiers. Il anarchisa pendant quelque temps, modestement, gentiment, sans prétention. La lecture de la biographie de Ravachol le bouleversa. Il avait la passion des jeunes gens des classes moyennes pour les vies violentes. Lors d'une composition française, il osa glisser le nom de Bakounine, s'attendant à provoquer une explosion scandalisée de la part de son professeur ; celui-ci, trop paresseux pour consulter le dictionnaire des noms propres, se contenta de griffonner un point d'interrogation à côté de la phrase.

Lucien se lança alors sur des chemins plus fréquentés et sympathisa avec le Nouveau Parti démocratique, dont le flambeau socialiste, selon son copain Léon, mettrait enfin le Québec à feu et à sang et balaierait toute trace du capitalisme. Plus pondéré, Lucien consacra quelques semaines à échafauder un système politique idéal où l'on nationaliserait les églises, les librairies, les écoles et les tabagies et où on publierait tous les poètes. Ceci fait, il chercha des façons plus tangibles d'afficher sa révolte.

Un révolté qui se respecte doit se révolter socialement. Lucien entreprit de passer aux actes, c'est-à-dire de se laisser pousser la barbe, signe reconnu d'anticonformisme ; de plus, une barbe vieillit un visage, et on en a besoin quand on a dix-huit ans et qu'on doit enseigner aux grands de la terre à administrer les nations. Mais le monde est très imparfait. Au bout de deux semaines, voyant quelques fils pendre au menton de son erreur de jeunesse, Mme Théorêt s'en moqua si maternellement que Lucien s'en débarrassa et décida de se révolter autrement.

Il souhaitait grandement être entraîné dans la révolution sexuelle qui faisait peur aux lecteurs et aux lectrices des magazines populaires et remplissait les coffres de leurs éditeurs. Même si la lecture de Gide lui avait ouvert des horizons spirituels intéressants, il préférait cultiver sa réputation hétérosexuelle, de crainte qu'un gros moustachu ne lui fît des avances. Il orna son vocabulaire de mots bizarres, comme *fellatio, coïtus interruptus* et *cunnilinctus*, dont il saisissait vaguement le sens. En cercle fermé, il scandalisait bien du monde en parlant des pédophiles, des voyeurs et des sadomasochistes avec une bienveillante compréhension. On enviait sa largeur d'esprit, on jalousait sa vie cachée, mais l'admiration des autres ne l'empêchait pas de demeurer puceau.

Il lui fallait une révolte cosmique. La lecture de bouquins de science moderne lui permit de glisser ici et là des allusions aux quanta, au théorème de Liouville, au système de Bohr, à la mécanique brownienne. Il se révolta contre la science périmée de Newton et Lamarck, contre Euclide et contre les académies et instituts officiels. Ce qui devait arriver arriva, et il lut *Le Matin des Magiciens*, annoté par Aristide, puis devint un lecteur assidu de la revue *Planète*. Il se sentait divinement bien, chaudement blotti à l'ombre de Gurdjieff. Il était, selon le jour, le dernier ou le premier porte-parole de civilisations fantastiques, un mutant.

En dépit des maladresses de son parcours intellectuel, et peut-être grâce à elles, adoptant des idées nouvelles, les rejetant, en affichant d'autres, Lucien montrait une ouverture d'esprit très en avance sur son époque. Mieux encore, il devenait un esprit libre. Cette évolution se faisait rapidement et sans anicroches, sans états d'âme, sans crises de conscience, avec juste quelques zigzags. Il n'éprouvait aucune difficulté à se dissocier des convictions de ses parents et de ses professeurs, puisqu'il ne les partageait pas. Il se désolidarisait fermement des préjugés de son entourage, il posait un regard neuf sur les problèmes, il ne se laissait mener par aucun chef de file. Même si le monde contemporain croyait pouvoir l'abattre et l'ignorer, dans les temps futurs ses cinq recueils finiraient par témoigner des révoltes de Lucien Théorêt, prophète émérite, penseur incandescent et homme d'action méconnu.

La grande entrée dans les cénacles

« À dix-huit ans, Lucien Théorêt s'est courageusement révolté, mais le monde n'en a rien su. » C'est un peu gênant à lire dans une biographie, surtout quand il s'agit de la sienne. Soucieux de manifester son profond désaccord avec l'ordre des choses et dans tous les domaines, Lucien estima que ses poèmes possédaient une portée révolutionnaire égale à leurs qualités artistiques. Là, il ne se trompait pas. Pour élargir son public éventuel, il retravailla ses textes, rétablit des rimes et des assonances, reconstitua quelques strophes et clarifia autant que possible le sens de ses phrases. Il ne regrettait pas de réintroduire ces fioritures bourgeoises, car la culture était devenue pour lui une affaire très importante. Malraux lui-même, après *L'Espoir*, s'était bien consacré aux *Voix du Silence*.

Lucien savait que l'hypothétique homme de la rue, à ne pas confondre avec une femme de la rue, aurait de la difficulté à comprendre son message, même après ses dernières révisions. Et alors ? Il n'écrivait pas pour les piétons. Les piétons n'ont pas d'éducation. Les automobilistes non plus, bien sûr. On n'écrit pas pour ces gens-là. Lucien, qui venait de lire Gobineau, avait conscience d'écrire pour l'élite, et l'élite aime toujours les conventions, qu'elles soient hermétiques ou traditionnelles.

Il avait souvent de profondes discussions avec Léon.

– C'est évident que le séparatisme changera tout ! Nous sommes le seul peuple à avoir une culture, sur ce continent.

– Affirmation gratuite, rétorqua Lucien, apôtre des grands blocs confédérés.

Léon haussa les épaules, méprisant :

– Les Américains n'ont pas de culture. Tu peux le demander à n'importe quel Européen. Les Européens, et surtout les Français, ont une culture et s'y entendent. Les Canadiens anglais sont tous des Américains. Nous, nous avons notre culture québécoise, et la culture québécoise n'existe qu'au Québec. J'espère que tu es d'accord !

Ne trouvant pas la façon de bien examiner cette formulation, Lucien dit :

– Ben…

Aristide, qui voyait parfois les choses de façon singulière, intervint alors :

– Léon a raison. La preuve, c'est qu'on achète plus de bouquins au Québec que partout ailleurs. Examine les statistiques : à surface presque égale, il y a plus de librairies dans la ville de Montréal que dans l'Île-du-Prince-Édouard, qui est toute une province.

– C'est un fait, mon vieux ! renchérit Léon, qui écoutait souvent de manière distraite. Je sais, les libraires disent qu'ils ne vendent pas assez de livres. C'est parce qu'on n'est pas indépendants. Quand on prendra le pouvoir, les Québécois achèteront plein de livres, tu verras. On passera une loi pour ça, au besoin.

Lucien haussa les épaules :

– Quels livres peut acheter la masse ? Des choses faciles. Des choses stupides. Non, Léon, la culture appartient à l'élite.

Il gloussa intérieurement, toujours ravi quand il pouvait placer une phrase catégorique.

– L'élite ? Quelle élite ? Des bourgeois, des capitalistes, des exploiteurs…

– L'élite, l'informa Lucien, c'est toi, moi, nous tous.

– Je comprends. Eh bien, quand nous vaincrons, l'élite, ce sera tout le monde. Le peuple entier ! Il n'y aura plus de discrimination. Excepté la juste discrimination contre les Anglo-Saxons, les immigrants anglicisés, les Juifs, les Italiens, les Grecs et les Hongrois, enfin, tous ceux qui ne sont pas des Québécois pour de vrai.

– De l'utopie ! Dans le monde réel, je te le répète, la culture est faite par l'élite et pour l'élite. Je suis dans le vrai, un point, c'est tout, et je peux le prouver. Prenons par exemple l'un de mes poèmes les plus récents : « Le jour viendra de l'infranchissable/clairon immarcescible/car plus dense que la densité/le message/fumée de soleils/neutrino. » C'est trop sublime et trop profond pour le premier venu. Si je récitais cela en plein milieu du carré Dominion, personne ne me comprendrait. La masse est ignorante, elle n'entend rien aux images condensées, explosives, intrinsèques, elle a toujours besoin de mots de liaison superflus et d'un vocabulaire appauvri qui affaiblit les idées. La vraie culture, seule l'élite peut l'apprécier.

Si on lui demandait de préciser sa pensée, Lucien expliquait que l'élite consistait en l'ensemble des gens qui comprenaient la culture et achèteraient ses livres, et il citait d'autres poèmes de sa plume jusqu'à ce qu'on se range de son côté.

Le culte de l'élite facilite bien des choses. Croire en l'élite, c'est comme croire en un parti, croire en Dieu, croire en la supériorité d'une équipe de hockey, d'un groupe ethnique, d'un signe du zodiaque. Ça donne automatiquement ce statut privilégié dont chacun est friand : si on croit en l'élite, c'est qu'on en fait partie. Lucien pouvait regarder son père avec calme, sans hostilité car son père ne faisait pas partie de l'élite et on ne se révolte pas contre les non-entités. Il ne se sentait plus dépassé par ses professeurs, qui lisaient des livres, mais ne formaient qu'une crypto-élite. Il voyait les demoiselles d'un œil hautain, convaincu que les femmes ne se laissent émouvoir que par les poésies pseudo-culturelles, type chansonnettes.

Une ambition de gloire prenait naissance en lui. Comment supporter que l'élite vive encore dans ces temps archaïques où pataugeaient ceux qui ne l'avaient pas lu ? Il lui fallait montrer au Tout-Montréal que le poète attendu lui était né. Un Rastignac québécois arrivait en ville. Si les éditeurs n'allaient pas à Lucien Théorêt, Lucien Théorêt irait à eux.

L'éditeur qui faisait du bruit à Montréal, c'était Georges Comtois, dont les auteurs symbolisaient le renouveau du fait français au Canada, comme on disait alors. Lucien se persuada qu'il avait le devoir moral de soumettre son premier livre aux Éditions du Siècle. Il retapa à la machine cent trente-deux poèmes, la quintessence de sa production, ce qui donnait un modeste bouquin de cinq cents pages. Son manuscrit devait afficher un souffle révolutionnaire, un noble espoir en l'avenir de l'humanité, une extraordinaire maturité et une émouvante fraîcheur. Laissant de côté les cinq titres concoctés le jour de son dix-huitième anniversaire, il intitula son recueil *Les Fruits révoltés*. Il envisagea de changer de nom, comme l'avaient fait Nerval, Voltaire, Cendrars, Apollinaire, Lautréamont et tant d'autres. Il passa des heures pénibles à inventer et à rejeter Claude Lénial, Thor Bordaran, Henry de Rigor et d'autres pseudonymes sonores, puis décida que Lucien Théorêt n'était pas moins agréable et suggestif que Vincent van Gogh, John Dos Passos ou Pierre Mac Orlan. Son chef-d'œuvre sous le bras, il se rendit aux Éditions du Siècle. Il avait appelé la veille, annonçant sa venue dans les jours suivants, aussi put-il affirmer à la secrétaire qu'il avait rendez-vous avec l'éditeur. Après les civilités d'usage, Georges Comtois, ne trouvant rien à dire à cet inconnu, observa :

– Donc, vous apportez un manuscrit.

Il essaya d'ouvrir le livre, que Lucien avait ficelé. Il y renonça, ne gardant pas de ciseaux sur le bureau.

– Peut-être sauriez-vous me dire de quoi il s'agit ?

– Ben... C'est quelque chose de très nouveau...

– Un roman, j'espère ?

– C'est ça. Enfin, une sorte de roman. Un grand poème, aussi.

Là, Comtois fit une grimace. Lucien se reprit :

– Je crois que ça passera très bien. Vous savez, ce que l'élite cherche toujours... Euh... Ben... Enfin...

– Oui, oui. Je comprends.

Comtois attendit, chercha des mots, une phrase, et dit :

– J'ai un lancement, mardi…

Lucien avala sa salive. Il ne s'attendait pas à être publié aussi vite !

– C'est un roman d'Édouard Hubert, précisa Comtois, mais ne le dites à personne. Mes lancements sont toujours une surprise. J'espère que vous serez des nôtres. Et j'espère que nous aurons un jour un lancement en votre honneur.

Lucien accepta, ému. On avait immédiatement reconnu sa valeur ! Déjà parmi les initiés, il connaissait le dernier secret de l'élite et avait hâte d'être introduit dans le monde littéraire auquel il appartenait de toute éternité.

Un premier cocktail, comme un premier bal, exige des préparatifs. Lucien demanda à sa mère de laver sa meilleure chemise blanche. Il prit un bain, des chaussettes neuves, sa cravate orange, un complet bleu, il cira ses souliers, se peigna trois fois avant d'être satisfait de sa raie, puis se rendit fébrilement au centre social où Georges Comtois donnait ses soirées.

Le cocktail étant annoncé pour six heures trente, Lucien, par excès de politesse, arriva à six heures dix. Comtois disposait sur une table des exemplaires du volume. Il offrit un bouquin au jeune invité, qui alla le feuilleter près de la fenêtre et ne songea même pas à le payer, ce qu'on faisait discrètement en glissant quelques billets dans un panier dûment identifié. Il ferait un effet phénoménal en demeurant gravement immobile dans la demi-obscurité des rideaux ! Un garçon jugea bon de placer un fauteuil à cet endroit, le forçant à se rapprocher de l'éditeur. Comtois fut vite au désespoir, car Lucien n'avait pas encore le talent de rendre son bavardage intéressant, mais il flatta agréablement l'amour-propre de l'écrivain en herbe en le présentant aux premiers arrivés, ce qui était une façon efficace de s'en débarrasser.

Édouard Hubert avait connu quelque succès avec son premier roman, paru chez un autre éditeur, et Comtois, voulant montrer que les contrats de sa maison pouvaient séduire les meilleurs auteurs, accueillait ce soir des libraires, des fonctionnaires, des écrivains, des journalistes, des artistes, des vedettes sociales, leurs femmes, leurs maîtresses, leurs amants, leurs amis, leurs ennemis, bref, la crème du monde culturel.

Lucien Théorêt prenait au sérieux les présentations, la composition des breuvages, les conversations, les noms, les métiers, les réputations, et s'efforçait de se rappeler les visages, de se faire remarquer, de demeurer dans les groupes où trônait quelque lumière. Il s'attarda aux côtés d'Édouard Hubert, qui ne lui parlait pas, absorbé dans les éloges que lui adressaient plusieurs inconnus qui ne l'avaient pas lu. Hubert passait son temps à se tirer les poils de la barbe, à regarder le public de haut et à faire impression dans la mesure de ses moyens. Une brave dame, qui avait eu sa décennie de gloire à la radio et se prenait pour une reine de la télévision depuis qu'elle avait décroché un rôle dans un téléroman, caqueta jusqu'à ce que l'auteur lui dédicaçât un exemplaire de son livre. Elle fut alors entourée d'une nuée d'aspirants qui attendaient d'elle le bon mot qui les introduirait à Radio-Canada et les caserait confortablement dans un étage de son tout nouvel immeuble. Lucien sombra parmi des intellectuels professionnels qui discouraient sur les vertus du Bacardi et du Cinzano. Comme on lui demandait son avis, Lucien bredouilla et tomba dans les pattes d'Edmond Beaufort, critique célèbre qui brillait par ses relations, son audience, sa verve et ses passions. Voilà l'homme dont il fallait attirer l'attention, favorablement si possible ! Comtois mettrait son livre à la portée de tous, et Beaufort serait l'arbitre de son destin. Sur ce point, il avait pleinement raison.

— Bonjour ! Ben... Je suis Lucien Théorêt et...

— On m'a parlé de vous.

Comment ne pas défaillir ? Mais Lucien était d'une trempe solide et ne s'évanouit pas. Éberlué, il contempla le prestigieux critique, détourna le regard et aperçut, à deux pas, une silhouette familière. La tête de la silhouette pivota lentement et Lucien reconnut brièvement le sourire impassible de Talleyrand et de Machiavel, sans parvenir à le replacer dans ses souvenirs.

– En effet, dit Beaufort. L'idée m'a semblé astucieuse. Et puis, je prendrai bientôt ma retraite. Oui, il est temps de changer de carrière. Alors, quoi de mieux que votre œuvre pour couronner mon passage dans la République des Lettres ?

Pantois, Lucien ne comprenait rien à ces propos, et on ne saurait l'en blâmer. S'agissait-il d'un oracle dont le sens finirait par s'imposer dans sa simplicité de cristal ?

– Croyez-vous, avec votre expérience, que j'ai raison de publier aux Éditions du Siècle ?

– Surtout pas ! Je vous encourage plutôt à ne rien publier si vous voulez devenir un auteur célèbre.

– Mais...

– Excusez-moi.

Et le critique alla rejoindre une jeune chanteuse qui tenait vivement à se faire remarquer de lui. Convaincu d'avoir fait les frais de l'ironie joyeuse de Beaufort, qui avait pourtant parlé sérieusement, Lucien, les joues rouges, se déroba à l'arrivée de Georges Comtois, qui ne venait toutefois pas à son secours. Il fut happé par un trio de communisants de la nouvelle génération. Ayant eu le malheur de vanter les États-Unis au nom des grands blocs, il dut battre en retraite et chercha refuge auprès de Rodolphe Lemelin, un crapaud sournois qui se prenait pour un critique et que certains considéraient comme un esprit solide. Lucien lui parla des *Fruits révoltés*, que Comtois s'apprêtait à publier, et mentionna également ses *Poèmes de la souche ouverte*, titre inventé sur le coup. Le critique, pensant que l'ouvrage avait paru, resta songeur, dit qu'il avait beaucoup apprécié la plume du jeune homme et le félicita d'avoir si bien dépeint le silence des âmes qui s'éveillent. D'abord interdit, Lucien comprit que Lemelin faisait sans doute partie du comité de lecture des Éditions du Siècle et avait lu son manuscrit. Tout ému, il le remercia chaleureusement.

Lucien se sentait déjà célèbre. Il erra de groupe en groupe, toisant les vedettes dont le règne tirait à sa fin. Il aboutit chez Louis du Bhé (né Dubé), fondateur des Éditions de la Nouvelle-France, libraire, monarchiste, québécophile et poétomane, qui le prit sous sa protection, l'invita à lui proposer son prochain ouvrage et le quitta pour prendre soin d'un jeune auteur aux yeux plus bleus que ceux de Lucien. Lucien passa le reste de la soirée dans un fauteuil, fumant des cigarettes, buvant un dernier verre, puis un autre dernier verre, luttant contre une nausée doublée de la désolante impression d'avoir été mis au rancart, ne sachant pas s'il devait sortir sa pipe, partir, se lever ou s'endormir.

Ses rapports avec les Éditions du Siècle prirent fin trois jours plus tard, lorsqu'il reçut un mot l'invitant à reprendre son manuscrit, puisque la maison ne publiait pas de poèmes, de pièces de théâtre ou autres invendables.

Grâce à sa participation à l'événement littéraire de la semaine, Lucien se considérait admis dans les hautes sphères de la culture. Il avait profondément aimé le roman d'Édouard Hubert. Malheureusement, le journal du samedi contenait une critique de Beaufort, qui prenait un méchant plaisir à féliciter l'auteur de renouveler la langue française en faisant fi de la syntaxe et d'améliorer dans son ouvrage plusieurs grands passages qu'on pouvait trouver chez Sartre, Sagan et Hemingway. Eh bien, tant pis pour les Éditions du Siècle et leurs auteurs douteux ! Lucien montrerait à Comtois qu'il avait gaffé en laissant filer un génie entre ses doigts. Avec un éditeur compétent et courageux, *Les Fruits révoltés* battraient le record de vente du frère Untel. Il appela du Bhé.

– Oui ? répondit la voix mielleuse.

– Ben... C'est Lucien Théorêt.

– Lucien Théorêt ? Oui, oui... dit l'éditeur, incertain.

– Vous m'aviez dit que... ben... J'ai un manuscrit, et...

– En effet, j'ai souvenance... Voulez-vous passer me voir ? Attendez... Voilà : mercredi, je lance un recueil d'Arthur Valiquette. Vous connaissez Arthur, n'est-ce pas ? Les cheveux blonds, mince, les doigts fins, un grand poète ! Oui, vers sept heures. Décontracté, d'ordinaire, mais venez comme vous voudrez.

Lucien raccrocha. Les flambeaux de l'élite se l'arrachaient ! Puisque du Bhé éditait des poèmes, l'affaire était dans le sac. Tout jouait en sa faveur. Avec un comité de lecture honnête, consciencieux, cultivé, son recueil passerait haut la main.

Les parents Théorêt voyaient avec stupeur leur garçon se mettre à courir les cocktails. De plus, il parlait comme s'il tutoyait les célébrités qui jonchaient les pages artistiques des journaux entre les horaires de télévision. Malgré leur vague connaissance des travaux poétiques de leur enfant, ils ne s'attendaient pas à trouver des critiques, des libraires et des éditeurs dans la danse. Mais Lucien avait de bonnes notes au collège et on pouvait bien le laisser agir à sa guise.

Cette fois, Lucien se présenta à la *Librairie de la Nouvelle-France* avec une demi-heure de retard, en même temps que les premiers invités. Louis du Bhé tenait ses lancements dans sa boutique, sur une rue peu fréquentée où il faisait doucement faillite en attendant que le public montréalais se décide à apprécier les poètes qu'il découvrait.

– La poésie québécoise, j'y crois, disait Louis du Bhé aux âmes charitables qui l'incitaient à faire autre chose dans la vie.

Il croyait aussi que les Bourbons devaient reprendre le pouvoir en France, que le Québec devait se séparer du Canada et qu'un des fils de la Reine Élisabeth devait y régner de plein droit et en français. Avec de telles dispositions, il allait peut-être croire que Lucien était le poète du siècle.

N'ayant pu se payer autre chose, du Bhé offrait du vin de table à sa douzaine d'invités. Une jeune fille lui proposa ses talents de serveuse, ce qui fut accepté avec un baiser sur la joue. Beaucoup de jouvencelles succombaient au charme de l'éditeur, ce qui ne comportait pas de risque pour leur vertu.

André Laurin, lauréat du Prix Fréchette quatre ans auparavant, causait amicalement avec Arthur Valiquette, le héros du jour, sous le regard jaloux de l'éditeur. Mme Laurin essayait de soutenir une conversation potable avec Lucien, qui ne se rendait pas compte qu'on en voulait à son pucelage. Elle finit par appeler à son secours le viril Claude Grondin, auteur de contes vaguement licencieux que personne ne connaissait. Grondin n'hésita pas à abandonner du Bhé pour une femme, la différence étant d'ailleurs minime, et il entreprit de la séduire, à la grande satisfaction de M. Laurin, qui avait des propositions à faire à Arthur. Avec ces chassés-croisés, l'éditeur se retrouva seul avec Lucien.

– Alors, que dites-vous de notre petite soirée ?

– Ben... Je trouve que c'est réussi, dans le genre.

– Bien sûr, je n'ai pas encore eu le temps de lire votre manuscrit. Mais je suis sûr que c'est très bien. Un beau visage ne trompe jamais.

– Tout dépend maintenant de votre comité de lecture.

Louis du Bhé gonfla la poitrine, catégorique :

– Mon comité de lecture, c'est moi. J'ai l'instinct. Après tout, les meilleurs poètes québécois, c'est moi qui les ai lancés ! Je ne veux pas me vanter, mais, si on connaît la poésie canadienne-française partout dans le monde, c'est grâce à ce que j'ai fait.

Lucien éprouva un grand respect pour l'éditeur, qui lui montrait sur les rayons une quinzaine de plaquettes récemment époussetées, et lui ouvrit son cœur :

– J'ai souvent pensé à ces choses. Même s'il semble petit sur la carte démographique, le Québec peut produire un génie, comme la Suède a produit Bergman et la Judée a produit Jésus. Et ce génie sera un poète ! Dans ce contexte, les hommes comme vous sont indispensables.

– Vous avez raison. Je connais ma responsabilité dans le domaine de la culture, et c'est pourquoi, envers et contre tous, je me fie à mon jugement. Et à mes auteurs !

Arthur Valiquette approchait. Louis le prit discrètement par la taille, sans quitter Lucien des yeux. Ce dernier riait un peu, sous l'effet du vin. Tout le monde riait, pour des raisons plus ou moins louches. Laurin parlait du dérèglement rimbaldien des sens et affirmait qu'il fallait réinventer la vie. Sa femme opinait que les sentiers battus n'étaient pas si mauvais que ça. Grondin préférait les sentiers qu'on caresse. Chacun avait trouvé sa chacune ou son chacun, selon le cas et selon les goûts, et on se sentait en famille.

Laurin s'étant accaparé l'aimable Arthur, son éditeur, misérable et esseulé, proposa à Lucien d'aller feuilleter son manuscrit dans l'arrière-boutique. Il parcourut plusieurs poèmes en diagonale. Il s'attardait sur certains vers, contemplait Lucien, reprenait sa lecture, et méditait. La poésie est une grande chose et il faut encourager les poètes. Les vers de Lucien ne semblaient pas plus mauvais que d'autres. L'auteur paraissait timide. Louis était fatigué de ses petits amis qui l'escroquaient, buvaient ses bières allemandes, fumaient ses cigarettes égyptiennes, volaient ses incunables et ses livres de luxe et le quittaient pour le premier venu. Une fois dégrossi, Lucien serait fort présentable.

Louis du Bhé se leva, ému.

– Vous, vous êtes un poète !

Il prit Lucien par les épaules et l'embrassa longuement sur la bouche et en dedans. Le garçon se laissa faire, incertain. Il pensait sans doute, en sentant les mains de du Bhé sur ses fesses, que les félicitations de l'élite prennent parfois des allures bizarres. Il réussit au moins à partir avec les autres, à la fin de la réception, en promettant à l'éditeur pantelant de revenir aussitôt que possible pour discuter de son manuscrit.

Qu'il est difficile d'être aimé !

Ses incursions dans le monde littéraire alimentèrent l'admiration de Lucien pour les luminaires de la culture dont on imprime le nom dans les journaux et qui, déjà à l'époque, apparaissaient parfois sur l'écran de télévision. Pendant un temps, il colla sur ses lèvres le sourire mondain de Comtois ; il mit dans ses yeux l'expression goulûment papillotante de Lemelin ; il s'acharna à lever la tête d'un air conquérant à la Edmond Beaufort, sans considérer qu'il était loin de mesurer six pieds de haut ; il commença à parler en mâchant et en suçant ses mots à la du Bhé, à se pavaner à la façon d'Édouard Hubert, à adopter les tics désabusés de Grondin en disant qu'il avait déjà écrit telle chose ailleurs, à sourire avec le triomphalisme naïf d'Arthur Valiquette. Lucien incarnait, en le synthétisant, l'idéal intellectuel style Montréal 1963.

Il avait appris une chose importante : qu'il est difficile, à la longue, de n'être que poète. Même si Louis du Bhé publiait des poèmes à tirage réduit, les Éditions du Siècle, avec leur faible pour la rentabilité, refuseraient toujours ses manuscrits. Il fallait se tourner vers la prose. Un essai sur l'exode rural, le fer de l'Ungava, la querelle du Labrador ? Cela exigeait des recherches, et celles-ci tuent l'imagination. Il décida de ne pas sombrer dans la facilité et refusa de salir son style dans la boue des problèmes contemporains, vulgaires et périssables. Un grand auteur ne traite que de l'éternel, format roman.

Pour écrire un roman, nous dit-on, il faut connaître la vie et les hommes, incluant les femmes. Lucien connaissait la vie, il avait composé bien des poèmes sur la signification de l'existence. Les hommes, il les avait amplement observés, étudiés, disséqués et analysés en lui-même, chez Léon, Normand, Aristide et ses professeurs. Il avait une certaine idée de leur version féminine, genre Adrienne, Nicole et Geneviève. Dans un élan perfectionniste, soucieux d'enrichir son répertoire afin de surpasser Shakespeare, Balzac, Dostoïevski et les grands créateurs de personnages, Lucien se lança à la recherche de modèles neufs et d'expériences fortes.

Jack London aurait dit que, dans les temps modernes, c'est-à-dire voici bien des décennies, on ne pouvait rencontrer de gens intéressants que dans les tavernes. C'est là que l'homme fuit sa femme et les autres horreurs de la vie urbaine. Lucien décida donc de fréquenter les tavernes, dans un but strictement littéraire, scientifique pour ainsi dire.

Les législateurs et la police n'entendent rien aux intentions pures. Lucien avait dix-huit ans accomplis, mais, à l'époque, il en fallait vingt et un au Québec pour savourer légalement l'âcre douceur de la bière. Révolté devant cette condamnation à la vertu, Lucien falsifia, comme tant d'autres, son certificat de baptême, changeant 1945 en 1942, petit maquillage qui ne se remarque pas sur une photocopie. Un beau midi, rassuré par le papier selon lequel il était né trois ans avant sa conception, il se rendit avec Léon et Aristide dans une taverne de la rue Saint-Denis.

Léon était majeur. Aristide, gros, laid, nonchalant, avait toujours eu l'air plus vieux que son âge. Lucien, tout petit derrière ses grosses lunettes, entra le dernier, prêt à s'enfuir à la vue du premier constable déguisé en alcoolique. Ayant entendu qu'on reconnaissait les policiers en civil à leur coupe de cheveux, il chercha à voir si des clients portaient les favoris rasés au-dessus de l'oreille. Il s'aperçut soudain, horrifié, qu'il avait laissé son faux certificat dans son autre complet. Au moins, assis près de la porte, il pourrait déguerpir en vitesse s'il lui fallait échapper aux griffes de ces bons bougres qui gagnent leur vie en pourchassant les mineurs dans les débits de boisson.

Ils commandèrent quatre *draughts*. Lucien examina la barrique ambulante qui avançait entre les tables, plateau à la main. Il estima que le garçon ne ferait pas un personnage intéressant, n'étant visiblement pas du genre tragique. À la table voisine, un vieil homme cognait des clous. Lucien inventa autour de ce visage marqué par la vie et par la bière une histoire dramatique, comme les très jeunes gens peuvent en composer.

Après chaque verre, Lucien se rendait aux toilettes. Il commençait à apprendre à boire. Il savait déjà qu'il dépeindrait une cuite terrible dans son roman. Il devrait y avoir une bagarre. On voit ça dans les films et les scénaristes connaissent leur métier. Un homme d'un âge certain s'approcha. Tout ému, Lucien attendit que cette âme en peine lui raconte ses déboires et lui ouvre un champ douloureux d'expérience humaine. Le bonhomme baragouina quelque chose, demanda si on voulait bien lui offrir une bière, récolta deux pièces de monnaie et s'en alla quêter ailleurs. Léon trouva pertinent de rappeler qu'il s'agissait là d'un flagrant exemple des résultats du colonialisme.

– Ce n'est pas une question politique, c'est la vie, affirma Lucien, gravement.

– Plus précisément, voilà un cas de mauvaise vie sexuelle, précisa Aristide.

Ayant délaissé le bouddhisme pour les beaux yeux d'une gentille secrétaire, c'est-à-dire pour ses jolis seins et ses fesses doucement arrondies, il s'était plongé dans la psychanalyse afin d'épater sa compagne.

– Il ne faut pas confondre cause et effet, décréta Léon. La cause, il n'y a que la révolution qui puisse lui rendre la santé.

– La révolution jaillit toujours de l'aliénation, pontifia Aristide. Si on veut une révolution, il faut former des aliénés.

Les éventuels personnages du roman de Lucien s'embrouillaient dans les pupilles du futur auteur. Il parvint à avaler ses cinq verres sans les vomir. Une heure plus tard, en classe, il voyait des molécules faciales danser autour des visages de ses camarades.

Il est fort désagréable de se sentir le champ de bataille des forces trigonométriques contre les forces éthyliques, et Lucien se prit à sommeiller. Cela importait peu, puisque les sinus et les tangentes n'ont pas leur place dans un roman. Le cours de géographie s'écoula comme un fleuve. Lucien ne s'y intéressait pas, sachant qu'il écrirait un roman profond, psychologique, et non un vulgaire roman de décors, ce que peut pondre le premier globe-trotter venu. Le cours de français comptait davantage.

M. Aimé Désautels donnait les cours de littérature, de grammaire et de civilisations antiques. Il avait impressionné ses élèves en leur décrivant ses voyages en Grèce, sans préciser qu'il les avait faits dans des bouquins. Il s'était gagné leur amitié en leur racontant comment il récitait du Lamartine pour faire pleurer les gamines du couvent où il enseignait jadis. On murmurait que, dans son jeune âge, il avait tâté de la poésie rimbaldienne et avait même déréglé ses sens, pour s'adonner ensuite à Malherbe et à Boileau afin d'obtenir un poste de professeur. Lucien le détestait, car Aimé Désautels ne comprenait rien au surréalisme et à la poésie sans ponctuation, Aragon excepté ; mais Aragon était communiste, il vivait encore, et il ne fallait pas en parler ; d'ailleurs, Désautels gardait l'espoir qu'Aragon finirait par épouser Elsa à l'église et par ponctuer ses poèmes.

Ils examinaient un passage des *Rêveries du Promeneur solitaire*. Le professeur s'était arrêté sur une phrase extrêmement longue et avait demandé à Lucien de l'analyser. Celui-ci, réveillé en sursaut, bafouilla :

— Ben... C'est une phrase compliquée... Je veux dire... C'est une phrase complexe.

— Je le sais bien, ça saute aux yeux, elle a huit lignes. Maintenant, dites-moi ce qu'elle a de caractéristique.

— Elle est invertie.

– Pardon ?

– C'est-à-dire qu'elle ne commence pas par le sujet. Donc, c'est une phrase irrégulière.

– Tiens ! Pourtant, je peux vous écrire cinq mille phrases simples, courtes et régulières qui ne commencent pas par le sujet.

– Oui, mais...

– Mais vous voulez construire une nouvelle grammaire, n'est-ce pas ?

On s'esclaffa, et le professeur interrogea un autre élève. Lucien se rabougrit, blessé, froissé, humilié. Mettre en doute ses compétences en français ! Ah ! Il aurait sa revanche lorsque Louis du Bhé l'éditerait !

Une jeune fille, puis une femme, traversèrent la vie de Lucien. La jeune fille s'appelait Marguerite Gautier, mais Lucien ne le sut jamais et rata ainsi l'occasion d'écrire une série de poèmes très romantiques. Même si la librairie de du Bhé constituait la place forte de la poésie québécoise, elle était située loin du collège et Lucien s'approvisionnait plutôt chez *Ménard*, rue Sainte-Catherine. Ce libraire espérait bien que les yeux verts et les cheveux blonds de sa nouvelle employée inciteraient le public intellectuel aussi bien que les passants à s'intéresser davantage aux livres.

Marguerite menait une existence de fille moderne exemplaire, cuvée 1945, réembouteillée en 1963. Contrairement à tant d'autres qui font du neuf à cinq, elle gagnait sa vie de femme émancipée en travaillant de dix à six. Elle lisait Christiane Rochefort, Simone de Beauvoir, Françoise Sagan et Françoise Mallet-Joris. Elle aimait finir ses soirées à la *Crêperie bretonne*, à la *Cachette* ou chez *Loulou les Bacchantes*, afin de prouver qu'elle n'avait pas l'esprit bourgeois, et reprenait la même routine le lendemain. Fasciné par son regard de chatte, Lucien doubla et tripla le rythme de ses achats de livres, format poche, et prit l'habitude de bouquiner entre la sortie de l'école et la fermeture du magasin.

Deux semaines plus tard, s'étant suffisamment fait remarquer, il jugea qu'il était temps de se faire connaître. Il parla de la dernière pièce de Montherlant. On commet les impairs qu'on peut. Marguerite jeta un coup d'œil sur ce misogyne en herbe, se rappela des passages du *Deuxième sexe*, songea à son devoir de vendeuse, puis à son devoir de femme libérée, et choisit un compromis en disant négligemment qu'elle ne lisait pas ce genre d'auteur.

– Ben... Il n'est pas si mauvais, s'insurgea Lucien.

– Avez-vous lu *L'Invitée* ?

Ils avaient presque le même âge, mais, à l'époque, aucune vendeuse ne tutoyait un client. Le tutoiement facile, quand on ne se connaissait pas, n'était de mise que dans la bohème.

– Non, avoua Lucien.

– Oh ! Mais vous devriez ! Un homme de votre goût...

Lucien devint un lecteur de la belle Castor. La semaine suivante, il décida de passer à l'attaque. Il prit deux heures à se choisir un livre, puis aborda la blonde aux yeux verts.

– Tiens, bonjour ! s'écria-t-il, comme s'il venait d'arriver.

– Bonjour, murmura la voix angélique.

– J'ai lu *L'Invitée*. Merci. C'est bien. C'est très bien !

– N'est-ce pas ?

Et elle ajouta, le sourire rayonnant de tendre amabilité :

– C'est tout ce que vous prenez ?

Pendant trois jours, Lucien se reprocha furieusement sa timidité. Son cœur écorché, torturé par cet amour non déclaré, saignait si fort qu'il ne parvenait plus à écrire des poèmes. Enfin, s'armant de courage, il retourna affronter le gentil dragon.

– Euh... Mademoiselle... C'est que je ne connais même pas votre nom...

Il avait pourtant songé à tant de phrases plus séduisantes ! Elle lui adressa un sourire caressant et attendit. Il se dit que demander son prénom à une jeune dame pouvait représenter un excès de familiarité et attaqua autrement :

– Est-ce que... Je veux dire... J'aimerais... Oui, si vous vouliez bien... Juste bavarder, vous comprenez ?... Oui, c'est ça... Oh, n'importe où. C'est-à-dire... quelque part... Je connais un restaurant grec, près de l'*Élysée*... On pourrait prendre un café...

– Vous êtes très gentil. Moi, je vais plutôt chez *Loulou*. Mais j'y songerai, quand je voudrai un café.

Marguerite y songea peut-être, mais Lucien n'osa plus lui faire face. Une fois publié, il reviendrait, l'étreindrait sur son cœur, l'épouserait, l'inviterait à souper, enfin, il ferait quelque chose avec elle. Oui, plus tard, quand il serait célèbre.

Monique entra dans sa vie, le soir même où elle en sortit. Renseigné par Aristide, Lucien se rendit au bistro de *Loulou les Bacchantes*, d'intellectuelle réputation. L'endroit tenait son nom des magnifiques moustaches gauloises du propriétaire. C'était comble, comme d'habitude. On lui indiqua un coin à l'extrémité d'une table commune. Sa voisine tira une cigarette de son sac et lui demanda du feu.

– Il y a longtemps que vous venez ici ?

– Ben, comme ça.

Il est mauvais, paraît-il, d'avouer qu'on vient quelque part pour la première fois.

– Ça vous plaît ?

– Oh, oui ! Il y a de la vie !

– Toujours les mêmes personnes, vous ne trouvez pas ? dit Monique d'un air blasé.

Il convient d'avoir un tel air quand on fait ce qu'on a envie de faire.

– Ben, si les personnes valent le coup... Boire une bière ensemble, c'est agréable.

– Oui, mais je préfère le vin.

– Est-ce que le vin est bon ici ?

– Très. Mais j'ai encore oublié de remplir mon porte-monnaie.

Elle sourit, glougloutante. Il lui demanda la permission de lui offrir un verre. Elle accepta, après une hésitation qu'elle renouvela quatre fois au cours de la soirée.

La loi de la vie, c'est la loi de la jungle, se dit Lucien. Si la demoiselle de la librairie ne s'était pas jetée à son cou, tant pis pour elle ! L'amour se trouvait ici et avait nom Monique. Dans la trentaine avancée, sans doute, mais l'amour se moque des différences d'âge. Et puis, les femmes de trente ans sont un paradis d'expérience, de chaleur et de compréhension, à ce qu'on dit. Et d'une disposition plus facile que les jeunettes. Lucien considérait que la perte de ses dix dollars durement épargnés s'avérerait vite un investissement fructueux. Le vin aidant, sa langue se déliait tranquillement. Monique l'encourageait avec une bonté toute féminine. Quand il sentit que son argent tirait à sa fin, il proposa d'aller faire une marche, l'endroit s'étant insupportablement rempli de fumée.

– C'est vrai. D'ailleurs, ajouta-t-elle, comme un espoir qui se brise, je dois vraiment rentrer si je ne veux pas me faire enguirlander. Ce n'est pas toujours drôle d'avoir un mari !

Lucien grimaça, frappé encore une fois par un destin qu'il ne savait pas manœuvrer. À dix pas de l'arrêt d'autobus, il risqua :

– Euh... Monique... Je...

– Oui ? demanda-t-elle, toute douceur.

– Je voudrais... Ben... J'aimerais beaucoup vous embrasser.

Elle s'arrêta, calme et accueillante. Il lui appliqua sur les lèvres un baiser à la Lucien Théorêt. Sa gaucherie émut sa compagne, qui lui sourit avec une générosité presque maternelle, se colla contre lui et fit glisser sa langue contre la sienne. L'autobus arrivait. Lucien la regarda partir, sans lui avoir proposé de rendez-vous. Au fond, il était comblé, ce baiser lui ayant ôté des gencives celui de Louis du Bhé. Il se promit quand même de devenir, une fois publié, un Casanova sans merci.

Un éditeur est toujours à la recherche de nouveaux auteurs. Les éditeurs consacrent leurs journées entières à leurs auteurs, et parfois leurs nuits. Les efforts des comités de lecture, souvent composés d'une seule personne par souci d'économie, qui héritent d'un manuscrit et en donnent huit mois plus tard un aperçu lucide et perspicace en cinq lignes, sont louables et méritants, comme en témoigne l'épanouissement de la littérature québécoise. C'est parce qu'il n'était qu'un débutant que Lucien s'inquiétait, après quinze jours, de n'avoir pas reçu de coup de fil de M. du Bhé l'invitant à signer un contrat.

Un après-midi, Lucien appela sa mère de chez Léon pour la prévenir qu'il ne rentrerait pas souper.

– Mais, mon garçon, tu vas maigrir ! Ah ! Tu es chez tes amis. Oui, c'est bien. À propos, il y a une lettre pour toi.

– Oui ? De qui ?

– Attends... C'est les *Éditions de la Nouvelle-France*.

– Ah, oui. J'avais demandé des renseignements...

Léon, comme toujours, parlait de l'imminence de la révolution, des futurs bienfaits du séparatisme, des méfaits du clergé rétrograde, des merveilles cubaines et de choses du genre. Dissimulant son excitation, avide de lire en détail le contrat de du Bhé, Lucien acquiesçait à tout. Il commit plusieurs crimes de lèse-majesté, d'anticléricalisme, de prolétariophilie, et oublia les grands blocs. Aristide était suffoqué. De nouveau amoureux, ce vieux cochon de Lucien avait perdu la tête ! Léon offrit du vin, émerveillé par sa force de persuasion. Finalement rentré chez lui, Lucien se précipita sur la lettre, la décacheta fébrilement et y trouva un laconique accusé de réception du manuscrit.

Après dix jours d'attente où son cœur faisait des bonds vers le haut comme vers le bas, il se rendit chez Louis du Bhé. La librairie était vide, comme souvent. L'éditeur l'accueillit avec un sourire.

– Enfin, te voilà ! C'est épatant !

– Je venais...

– Tu aurais dû venir plus tôt ! Un garçon plaisant, comme toi... Tu es le bienvenu ici. Oh ! Tes poèmes ! Ça, c'est quelque chose ! Un cœur ouvert, une âme qui souffre et qu'on voudrait consoler... Et cette fraîcheur charnelle, ce besoin d'amour... Mais tu es tout essoufflé ! Viens, tu peux pousser les livres et t'asseoir sur cette table.

Lucien avalait les compliments. On le reconnaissait. On l'appréciait. La main de du Bhé sur ses genoux le gênait, mais il ne convient pas d'indisposer son éditeur.

– Alors, vous pensez que mes textes...

– Formidables ! Peut-être faudra-t-il en écarter quelques-uns. La dimension des livres de la collection, tu comprends ?

– Oui. De toute façon, certains sont d'une importance moins capitale que d'autres.

Du Bhé lâcha sa cuisse, lui prit la main, comme on fait avec les vainqueurs à la boxe, et la caressa délicatement. Lucien se raidit, mal à l'aise. On ne nous donne pas nos éditeurs sur mesure.

Un client entra, puis un autre. C'était inattendu. Le libraire se permit une discrète chiquenaude à l'endroit du jeune auteur, puis s'occupa de gagner son pain. Lucien en profita pour consulter timidement sa montre et prétexter un rendez-vous. On a l'imagination qu'on a, songea-t-il dans sa fuite. Une fois reconnu par les critiques, acclamé par le public, c'est lui qui mènerait par le nez ses éditeurs, ses vendeuses et ses professeurs, sans parler des femmes qu'on rencontre dans les bars.

À dix-huit ans, en cette fin de printemps, Lucien jugea bon de s'intéresser au jazz. On lui recommanda l'*Enfer*. La boîte déménageait souvent, poursuivie par la trop vertueuse escouade des mœurs. Lucien parvint quand même à la trouver tout seul, perdue dans une ruelle près de Bleury et Sherbrooke, au troisième étage d'un immeuble délabré. Il entra, frémissant. Enfin, de l'ambiance ! Un groupe de beatniks anglophones tenait l'endroit, un coin plein de fumée, ouvert uniquement la nuit, où l'on servait des rafraîchissements, à défaut d'alcool, à plusieurs douzaines de barbus, des artistes vrais ou faux, des amateurs, des égarés, des rescapés, des inadaptés, des filles incertaines, des jeunes gens venus noyer leur insomnie de fin de semaine. Lucien se laissa imprégner de beau jazz improvisé, se disant qu'il trouverait bien dans ce repaire de liberté l'occasion de rencontres dangereuses pour sa virginité.

À sa surprise, il reconnut Normand, Aristide, Léon et même Christian Vasneil, revenu de quelque vagabondage en Ontario. Il les rejoignit.

– Toi, je t'ai vu quelque part, dit Lucien.

– Bien sûr, admit Christian, qui était Talleyrand, Machiavel et plusieurs autres.

– Au lancement, chez Comtois, se rappela Lucien. Mais aussi...

– J'ai parlé de toi à Edmond Beaufort, dit Christian. Ça donnera quelque chose.

Lucien se rappela les propos énigmatiques de Beaufort. Il dévisagea son interlocuteur. Ce sourire, d'une irritante impassibilité... Ce masque de pierre, ce miroir immobile qui retenait tous les frissons, toutes les violences de la vie...

– C'était... au *Paloma* ! s'écria Lucien.

Il jubilait, comme tant de gens qui sont fiers de leur mémoire.

– Au *Cortijo* également, compléta Christian. Sans oublier une manifestation en faveur de Caryl Chessman, mort et enterré.

– Le hasard est étrange.

– Ce n'est pas le hasard, rectifia Christian. Un jour, j'écrirai ta biographie.

Lucien rougit. Décidément, sa réputation avait pris des dimensions inattendues. Il ferma les yeux, rêveur. Quand il les rouvrit, la conversation portait sur la révolution sexuelle, cette grande inconnue, espoir de notre temps, vouée au même destin que les autres révolutions.

– Au fond, pontifiait Léon, les contraintes, c'est de l'inhibition. Les femmes sont frustrées, renfermées, refoulées. C'est pourquoi rien ne va.

Aristide, qui venait d'entendre parler de Wilhelm Reich, se rangea à son avis. Ainsi stimulé, Lucien commit l'erreur d'affirmer qu'on pouvait expliquer à n'importe quelle femme par où passait la voie de sa santé.

– Eh bien, je te prends au mot ! lança Christian. Tu vois celle-là, à l'autre table ? Eh bien, vas-y. On t'attend.

On insista, on le poussa, on le pressa, on le força ; et il se mit en marche vers la demoiselle aux yeux alanguis sous le rimmel. Il se trouvait à huit pas, à cinq pas, à deux pas. Il obliqua de justesse et alla chercher une orangeade, ce qui n'étonna personne.

– Quand une femme a un regard de lesbienne, expliqua-t-il, il est inutile d'essayer. Moi, je respecte les penchants de chacun et de chacune.

Une des beautés de la bohème, c'est qu'on y rencontrait des homosexuels et des lesbiennes qui ne cachaient pas leurs préférences. Avec son ouverture d'esprit, Lucien, plusieurs décennies avant que la tolérance des comportements marginaux fasse partie de la rectitude politique, affichait ouvertement sa sympathie pour toutes les manifestations de la liberté individuelle. Il avait beau accumuler les erreurs dans son cheminement à travers les labyrinthes tortueux de la vie, il en retenait les leçons et finirait par tirer son épingle du jeu.

On rit, on parla d'autres choses, et on se sépara vers cinq heures du matin. Lucien trouva ses parents dans la cuisine, horripilés par le découchage de fiston. Il dut réciter un rosaire avec maman et papa lui interdit toute sortie pendant un mois. Les parents ne comprennent jamais rien. Lucien se jura de quitter le foyer dès qu'il serait célèbre et riche.

Ce qui devait arriver arriva, et M. du Bhé fit savoir à son poulain qu'il serait ravi d'éditer son chef-d'œuvre à compte d'auteur, pour seulement six cents dollars. Il tenait aussi à connaître davantage son nouveau poète et lui proposa de passer le week-end ensemble, histoire de se découvrir plus intimement, ce qui l'aiderait à mieux promouvoir son œuvre. C'est ainsi que Lucien Théorêt ne fut pas publié. En revanche, grâce à son mois de réclusion, il reçut d'excellentes notes aux examens de fin d'année et prit la ferme décision de se consacrer dorénavant à son avenir de grand romancier.

Ce n'est pas parce qu'on est chômeur qu'on doit chômer

L'assurance-chômage a pour fonction de retirer de l'argent de la circulation lorsque les gens travaillent et d'en remettre dans le marché lorsque les gens perdent leur emploi, amortissant ainsi les hauts et les bas de la vie économique, de façon à stabiliser le niveau de la demande. En ces débuts des années soixante, les fonctionnaires des bureaux de l'assurance-chômage ignoraient peut-être les subtilités macro-économiques de leur rôle, mais ils s'en tenaient là, et aucun d'eux n'aurait eu l'idée saugrenue de procurer un emploi à un chômeur. Quoi qu'il en soit, c'est à ce service gouvernemental que revient l'honneur d'avoir lancé Lucien Théorêt dans le culte de sa personnalité, cette gymnastique psychologique qui fait les grands chefs.

Autour de 1830, un ministre français, interdisant à contrecœur le travail des enfants en bas âge, fixa la limite juste au-dessous de dix ans, afin que nul ne puisse vivre une décennie de sa vie sans connaître la salutaire influence du travail. La société québécoise avait fait du chemin en un siècle et un tiers et l'on accorda bien dix-huit années à Lucien avant de le condamner à subir la bienfaisante formation du labeur rémunéré. Son travail de fin de semaine dans les entrepôts de *Woolworth* ne comptait évidemment pas. Il lui fallait un emploi d'été, cinq jours par semaine, comme les adultes.

Ignorant que les petites annonces n'ont jamais procuré d'emploi qu'à un cousin d'un ami du frère d'un copain, Lucien passa deux semaines à les dépouiller scrupuleusement, à téléphoner, à courir de droite à gauche, offrant ses services et son coefficient de productivité. On venait toujours d'engager quelqu'un d'autre. Ou bien, quand on lui faisait remplir des fiches, on promettait de les étudier et de lui téléphoner incessamment, « mais si on vous offre autre chose, n'hésitez pas. »

Correctement habillé, il était très bien reçu dans les banques, les hôtels, les bureaux, qui tous le priaient de revenir en septembre. Le gérant d'une compagnie de finance, plus franc que les autres, lui expliqua qu'il ne pouvait se permettre d'engager des étudiants ou des travailleurs saisonniers. Lucien se résigna donc à recourir aux services de l'assurance-chômage, ce dernier espoir des affamés. Il n'avait pas le droit de toucher des allocations, n'ayant jamais travaillé à temps plein, mais les bureaux de l'assurance-chômage étaient censés aider les gens à se trouver un emploi. Tout intimidé, il franchit le seuil de l'édifice public. Un homme en uniforme l'arrêta, dangereusement hostile.

– Là, tôé, ousqué tu crois qu'tu vas ?

– Ben... je... Je cherche un travail...

– T'as-tu ta carte ? Non ? Alors, mets-toi dans la file !

Il était neuf heures du matin. À trois heures et demie, Lucien reçut sa carte, son numéro, et fut prié de revenir le lendemain. Le matin suivant, trois quarts d'heure après l'ouverture des bureaux, entouré d'une vingtaine de sans-emploi, il vit entrer le cortège des fonctionnaires. On sépara les chômeurs des chômeuses, la protection de la pudeur l'emportant sur les règlements contre la discrimination sexuelle, s'il y en avait. Chacune et chacun écrivit son nom sur un bout de papier. Le temps est long de A à T, mais vers la fin de la journée on donna à Lucien rendez-vous pour le surlendemain.

Il se présenta trente minutes avant son entrevue. Une demi-heure après l'heure fixée, l'homme qui devait décider de son destin arriva. Il gagna son pupitre, dépouilla son courrier, parcourut des fiches, puis sortit prendre son café de l'avant-midi. Il s'occupa ensuite de trois jeunes gens qu'il n'avait pas pu interroger la veille, vu son excès de travail, et partit manger. Vers deux heures, il fit appeler Lucien Théorêt. Il fallut répéter son nom trois fois avant que le message ne pénètre dans ses méninges abruties par l'attente. Lucien dévisagea timidement celui qui, en face de lui, lisait les formulaires qu'il avait remplis.

– Je vois. Alors, c'est bien vous, Monsieur Lucien Théorêt ?

Il avait peut-être oublié qu'il venait de le convoquer.

– Ben oui.

– Et vous cherchez un emploi, n'est-ce pas ?

Après tout, Lucien pouvait être venu acheter des pommes.

– Oui, monsieur.

– Pour l'été seulement, je suppose ?

– Non. Je dois quitter l'école quelques années afin d'aider mes parents, mentit le rougissant jeune homme. Mais j'accepterais un travail temporaire, s'il n'y a pas autre chose.

– Je vois. Je vois. Je vois très bien. Avez-vous déjà travaillé, mon garçon ? Avez-vous de l'expérience ?

– J'ai travaillé dans l'entrepôt de *Woolworth* durant les fins de semaine, cette année.

Tout cela était écrit sur les fiches, mais son interlocuteur n'était évidemment pas payé pour mémoriser ces détails.

– Garçon d'entrepôt. Je vois.

Et l'homme invita Lucien à aller s'asseoir tandis qu'il faisait une demi-douzaine d'appels téléphoniques à divers magasins, après quoi il rappela le jeune homme.

– Eh bien, Monsieur Théorêt, je regrette, mais aucun magasin n'a besoin d'un garçon d'entrepôt. Cependant, ne perdez pas courage. Nous conservons votre fiche, et nous nous appellerons dès qu'il y aura une ouverture dans votre domaine de compétence.

– Si on essayait autre chose ? balbutia Lucien. Un emploi différent ?

– Je vois. Mon jeune ami, vous devez éviter cette tendance à vous éparpiller. On a un métier, on le garde, et on s'améliore. Surtout, il faut renforcer son estime de soi. En croyant fermement que vous êtes le meilleur garçon d'entrepôt du monde, vous impressionnerez mieux vos employeurs. Dès que je reçois une demande, je vous appelle.

Le brave fonctionnaire alla rejoindre des collègues devant une tasse de café et passa trente minutes à expliquer que, si jamais le bureau se dotait de cerveaux électroniques, on perdrait toute la chaleur, la perspicacité et l'intelligence qui garantissaient la qualité humaine de ce service public, et ce serait alors le début de la catastrophe, du communisme et du fascisme.

Lucien pleurait dans son cœur en rentrant chez lui. Avec sa connaissance intime des richesses de sa personnalité, il ne pouvait pas s'identifier à son image désormais officielle de garçon d'entrepôt. À quoi cela aurait-il servi de dire à son ignare interlocuteur qu'il était un poète, un membre de l'élite, un génie, l'auteur de ces *Fruits révoltés* qui avaient presque été publiés? Les fonctionnaires n'ont pas d'imagination.

Avec un grand souci du détail, Lucien s'acharna à dresser l'inventaire des multiples facettes de sa personnalité. Il est indispensable de découvrir ce qu'on est, de se définir, de se nommer, de se qualifier. On peut trouver d'autres jeux que l'introspection psychologique et la recherche de valeurs qui donnent un sens à l'existence, mais Lucien, qui vivait dans un monde à part, se mit résolument à croire en lui. Croire en soi, c'est comme croire en Dieu: ça fait passer le temps, ça n'engage à rien et ça ne change pas une miette à la réalité. Il est toutefois plus intéressant de compliquer les choses par une théologie affublée de définitions, restrictions, preuves et contre-preuves. Profitant du temps libre que lui donnait sa condition de chômeur, Lucien se lança à la recherche de sa personnalité.

Il avait grandement évolué au cours des dernières semaines. Il n'était plus un vulgaire poète, un rimailleur vers-libriste, mais un véritable écrivain qui avait entrepris la rédaction du premier tiers du roman du siècle, intitulé *La jeunesse d'un homme de notre temps*. Il avait lu que Cendrars commençait à écrire à onze heures du soir et continuait jusqu'à l'aube, et que Hugo prenait la plume à l'aube et la déposait à midi. Malheureusement, ses parents n'approuveraient jamais de tels horaires. Lucien avait fait un compromis et écrivait de onze heures du matin jusqu'au milieu de l'après-midi, avec une pause pour le repas de midi.

Il s'agissait d'un roman exceptionnellement puissant, robuste, mouvementé et profond. Le héros, Julien Ménorel, était étudiant au collège classique ; le soir venu, tel un loup-garou, il se transformait en homme au cœur brisé, plein de mystères, musclé, séducteur, tragique, violent et secret, capable de se battre contre cinq patapoufs et de s'enfoncer ensuite dans un mutisme dédaigneux, gardant pour lui, avec indifférence, la connaissance de ses aventures, ses exploits sexuels, ses amours ténébreuses et ses passions royales. Lucien, qui déversait ses tripes dans son personnage, n'hésitait pas à insinuer clairement que le roman était bourré de détails autobiographiques, inventant alors l'autofiction plusieurs décennies avant tout le monde.

Il écrivait aussi des nouvelles, puisque les nouvelles sont un genre difficile et que les textes courts ont plus de chances d'être publiés dans des revues. Il raconta l'histoire d'un génie méconnu qui méditait sur l'existence en voyageant en autobus. Le magazine *MacLean* le lui réexpédia au bout de douze jours. Lucien en conclut, avec une amère satisfaction, qu'il exprimait des idées cinquante ans en avance sur son temps. Il écrivit un conte surréaliste où il compensait l'absence de toute histoire par des envolées d'une incohérence mesurée, et parfois démesurée. *Les Écrits du Canada français* devaient le lui renvoyer cinq mois plus tard. Il expédia d'autres textes à *Liberté*, *Cité Libre*, *Châtelaine*, *La Nouvelle Revue Française* et *La Patrie* ; certains restèrent sans réponses, d'autres furent retournés avec une aimable lettre type. Lucien comprit vite que ces revues, contrôlées par des intérêts réactionnaires, traditionalistes, cléricaux et bourgeois ne pouvaient pas risquer de publier des écrits avant-gardistes.

Peu à peu, il parvint à voir en quoi il différait du commun des mortels, en quoi il était unique. Il chercha, mais en vain, à décorer son athéisme de broderies ésotériques. Refusant un existentialisme démodé, il s'affirma héraclitien, grâce à un chapitre convaincant de son manuel des civilisations mortes. Après avoir passé quelques semaines à discuter avec Aristide du bien-fondé de la doctrine de l'unité, il opta pour le dualisme. Bien entendu, il prenait tout cela très au sérieux, étant du genre brillant et d'âge à s'engager corps et âme dans des conversations étranges sur la transcendance ou l'immanence de l'ADN, les évangiles apocryphes, l'identité d'Homère, l'infaillibilité pontificale, le désarmement unilatéral, la quadrature du cercle et la solution aux problèmes politico-socioéconomiques. De toute façon, l'essentiel, c'est l'acrobatie intellectuelle, peu importe les instruments dont on se sert.

Un soir, chez Léon, Lucien discutait avec Aristide et Normand.

– C'est moche, c'est moche, murmura Normand.

– Moche ? Qu'est-ce qui est moche ? demanda Aristide.

– Tout. Cette vie.

Normand s'avérait incapable de mener une vie intéressante. Par conséquent, l'existence constituait un échec systématique et universel et c'était la faute aux autres.

– C'est que nous sommes une colonie, affirma Léon. Nous sommes même des multicolonisés. Colonisés par la France, par l'Angleterre et par les États-Unis.

– Non, non, intervint Lucien. Ce sont les gens. La mentalité. L'élite n'est pas de taille. Jadis, le Tout-Paris pouvait se diviser en deux pour deux sonnets.

Tout-Paris, c'était quelques salons de précieuses ridicules, qui étaient par ailleurs des femmes remarquables.

– Je ne donne pas grand-chose d'un milieu où on ne peut relancer la querelle d'*Hernani*, ajouta-t-il.

– C'est vrai. Il faut faire quelque chose.

– Trouvons une salle de théâtre.

– On ne peut pas laisser les bourgeois gagner.

– Il n'y a que nous à pouvoir agir.

– Il faut se concerter.

Ils se concertèrent. D'abord, il fallait choisir l'endroit. Des raisons financières restreignirent le champ des possibilités et ils décidèrent de mener la bataille dans une salle d'amateurs, où le billet d'entrée ne coûtait pas cher.

– *Les Apprentis Sorciers* ?

– Non. Je connais des gars là-bas. Ils n'aimeraient pas ça.

– *La Troupe de Montréal* ?

– C'est trop loin.

– *L'Égrégore* ?

– Deux dollars cinquante l'entrée, ce n'est plus amateur.

– Alors, je ne vois que le *Théâtre Moderne*.

– Excellent ! Qu'est-ce qu'ils jouent ?

Ils fouillèrent le journal du samedi. On donnait *La Cantatrice chauve*. Consternation. Comment s'attaquer à Ionesco ? Mais il fallait se battre. On chercha des raisons de livrer bataille.

– On devrait jouer des auteurs québécois.

– Ils disent qu'ils n'en ont pas.

– Erreur et calomnie ! s'insurgea Normand. J'ai écrit deux pièces.

– Et j'en ai trois en chantier, mentit Lucien.

– Surtout, on doit attirer l'attention du public sur le nouveau théâtre.

– De plus, la ville devrait subventionner la troupe.

– Peut-être qu'elle le fait déjà.

– Si c'est le cas, elle devrait la subventionner davantage.

– Et il faudrait aussi subventionner les auteurs d'ici.

Ils réservèrent quatre places pour le jeudi suivant. Soucieux de se préparer au combat, Lucien s'imposa cinq minutes de gymnastique quotidienne. Le jour venu, il avait les muscles vaguement endoloris, mais la rédaction de cinq pages de son bouquin le galvanisait. Il se sentait plein d'ardeur et d'énergie, avide de se bagarrer pour la première fois de sa vie. Réunis devant la porte de la salle, située à un deuxième étage, au-dessus d'une pâtisserie, ils mirent leur stratégie au point.

– On commence, chacun de son côté, à neuf heures quinze exactement.

– On se lève, on dit pourquoi on se bat, et on cogne.

– Il faut s'asseoir à des places éloignées les uns des autres, pour dominer la salle.

– Normalement, la bagarre s'étend en un clin d'œil.

– Si ça ne marche pas, on se retrouve au *Café des Arts*.

Le *Théâtre Moderne* avait attiré une bonne trentaine de spectateurs. Les quatre révolutionnaires, assis à des endroits stratégiques, observaient l'arrivée des victimes. On pouvait entendre quatre respirations chevalines dans l'attente du lever de rideau.

Les trois coups de marteau retentirent, avec vingt-cinq minutes de retard. Lucien perdait confiance de façon directement proportionnelle à l'accélération de ses battements de cœur. Il consulta sa montre : neuf heures huit. Il n'allait pas faire défaut à ses camarades. Il chercha les affreux bourgeois autour de lui. À la rangée d'en avant, trois étudiants ; à sa gauche, une vieille dame ; à sa droite, un siège vide puis un matamore qui, bien qu'intellectuel, pesait deux cent vingt livres. Lucien regarda son maigre poignet : neuf heures treize. Et si sa montre avait du retard ? Peut-être avançait-elle. Surtout, pas de faux départ. Il fallait attaquer ensemble, à l'unisson.

Comme de raison, tous quatre se réunirent à l'entracte.

– Eh bien, quoi ?

– J'attendais que vous commenciez.

– Moi aussi. Ma montre ne marche pas bien.

– Je n'ai que des écolières autour de moi, expliqua Aristide. Je ne pouvais tout de même pas les assommer !

– Moi, personne ne s'est assis près de moi, se plaignit Normand, que sa vie aventureuse empêchait de se laver souvent.

C'est ainsi que l'histoire littéraire et artistique de Montréal faillit avoir sa bataille de *La Cantatrice chauve*. Mais, comme dirait plus tard Aristide, il n'y a vraiment pas assez de bourgeois dans les théâtres d'avant-garde.

Soulagé par la façon dont le projet avait tourné, Lucien se délectait encore de l'excitation du risque encouru. La société croupissait et il était vivant, rebelle et subversif. Il montrerait à tout un chacun, et surtout à chacune, de quoi il était capable. Son cœur devint un creuset de désirs sauvages, de brûlantes violences, d'ardeurs frénétiques. Il allait trancher le nœud gordien de ses difficultés avec les femmes ! À cette époque, on parlait beaucoup, on se vantait facilement, et on baisait peu ou pas du tout. Des esprits simplistes attribuaient les réticences des filles à de lourdes inhibitions sexuelles découlant de leur éducation religieuse. En réalité, on n'avait tout simplement pas encore inventé les pilules contraceptives, le diaphragme et le stérilet, et seuls quelques pharmaciens vendaient des condoms en cachette. Qu'importe ? Lucien foncerait dans le tas ! Tout le monde aime les audacieux. La passion du danger fait l'objet d'éloges, de récompenses, de marques d'appréciation. Lucien pouvait compter sur la puissance irrésistible de sa personnalité.

Chômeur durant la semaine, incapable de louer de façon plus rentable sa force de travail, Lucien continuait de gagner son pain chez *Woolworth* le vendredi soir et le samedi. On le connaissait et on ne faisait plus attention à lui. Toutefois, il y avait une jeune femme qui, une ou deux fois par jour, venait dresser quelque inventaire dans une section ou l'autre de l'entrepôt. Elle regardait avec sympathie ce garçon fort diligent qui travaillait avec acharnement et rédigeait ses fiches lisiblement. Il lui arrivait de lui sourire en passant. Comprenant que Mlle Georgette lui adressait de discrètes avances, Lucien se mit en tête de la faire bénéficier de son impétuosité conquérante.

Bien que les bourgeois tiennent encore aux rendez-vous et aux rites périmés de la séduction, Lucien, se prenant pour Julien Ménorel, estima qu'il n'avait que faire de ces formalités. L'amour vrai est une avalanche qui s'impose en tout lieu et à tout moment. Le cœur ardent, il partit en campagne. Le samedi après-midi, prêt à tout, il aborda Georgette lors d'une de ses visites.

— Euh... Mademoiselle Georgette...

— Oui, Lucien ?

— Je voudrais vous demander... Ben... C'est que nous n'avons plus de ficelle jaune.

— C'est très bien. Je m'en occuperai.

Lucien se mordit la lèvre, furieux d'avoir été intimidé au moment crucial. Mais tout vient à point à qui sait attendre, et parfois on ne doit pas attendre trop d'années. Il patienta jusqu'à cinq heures trente et entreprit de suivre Georgette à la sortie du magasin. Suivre une femme donne de puissantes sensations à certains. Elle entra dans une cabine téléphonique. Il se dit que le désir, doublé d'amour, se fiche des conventions, et se glissa dans la même cabine. Georgette venait de composer son numéro. Lucien, le regard de Tenorio dans l'esprit, sinon dans les yeux, le geste sûr, lui prit la main.

— Hé ! D'la marde ! Quéqu'céqu'ça ? Colisse de tabarnak !

Une femme n'a pas nécessairement un vocabulaire féminin. Indifférent à ces détails, Lucien savait d'avance que le sexe faible raffole d'un peu de fermeté. Dès qu'il aurait réussi à l'embrasser, Georgette roucoulerait, vaincue, et se transformerait en femelle heureuse, subjuguée par son mâle.

— Mais qu'est-ce que tu veux, mon enfant de chienne ? Vas-tu ben me lâcher, espèce de petit sacrement ? Hostie de verrat !

— Je... Ma chérie... Mademoiselle...

— Imbécile ! Maintenant, j'ai perdu mon dix sous. Attends que j'en parle à Monsieur Leduc !

Au nom du gérant, Lucien perdit tout à fait contenance. Ou, plutôt, il la regagna. Horrifié par son audace, glacé par la réaction bizarre de la jeune femme, il balbutia :

– Oh ! Excusez-moi… Je croyais que…

Il sortit précipitamment et alla cuver sa peine à *La Hutte*. Quelques jours auparavant, comme tous les deux mois, le patron avait mis à la porte les beatniks chahuteurs qui hantaient son restaurant et dont le niveau de consommation ne justifiait pas la durée d'occupation des sièges. Lucien, quoique visiblement mineur, semblait un gentil garçon et on lui servit une bière. Il but lentement, en méditant sur la portée de son acte. Georgette préviendrait-elle la police ? Si on le jetait en prison, est-ce que son nom apparaîtrait dans les journaux, et ailleurs que dans la chronique littéraire ? Avertirait-elle M. Leduc ? Se plaindrait-elle à ses parents ? Pourrait-il encore lui faire face ? Vraiment, le monde n'est pas fait pour les émules de Moravagine.

Aristide entra sans problème. Il était dans les bonnes grâces des serveuses, à qui il faisait toujours des compliments. Lucien n'avait pas vu ses amis depuis l'affaire du *Théâtre Moderne*, trouvant plus héroïque de jouer au loup solitaire. Il éprouva un grand plaisir à rencontrer son copain, qui était dans une lune maussade, n'ayant pas serré de gamine dans ses bras depuis trois semaines.

– Alors, qu'est-ce qu'on dit ?

– C'est idiot, les villes. Les gens sont amorphes, déclara Lucien.

– C'est juste. Il n'y a pas de vie. C'est mou.

– Tu parles ! De la guimauve ! Du caoutchouc mousse !

Après leur troisième bière, ils sortirent prendre l'air.

– Tu vois ces immeubles ? dit Aristide. C'est ce qui tue tout. Moi, je suis de l'Abitibi. C'est vivant, là-bas ! De l'air pur. Des filles en santé, qui ne demandent que ça. Ici, c'est pourri.

– Quand je pense que des gens vivent, et vivent vraiment, en Afrique, au Brésil, en Arabie ! lança Lucien. Ça n'a même pas de gueule, ces bâtisses. C'est morne.

– Mécanique. Bon pour les gens qui les habitent.

– De l'eau à la place du sang. Assez pour te dégoûter de vivre.

– Des fantômes. Une ville de fantômes. Du camembert !

Chacun s'en alla, revigoré, se coucher dans son lit, avec la satisfaction d'avoir fortement vitupéré sur ce monde affreux. Et puis quoi ? La terre aussi tourne en rond et s'en porte fort bien.

Le grand départ

Lucien passa la semaine à se battre contre sa conscience, c'est-à-dire contre lui-même, c'est-à-dire contre personne, et, bien entendu, pour des riens, ce qui est dans la nature des crises de conscience. Qu'est-ce qui lui tomberait dessus ? Son comportement dans la cabine téléphonique l'avait drainé de toute son énergie. Comment ferait-il face vendredi à Mlle Georgette ? Si on le mettait à la porte en épinglant sur son dossier les raisons de son renvoi, jamais il n'obtiendrait d'emploi nulle part. Le monde entier se ligue toujours contre les audacieux. Se suicider ? Ce serait si beau, connaître la gloire posthume avec *Les Fruits révoltés* ! Comtois, du Bhé, tous les éditeurs se mordraient les doigts ! La tête de ses parents, de ses amis, de ses professeurs ! Adrienne, Geneviève, Monique, Georgette, interviewées à la télévision, qui parleraient de lui, leur unique, leur plus bel amour ! Oh ! Se suicider et être là pour voir ça !

Justement, à bien y réfléchir, le gros problème d'une gloire posthume, c'est qu'on n'est pas là pour la savourer. L'essentiel, dans la vie, c'est de rester vivant. Mais vivre quoi, comment, et où ? Le plus sauvage de ses rêves d'enfant avait été de fuir sa maison. Il se serait bâti une cabane dans la forêt ; de temps en temps, il aurait assommé des passants au lance-pierre ; il les aurait dévalisés et se serait acheté des victuailles et du chocolat au magasin le plus proche. Sa dernière conversation avec

Aristide avait ranimé sa soif d'une vie plus aventureuse, loin de Montréal, c'est-à-dire loin de Georgette.

Il devait quitter au plus vite le cocon paternel et maternel. Ce désir devenait torrent à mesure que le vendredi approchait. En récompense de ses excellents résultats aux examens, son père lui avait donné cinquante dollars. Avec ses économies, il avait soixante-seize dollars à lui. À l'époque, en se serrant la ceinture, on pouvait vivre six semaines avec une telle somme. Seulement la bouffe, s'entend, pas le logement. Il lui fallait se forger un but et une raison pour partir. Il les trouva. Il gardait un faible pour les grands blocs, les fédérations, l'internationalisme. Pourtant, Léon disposait, du moins aux yeux de Lucien, d'arguments solides pour la position contraire. Il devait se faire une idée juste à ce propos. De plus, les voyages sont utiles et enrichissants. Au retour, on peut arborer un air rêveur et dire qu'on a été ici, et là, et ailleurs, ou prendre une pose nostalgique pour évoquer une aventure, un incident, et certainement gonfler ses romans et ses poèmes de noms géographiques sonores et exaltants. Et puis, à force d'accumuler des milliers de kilomètres, on doit bien finir par tomber sur une femme accueillante.

Il commença par en parler à sa mère.

– Oui, mon garçon ?

– Ben... J'ai pensé... Euh... Léon et Aristide s'en vont à Vancouver et ils m'ont demandé de les accompagner.

Il n'allait pas effrayer sa mère en avouant qu'il comptait voyager seul.

– Tu n'y penses pas sérieusement, j'espère ?

– Ben... oui.

– Y as-tu songé vraiment ? Tes seules notes faibles sont justement en anglais. Et c'est tout protestant, dans ces coins-là. Où irais-tu à la messe ? Non, ce n'est pas sérieux.

– Il y a aussi des catholiques chez les Anglais.

– Ils se disent catholiques, mais ils ne sont pas catholiques comme nous, puisqu'ils parlent anglais.

Lucien alla donc voir son père.

– Oui ? Tu as trouvé une vraie job ?

– Ben... Tu vois, pour avoir une bonne job, je dois améliorer mon anglais. Léon et Aristide vont passer quinze jours à Vancouver. Si je les accompagnais, ce serait comme un cours d'immersion.

– C'est trop loin. Tu es trop jeune.

– L'hiver prochain, j'aurai dix-neuf ans.

– C'est encore trop jeune. Tu peux te trouver des amis anglais sans quitter Montréal.

Le vendredi, Lucien sortit d'un cauchemar où il se coupait les veines et la plaie se refermait ; il se pendait et la corde brisait ; il se jetait à l'eau et c'était la marée basse. Les aiguilles de sa montre approchaient sadiquement de l'heure où il reverrait Mlle Georgette. Il tremblait, il suait, il frissonnait. Les adultes ne le comprenaient pas. Le monde le rejetait. Vers midi, inattendus, arrivèrent Mme Lagacé et son époux. Lucien ne voyait sa marraine officielle de confirmation que deux ou trois fois par an. Ses parents, ravis, s'empressèrent de leur montrer leur nouvel appareil de télévision.

– Et votre fille ? Pourquoi ne l'avez-vous pas amenée ? Elle doit avoir encore grandi, celle-là ! Lucien aime toujours la revoir.

Lucien rougit, comme il est de mise.

– Elle est partie en vacances à Old Orchard, avec des amies.

– Aux États ? Mais c'est très dangereux, tu sais !

– Les voyages forment la jeunesse, affirma Mme Lagacé.

– Et si elle doit faire des bêtises, dit M. Lagacé, je préfère que ce ne soit pas sous mes yeux.

– Et votre fils ? Rien de neuf ?

Mme Théorêt regarda son mari et répondit :

– Lucien ? Justement, il doit partir pour Vancouver avec des amis. C'est bon pour les jeunes, voir du pays, connaître le monde.

Et Lucien, qui n'y croyait plus, put présenter sa démission à M. Leduc. En passant prendre sa dernière paye, il rencontra Georgette qui lui sourit, encourageante. Avec son air de rien, ce garçon avait le courage de ses désirs. Il était maladroit, mais elle se sentait bien disposée à l'initier. Malheureusement, elle dut garder pour elle ses bons sentiments car Lucien, qui parfois ne comprenait rien à rien, vida les lieux à toute vitesse.

⁓⧯⁓

Qui n'a pas vu mille voitures tourner en rond dans les carrefours compliqués de certaines autoroutes et des jeunes gens affamés de vie qui lèvent le pouce pour s'engager dans ce cauchemar ? Depuis que les urbanistes se sont mis en tête de rationaliser la circulation automobile, les stoppeurs n'arrêtent pas de recevoir des coups de poignard dans le dos. Il n'y a jamais d'endroit qui leur soit réservé. Malgré son itinéraire joliment tracé sur une carte routière toute neuve, Lucien n'arrivait pas à quitter la métropole.

Sa mère avait insisté pour qu'il prenne deux grosses valises qu'elle avait maternellement remplies de vêtements propres pour toutes les saisons possibles. Rendu chez Léon, Lucien en bourra une de ses effets personnels les plus essentiels, linge, dentifrice, rasoir, gros calepins, timbres et cartes routières, et laissa le reste à son ami, en lui demandant bien, ainsi qu'à Aristide, de ne jamais appeler chez lui.

Dix heures du matin. Il gaspilla deux heures près du boulevard Métropolitain à s'essayer au stop, à scruter son plan de la ville, à disséquer les artères de Montréal, l'île d'où un stoppeur ne sort qu'à force d'expérience et d'opiniâtreté. Rockland. Dorval. Bifurquer vers Pointe-Claire. Les signes. Les flèches. Les détours. L'apprenti voyageur y perdait sa boussole cérébrale.

Après sept courts trajets dans autant de véhicules, il réussit à traverser l'île Perrot et se retrouva, ému, à Vaudreuil. Il s'était promis d'aller visiter Félix Leclerc, qui était censé avoir une ferme dans les environs. Son illustre confrère l'aurait sans doute accueilli comme Chateaubriand

avait reçu Victor Hugo : « Vous arrivez, monsieur, et je m'en vais. »
Mais il se faisait tard et Lucien finit par marcher d'instinct vers la 401.
Des dieux protecteurs lui permettaient ainsi d'éviter la route 17, où nul
ne passait, du moins à l'époque.

Enfin à une vingtaine de milles de chez lui, puisqu'on ne comptait
pas encore en kilomètres, Lucien se sentit grand seigneur, conquérant,
aventurier, risque-tout, globe-trotter, trotte-monde et éminent auto-
stoppeur. Des copains lui avaient expliqué comment il fallait montrer
son pouce d'un air convaincu afin d'obnubiler les automobilistes. On
avait omis de lui dire combien de centaines et de milliers de voitures
vous passent sous le nez avant qu'un conducteur se prenne d'affection
pour votre silhouette.

Un couple maussade le fit monter. Lucien essaya de raconter qu'il se
rendait à Vancouver, histoire d'épater ses hôtes roulants, qui continuèrent
à se chamailler sans lui porter attention. On lui avait dit que la route 2
traversait de plus beaux paysages que la 401. Bien que le couple allât à
Toronto, Lucien leur donna le bonjour à Cornwall et marcha quelques
milles jusqu'à la route 2. Or, cette route desservait une région agricole
où les fermiers considéraient les stoppeurs comme de dangereuses
bêtes armées de couteaux et de revolvers. Au couchant, Lucien, affamé,
stupéfait de découvrir que les rares âmes qui lui offraient un tour d'auto
ne l'invitaient pas à souper, se résolut à grignoter un hamburger dans
une station-service, puis il se laissa tomber de fatigue et d'étonnement
dans un champ voisin, où les aboiements des chiens l'empêchèrent de
dormir convenablement.

À six heures du matin, Lucien marchait le long de la route en se
frottant les yeux. Une voiture s'arrêta.

– *Hey ! Here's a Canadian ! He should know better !*
– *We'll see. C'm'on, boy, get in !*

C'était une bande d'Américains qui revenaient d'une nuit
mouvementée à Montréal. Lucien ne comprenait rien à leur anglais
fracassant, imagé de mots peu recommandables qu'on ne lui avait pas

appris à l'école. Ils lui mirent une carte dans les mains, en lui demandant de leur indiquer le meilleur chemin pour se rendre à Buffalo.

– *Yes, yes. Yeah, yeah*, marmonna Lucien.

– *You see now ! He says it's the other way.*

– *Bullshit ! Can't you see the boy's asleep ? Pass the beer !*

Lucien éprouva un frisson de nausée en sentant la bière froide descendre dans son ventre creux. Le conducteur riait et zigzaguait sur la route, jetait les bouteilles vides par la fenêtre, vantait à Lucien l'amitié canado-américaine et échangeait avec ses compagnons de charmantes obscénités plutôt flatteuses à l'endroit des filles de Montréal. À Gananoque, le mécanicien d'une station-service éclaira les touristes sur la géographie canadienne et Lucien en profita pour leur souhaiter bonne chance.

Dans le snack-bar le plus proche, il sortit le calepin qu'il comptait transformer en journal de voyage, témoignage immortel de son périple *a mari usque ad mare*. Il nota ce qu'il avait vécu depuis la veille. Il médita sur la journée qui s'ouvrait. Il savait de Toronto qu'il s'agissait d'une ville orangiste, dominée par des immigrants italiens, avec un métro, des tramways et un village beatnik au centre. On y détestait les Canadiens français, mais, comme il allait leur parler des grands blocs, on lui paierait à boire et à manger et on le délivrerait du fardeau de sa virginité.

Un militaire de Trenton, de retour d'une semaine de permission à Ottawa, le prit au passage et lui raconta des histoires sur la marine, ce repaire d'homosexuels, sur l'armée, cet inculte rassemblement de rampants, et sur l'aviation, l'héroïque défenseuse de la nation. Il lui offrit un café et le déposa au coin de la route qui menait à la base, après lui avoir conseillé de s'enrôler. Vers midi, Lucien faisait du pouce près du rond-point de Port Hope, de sinistre mémoire pour les stoppeurs de la 401.

Port Hope, ville inconnue où tout le monde va faire on ne sait quoi et d'où personne ne vous prend. Lucien bronzait son pouce en comptant les milliers de véhicules qui lui passaient sous le nez. Une heure. Le soleil ricanait dans le ciel bleu. Deux heures. Lucien connaissait par cœur le pont d'où jaillissait la route comme une flèche perdue. Trois heures. Lucien repoussait courageusement la tentation de retourner à Montréal. Quatre heures. Un miracle se produisit et une voiture eut une crevaison à cent pas du pont. Lucien se mit à courir, convaincu qu'on s'arrêtait pour lui. Désillusion. Sous le regard hostile du conducteur furieux, il recommença à lever le pouce. Quelqu'un, le prenant pour le coéquipier de l'automobiliste en détresse, le conduisit à Newcastle. Un fermier le prit jusqu'à Bowmanville. Un plombier le mena à Oshawa. Un vendeur de machines à coudre le laissa près de Whitby. Enfin, un voyageur de commerce s'intéressa à son aventure et lui mit dans la tête de traverser plutôt les États-Unis et de découvrir Toronto à son retour ; une visite chez nos voisins du sud lui permettrait de mieux distinguer tout ce qui nous en différencie ; vu qu'il se rendait lui-même à Détroit, siège social de sa compagnie, il se ferait un plaisir de l'y conduire.

Le soir tombait et le voyageur ne voulait pas arriver à Détroit au milieu de la nuit. Il proposa à Lucien de coucher à London, qu'ils atteignirent vers neuf heures. Après un repas léger, le vendeur, qui connaissait la ville, invita Lucien à l'accompagner au *Three C's*, le centre culturel communautaire de l'endroit. C'était une salle de danse avec orchestre, où l'on servait de l'alcool. Lucien put entrer grâce à un permis de conduire (sans photo, à l'époque) que Léon lui avait passé. Les Québécois n'avaient pas grand crédit parmi les habituées depuis que les jeunes militaires canadiens-français de la base de Centralia fréquentaient le coin. De plus, Lucien, qui parlait vraiment mal l'anglais, était trop timide pour l'employer avec des femmes. Par surcroît, il dansait comme un pied, gauche, avec un répertoire limité au slow et au twist, dont il s'efforçait d'imposer les pas à chaque morceau sans souci du rythme. Grâce à son compagnon, qui savait parler aux dames, il obtenait une danse, mais une seule, de chaque esseulée. Puis, sa réputation étant faite, il passa le reste de la soirée à boire un gin tonic en reluquant jalousement le voyageur et ses danseuses. À la fermeture, tous deux allèrent coucher au

YMCA, qui, contrairement à la croyance commune, n'était pas réservé aux homosexuels, du moins pas exclusivement.

Le lendemain, bien reposé, un bon déjeuner dans le ventre, Lucien se sentait frais et dispos pour conquérir l'Amérique. Le voyageur de commerce lui vantait les mérites de sa voiture, de Diefenbaker, de son Kingston natal, des *Maple Leafs* et de ses techniques de vente. Lucien avait l'intention de filer tout droit jusqu'à Chicago, où, paraît-il, l'influence salutaire du *Playboy* a rendu les femmes conscientes des avantages de la vie agréable. Pour s'y rendre, il fallait d'abord passer la frontière entre Windsor et Détroit. Le voyageur de commerce montra ses papiers et exposa le but de sa visite. L'agent d'immigration interrogea Lucien.

– *And you ? Going also to Detroit ? For the weekend ?*

– *No. Me go-ing to Chi-cago, Minne-a-polis and Winni-peg.*

– *So, you're not together ? I see. A hitchhiker, ain't you ? Would you please come into the office ?*

Lucien, sans y comprendre grand-chose, vit son compagnon disparaître dans le tunnel qui menait à Détroit. On lui remit sa valise. Un agent, qui parlait français, lui expliqua qu'il était interdit de faire de l'auto-stop dans l'État d'Illinois ; cependant, s'il pouvait prouver qu'il avait deux cents dollars sur lui et s'il achetait un billet d'autobus aller-retour, on le laisserait passer. C'est ainsi qu'on revit Lucien, amer et découragé, faire du pouce sur la 401 en direction est. Quelle erreur historique ! Alors que le président des États-Unis avait tellement besoin d'un conseiller en affaires canadiennes ! Lucien lui aurait parlé des grands blocs, ils auraient mis sur pied un traité de libre-échange, et on aurait gagné un quart de siècle ! L'esprit de Lucien se ranima lorsque la première voiture qui le prit à bord le conduisit d'une traite à Toronto. Il laissa sa valise à la gare d'autobus et se mit à déambuler dans les rues à la recherche d'un restaurant et surtout de la femme qu'il attendait depuis sa puberté.

Persuadé qu'on ne pouvait pas faire la conquête d'une femme avant huit heures du soir, Lucien sortit son calepin et écrivit un long poème en buvant trois tasses de café. Étant de ceux qui prennent leur temps à tirer les leçons de leurs expériences, il y vantait les délices de l'aventure, la beauté des voyages, le lyrisme des distances et l'éblouissement des villes nouvelles. Après quoi, il partit à l'assaut de la cité.

Les tactiques les plus simples sont censées être les meilleures. Lucien entrait dans un restaurant où il apercevait une jouvencelle, s'asseyait près de sa table, faisait le beau à sa façon et attendait qu'elle lui adressât la parole. Le monde étant mal fait, cela n'arriva dans aucun des cinq casse-croûte qu'il essaya. Vers dix heures, un homme aux goûts étranges l'aborda, lui parla de New York, de Paris, de l'Italie, et l'invita chez lui ou à la pissotière du restaurant le plus proche. Lucien lui dit qu'il était tenté, car il ne faut pas indisposer les gens, mais qu'il avait un rendez-vous urgent ; il prit son numéro de téléphone en promettant de l'appeler à minuit, après quoi il recommença à vagabonder dans les rues. Il arrêta dans des cafés du Village, fuma sa pipe et chercha la petite existentialiste qui fascine les lecteurs du *Readers' Digest* et effraie ses lectrices ; malheureusement, elle n'habitait pas dans cette ville. À minuit, il repéra un hôtel à bon marché et demanda une chambre fournie, croyant que cela impliquerait une femme, comme dans certains romans français ; mais la société *Gideon*, qui ne comprend rien à la mentalité des voyageurs, n'avait laissé dans la chambre qu'une Bible en guise de réconfort, sur la première page de laquelle on avait dessiné des graffiti succulents, sans toutefois ajouter de bonnes adresses. Toronto était bien une ville orangiste, tout à fait fermée aux intérêts légitimes des Canadiens français, et Lucien n'y put que dormir.

La femme de chambre cogna à la porte en marmonnant qu'il était onze heures, il fallait vider les lieux à dix heures, il la mettait en retard dans son ménage. Lucien se leva précipitamment, se débarbouilla, s'habilla, prit un café à la gare d'autobus et trouva moyen de faire du pouce sur la rue Younge. Deux charitables vieilles dames le menèrent à l'autoroute. À trois heures, en dépassant Orillia, il sentit refleurir sa confiance dans le monde. Voiles ouvertes sur Vancouver, et vive le Canada !

Le destin distribue ses douceurs avec autant d'indifférence que ses épines. Un professeur de Sturgeon Falls offrit au jeune voyageur l'hospitalité ambulante de sa Pontiac. Lucien, ravi de rencontrer enfin un Franco-Ontarien, tenta de parler des grands blocs et reçut un cours magistral sur le canard et les orignaux de la région, sans oublier le poisson de la French, la rivière des Français. Avant de l'abandonner à son sort, le professeur eut l'obligeance de lui payer un hamburger et des frites.

On peut poireauter des heures sur la Transcanadienne avant qu'une bonne âme vous récompense de l'attente en vous déposant dix kilomètres plus loin. Vers la fin de l'après-midi, Lucien composait un poème désespéré sur la rue principale de McKerrow. Il se disait que les velléités de séparatisme disparaîtraient si les Canadiens anglais faisaient un effort pour comprendre les Canadiens français et montraient leur bonne foi en prenant plus souvent des pouceurs québécois. Il essayait bravement de voir dans ces heures au bord de la route le prix de l'aventure, sans oser encore se demander en quoi au juste consistait l'aventure.

Des voitures passaient de temps à autre. Des bolides américains trop orgueilleux pour accueillir un auto-stoppeur. De vieilles bagnoles conduites par des balourds qui ignoraient tout du cosmopolitisme. Lucien mit son espoir dans la Volkswagen, un véhicule de prolétaires, tous des gens bons, sociables et solidaires. Une Volks passa, puis une autre, et une troisième, et Lucien demeura stationnaire. Le stoppeur négligé se rappela alors la louche histoire de la *Coccinelle*. N'avait-elle pas été lancée par Hitler ? Des nazis déguisés contrôlaient sans doute encore la compagnie, ce qui faisait de la Volks une voiture fasciste, oligarchique, réactionnaire.

Lucien en était là de sa laborieuse dialectique lorsqu'une Volkswagen arrêta. Il se repentit de ses mauvaises pensées en se trouvant assis à côté d'un prolétaire en or, électricien de son métier. Ils parlèrent politique et le conducteur s'afficha comme ardent américanophile. Rien ne pouvait être plus choquant pour Lucien, après son aventure avec les douaniers de Détroit. Il abonda cependant dans le sens du conducteur, car il avait des bonnes manières. L'électricien se rendait à Michipicoten. Quel beau nom ! Lucien rêva d'aller voir de près le lac Supérieur, mais jugea plus prudent de ne pas quitter la Transcanadienne. Il se résigna à passer la nuit au motel de Wawa, où il laissa une tranche de ses économies. Il y écrivit une demi-douzaine de brefs poèmes de voyage qu'il se promit de vendre très cher à son éditeur éventuel.

Comme bien d'autres, Lucien ne savait pas distinguer un mélèze d'une épinette et il devait consulter ses cartes pour donner dans l'ordre la position des provinces canadiennes. Cependant, poète jusqu'au bout des doigts, voyant les bois s'étendre des deux côtés de la route, il se croyait dans le Grand Nord, bien que loin en dessous du 45e parallèle. Il était un pionnier moderne qui fait de l'auto-stop dans une nature sauvage où l'hostilité des automobilistes rappelait celle des loups et de certains Indiens de jadis.

Il passa une semaine mouvementée à avancer de ville en village avec des fermiers, des touristes, des commerçants. Fort William, Dryden, Kenora. Il côtoyait des camionneurs, des militaires, des retraités. Brandon, Saskatoon, Lloydminster. Il préparait une étude comparée des sièges de dizaines de modèles de voitures et de camions. Vermillion, Vegreville, Edmonton, la plus nordique des grandes villes. Il levait le pouce, admirait le paysage, s'échauffait l'esprit, couchait dans des hôtels à prix modique, ou au bord de la route, ou sous des ponts. Il découvrait le Canada, il comprenait les gens, il menait une vie aventureuse. Il se sentait vivre. De belles titillations lyriques faisaient palpiter son calepin. Selon le nombre de kilomètres parcourus et les longues attentes dans le vent et sous la pluie, son lyrisme couvrait la gamme qui sépare le désespoir de l'enthousiasme. Radisson revivait en lui, et la Vérendrye, et les découvreurs de l'Ouest canadien. Enfin, ému, émerveillé, le cœur en compote, les yeux gonflés, il aperçut à l'horizon les montagnes Rocheuses. Submergé par son indiscutable héroïsme, par ce qu'il avait vu, vécu et accompli, il sentit une larme couler sur sa joue mal rasée.

Le petit retour

— *Call me Anna, not Madam ! Call me Anna !*

Lucien essayait, mais ça sortait mal. Comment appeler par son prénom une femme de soixante ans, aussi sympathique, cordiale et affable fût-elle ? Impressionnée par la courageuse aventure du jeune voyageur transcanadien en provenance du *beautiful Quebec*, c'est-à-dire du bout du monde, elle s'excitait, s'exaltait et parlait fort, convaincue que les décibels aideraient le garçon à comprendre l'anglais. Son mari, M. Haggerty, apparaissait comme un havre souriant et silencieux. Ils avaient happé Lucien au passage, alors que, depuis trois heures à la même place, il songeait à tout plaquer et à retourner à Montréal. Après tout, il pouvait déjà dire qu'il avait vu les Rocheuses, lui !

— *Here ! We'll do it this way. See, you get...*

Et elle expliqua comment il fallait dresser la tente. Maladroite, impulsive, elle dirigeait tout, voyait aux détails, conseillait, avertissait, proposait, encourageait. Après plusieurs essais infructueux, le bas de la toile convenablement cloué avec les piquets, il fallut la monter. Lucien se glissa à l'intérieur, perdit ses lunettes, s'agrippa au pilier central, tenta de se relever, tandis que le couple s'occupait des manœuvres extérieures. Tout semblait tenir, puis tout s'effondra sur Lucien. Noyé sous la toile, il entendit Anna récriminer, ordonner, suggérer, s'acharner, sans savoir de quoi il s'agissait. Ayant enfin réussi à redresser le pilier, il sortit. La tente oscillait, molle, fragile, comme si elle avait été attaquée par un ours. M. Haggerty la consolida et ils soufflèrent à l'unisson en admirant leur chef-d'œuvre. Anna jubilait. S'ils avaient un toit pour la nuit, c'était bien grâce à elle !

– *Well, we'll go to a restaurant tonight, dear,* dit Haggerty en allumant une cigarette.

– *No, no, that won't do ! We came to camp, that's why we came. I'll show you.*

Elle ouvrit le coffre de la voiture et bourra les bras de son mari et de Lucien de boîtes de conserve, de bouteilles, de pots, de vaisselle, d'un cuiseur *Coleman* et d'un bidon d'essence. Ardente, sanguine, entêtée, elle réussit à allumer le réchaud en moins de vingt minutes. Une heure plus tard, le repas était prêt.

Autour d'eux, les montagnes, la forêt, la solitude touristique de Jasper. Lucien, avec son courage habituel, décida d'aller observer les ours, les coyotes, les chevreuils, les canards et les boucs dans leur habitat sauvage. Il s'enfonça dans le bois. Il marcha cinquante pas. De féroces moustiques s'acharnaient sur sa peau tendre. Tout autour de lui, des arbres, rien que des arbres. Son sens de l'orientation étant plutôt faible, la panique le prit. Il étreignit le couteau de chasse qu'il avait eu la prudence d'apporter. Là, du bruit ! Un grizzli ? Une meute de loups ? Il prêta l'oreille. Anna l'appelait à pleins poumons. Le cœur battant pour dix, il regagna le camp.

– *Let's build a fire !*

– *Open fires are not allowed, dear.*

– *Oh, who'll ever know ? We'll be careful, that's all.*

Ainsi fut fait. Haggerty disposa quelques cailloux en cercle, Lucien apporta une brassée de branchettes, dont la plupart n'étaient pas sèches, et Anna y approcha une allumette. Rien. L'idée lui vint de verser de l'essence sur le bois. Les flammes s'élevèrent à dix pieds de haut. Tous trois reculèrent. Rapidement, Lucien vida deux bouteilles de Coca-Cola sur le feu, qui retrouva une dimension raisonnable. Haggerty prit un cigare, Lucien sa pipe, et Anna leur raconta combien elle était heureuse, comme cette vie était saine, et que les Rocheuses, et que le camping, et que l'Alberta... Après quoi ils se partagèrent la tente, les matelas pneumatiques, les sacs de couchage, les couvertures et les oreillers. Quand il y en a pour deux, il y en a pour trois.

On se leva à l'aube, la tente dans un désordre différent de la veille, le cœur frais et dispos, prêt à l'assaut de tous les parcs nationaux, provinciaux et autres. M. Haggerty conduisait. Anna babillait, jacassait, caquetait, faisait arrêter la voiture et descendre tout le monde pour prendre des photos à l'intention de parents et d'amis indulgents.

– *Yes, here. No, there. That's better! Look at your left. Don't move! Oh, wait. Like that, yeah! No, another shot. You didn't smile enough. C'm'on, now. Ready? Beautiful!*

Elle distribuait sa vitalité à droite, à gauche et en l'air, suçait des crèmes glacées, offrait des chocolats, achetait des cartes postales, les expédiait, fouillait ses prospectus, donnait des conseils de navigation routière à son mari et annonçait sans arrêt le nom des montagnes, des glaciers, des vallées, des ruisseaux, les altitudes, le millage, tout ce qu'il est essentiel de savoir pour obtenir un certificat de touriste accompli.

Catacomb Mountains. La rivière Saskatchewan. Le glacier Columbia. Les chutes aux inoubliables noms indiens. Le lac Louise. Les forêts de Banff. Les loups gris au bord de la route, à moins que ce ne soit des roches. Un orignal dans une rivière. Les oiseaux. Les falaises. Lucien s'en emplissait les yeux et les oreilles, griffonnait des notes pour de futurs poèmes et en oubliait ses courbatures, ses reins brisés, sa cervelle étourdie. Quand il en avait l'occasion, dans un mélange de français et d'anglais, il exposait les motivations géopolitiques et le but philosophique de son périple. Anna l'interrompait :

– *Oh, you're crazy! It's wonderful!*

Et elle parlait de leurs voyages à eux, et soudain elle montrait un pic, le nommait, donnait sa hauteur, s'émerveillait, prenait un cliché, en disait un autre, bifurquait sur un nouveau sujet et dérapait sur un autre. Tout à coup, elle déclara :

– *Dear, we shall drop and see our daughter in Vancouver.*

– *But, honey, we were going to Calgary.*

Ce n'était pas tout à fait dans la même direction.

– *We'll go there on our way back. We haven't seen our daughter in four months. It's a shame.*

– *But they expect me at the office.*

– *Oh, nevermind, we'll phone that you're sick, that's what we'll do.*

Le pauvre Haggerty accepta, comme d'habitude. La comédie de la tente recommença le soir dans un terrain de camping. À l'aube, trouvant qu'il faisait frisquet, Anna mentionna un feu de camp. Sans se le faire répéter, Lucien assembla des morceaux de bois qu'il arrosa copieusement d'essence. Le succès dépassa ses prévisions et une langue de feu se mit à lécher puis à grignoter la tente. Anna, affolée, affronta les flammes en leur assenant de bons coups de poêlon. Son mari, stupéfait, contemplait le désastre naissant. Lucien réfléchit rapidement, saisit son couteau de chasse et découpa la section enflammée de la tente. Comme elle lui brûlait les doigts, il l'offrit en pâture au vent. Le morceau de toile s'envola et s'écrasa contre la tente voisine. Dans un éclair, Lucien vit les douze tentes du terrain de camping disparaître dans l'incendie et un pauvre Québécois lynché par des Anglais dépourvus de sens de l'humour. Où fuir ? Heureusement, le vent reprit possession de la toile enflammée qui se contenta de périr contre les bidons des poubelles.

M. Haggerty, pour la première fois depuis bien des années, riait à gorge déployée, tandis que sa femme félicitait Lucien de sa présence d'esprit. On reprit la route. Pendant cinq cents milles et des poussières, Anna et son mari s'extasièrent devant l'habileté des Canadiens français à apporter leur joie de vivre partout où ils se rendaient. Enfin, là-bas, dans la nuit, les lumières de Vancouver ! Lucien, qui voulait être seul pour prendre la ville d'assaut, refusa poliment d'accompagner les Haggerty chez leur fille. Il serra la main du vieil homme, subit l'étreinte affectueuse et maternelle d'Anna, qui lui glissa cinq dollars dans sa poche, et se retrouva sur le trottoir, prêt à toutes les aventures. Il avait traversé le Canada ! Il avait gagné ! Il se trouva un petit hôtel et, tout habillé, tomba endormi sur le lit.

⁕⁕⁕

Lucien jeta un coup d'œil sur la 8e Avenue. Les gens, les voitures, les trottoirs, lui rappelaient Montréal. Il se brossa les dents et composa un sonnet : « Si je frémis au nom de Vancouver… » Un petit déjeuner frugal, et il descendit la rue Arbutus jusqu'à English Bay. Enfin, l'océan ! À l'horizon, Tahiti, Hong Kong, l'Australie… Il savoura d'avance sa réputation de globe-trotter. Ni Léon ni Aristide n'avaient vu le Pacifique ! Émule de Bilbao, il avança sur la plage et mit le pied dans l'eau. Plus exactement, la semelle. Un homme en uniforme s'approcha. Lucien en conclut qu'il ne se trouvait pas dans un endroit public, ou qu'il y était interdit de piétiner le sable, et déguerpit. Il faut toujours se méfier des autorités, surtout loin de chez soi. Les policiers vous posent des questions, vous font balbutier, bégayer, vous rendent suspect et vous mènent en prison. Lucien marcha d'un pas vif jusqu'à l'hôtel de ville. Épuisé, il dévora un banana-split et écrivit un poème en prose puis quelques cartes postales pour ses parents et des amis. Il prit un autobus, se perdit, fit en vitesse le tour du quartier chinois, se perdit encore, se retrouva, marcha, marcha, et regagna son hôtel. Le lendemain, il se rendrait à Victoria, l'île à l'éternel printemps, sauf pluie ou neige inattendue. Il serait extrêmement poétique de perdre son pucelage à l'autre bout du pays. Il ébaucha un début de cantique : « Ô mon amour à Victoria, ma victorienne victorieuse… »

Pris de scrupules, il coupa court. Cette fois, avant de rédiger le poème, il passerait aux actes. Un grand poète ne vit pas que d'eau, de pain et d'attouchements solitaires. L'action, l'action ! Il avait raté sa chance à Toronto et ailleurs. Ici, il vaincrait. Un alexandrin boiteux se glissa en lui : « C'est pour toi que j'ai traversé un continent. » Il ne l'écrivit pas. Il voulait agir. Et pourquoi Victoria et pas Vancouver ? Oui, ici et maintenant. On lui avait dit que les chauffeurs de taxi savent où se trouvent les bordels. Il rêva de ces femmes inconnues, faciles en autant qu'on paie facilement. Il avait de l'argent, il était jeune et beau, on ne lui demanderait pas plus de cinq dollars. Il héla un taxi.

– *Yeah ? Where're going ?*

– *Euh... I would like... ben... a girl...*

– *What ?*

Lucien frémit. Le chauffeur de taxi, scandalisé, allait sans doute le livrer à la police. Mais non, il le regardait, médusé.

– *Me... would like... to do love... Understand ?*

– *To do what, man ?*

Enfin, peu à peu, le chauffeur de taxi réussit à régler son oreille sur la langue bizarre de son client.

– *Oh, you wanna fuck ! A piece of tail, that's what you want ! Chinese ? Negro ? American ?*

Une Asiatique, ce serait tellement romantique ! Et on les dit plus expertes que toutes les autres rassemblées.

– *Chinese okey*, répondit Lucien.

– *Well, I know a broad for you. She's a good lay, you'll see.*

En discutant affaires, le taxi faisait le tour de Vancouver. Hastings, Nanaimo, Victoria Drive. Le compteur tournait allègrement. Le chauffeur expliquait à Lucien que la police se montrait sévère ces temps-ci, mais il lui trouverait une fille à vingt dollars s'il lui en donnait six. On ne marchande pas ses rêves et Lucien accepta. Le taxi arrêta devant un immeuble d'appartements, près du parc Reine Élisabeth.

– *Here it is. Room 1218.*

– *Twelve-eighteen ?* s'assura Lucien. *One-two-one-eight ?*

– *That's it, man. I'll wait for you.*

Six dollars, plus deux dollars soixante pour le trajet. Lucien laissa un billet de dix dollars au chauffeur, qui le remercia chaleureusement sans faire mine de vouloir rendre la monnaie.

– *Go, go, man ! Her name's Suzie Wong. Like in the movie.*

Lucien n'insista pas et pénétra dans l'immeuble. Pièce 1218. Cela n'existait pas. L'édifice n'avait que huit étages. Avait-il mal compris ? Il alla demander au chauffeur de lui répéter le numéro. Le taxi était parti.

L'âme en peine, le cœur serré, des larmes plein les yeux, Lucien descendit la rue Cambie. Un taxi se dirigeait sur lui. Allait-on le dépouiller du restant de ses sous ? Saisi de panique, Lucien tourna à gauche. Il marcha. Un petit parc. Il s'installa sur un banc. Il méditait. Une jeune femme approcha.

– *What a beautiful night ! Do you have a match ?*

Elle sortit une cigarette. Lucien lui donna du feu.

– *It's lovely and warm tonight, isn't it ?* dit-elle en s'asseyant près de lui. *But I feel so lonely ! I need company. Some tenderness. And you're so sweet !*

Elle regarda Lucien. Celui-ci essayait de comprendre. Que lui voulait-on encore ? Dans quel piège l'entraînait-on ?

– *Love should be like the stars, but closer,* murmura-t-elle. *You say nothing, but you're nice, and quiet. I like that. It will be a beautiful night.*

Elle rêvait, en fumant doucement. Lucien n'osait la déranger dans sa belle extase. Il n'avait pratiquement pas mangé de la journée. Une crampe lui tordait l'estomac. Il se leva, susurra un timide *good night* et courut retrouver son hôtel, sous le regard déçu et étonné de la jeune femme. Enfin en sécurité, il compta son argent : vingt-sept dollars et cinquante-trois cents. Il fallait économiser, vivre de hot dogs et de cafés, et rentrer à Montréal aussi vite que possible.

***

Le lendemain, Lucien prenait un autobus jusqu'à Langley et recommençait à lever le pouce, découragé, fatigué, chagriné, ulcéré.

Il avait la diarrhée. Que Montréal était donc loin ! Reverrait-il jamais sa ville, ses amis, ses parents ? S'il est beau d'habiter un grand pays, il est lugubre de le traverser l'estomac à l'envers et le cœur en compote. Son lyrisme en miettes, il ne songeait guère à apprécier les beautés de la Colombie-Britannique. Les automobilistes les plus compatissants ne lui offraient de l'autoroute qu'au compte-gouttes. Il avait du mal à parler, à se rendre intéressant. La colique n'était pas de nature à relever son humeur. Une fois, en sortant des toilettes d'une station-service, il trouva sa valise à la porte, le conducteur ayant préféré suivre seul son chemin. La première nuit, il coucha sous un petit pont. Il fit froid, évidemment. Le deuxième soir, à Beavermouth, il décida de prendre le train de nuit jusqu'à Calgary, pour y dormir en route, puis passa les quelques heures qui le séparaient de l'aube à déambuler dans la ville déserte. Sa diarrhée tirait à sa fin. Récupérant ses forces, il écrivit un poème dans un casse-croûte et mit à jour son journal de voyage.

La Transcanadienne lui parut aussi hostile qu'à l'aller. Les braves fermiers le contemplaient, surpris et amusés. Certains ralentissaient un peu puis se lavaient la conscience en souhaitant que quelqu'un d'autre le prenne à bord. Le soir venu, Lucien désespérait de jamais quitter Medecine Hat lorsqu'une Galaxie arrêta. C'était un cow-boy qui revenait de Vancouver, de fort bonne humeur, ayant récemment obtenu le divorce qui lui permettrait d'épouser une veuve dont il ne cessait de chanter les louanges. Il confia à Lucien qu'il aimait beaucoup les Canadiens français ; s'ils voulaient bien se rendre compte qu'ils vivaient en Amérique du Nord, avec en surplus la chance de faire partie du Commonwealth, et s'ils se décidaient à parler anglais comme tout le monde, ils verraient vite que tout le Canada leur voulait du bien. Il lui offrit de passer quelques jours sur sa ferme. Lucien expliqua qu'il devait regagner l'est au plus tôt, pour son travail. Le cow-boy finit par laisser son passager dans un hôtel de Hatton.

Lucien se leva tôt et trouva un fermier généreux qui le mena jusqu'au carrefour de la route 21. À dix heures, il y faisait du pouce. À midi, il en faisait encore. À trois heures, une Ford freina devant lui.

– *Where are you going, boy ?*

– *Montreal.*

– *Montreal ? Well... O.K., get in.*

L'homme n'était pas l'automobiliste que tout amateur d'auto-stop rêve de rencontrer. Il se rendait à Toronto et offrit d'y conduire Lucien pour vingt dollars. Lucien disposait de ce montant, mais de justesse. Il songea à ses repas, à ses nuits d'hôtel, au trajet de Toronto à Montréal, et prétendit n'avoir que dix dollars. L'homme prit l'argent et dit que, pour cette somme, il le mènerait à Sudbury, ce qui n'était déjà pas mal, et peut-être même jusqu'à Toronto, s'ils s'entendaient bien ensemble.

À Swift Current, l'homme lui demanda de l'appeler Pinky. Il attribua son surnom aux taches de rousseur qui couvraient à profusion sa peau pâle. À Moose Jaw, il lui demanda s'il était du genre passionné, comme tous les *Frenchies*. À Regina, il lui avoua que la pédérastie était son péché mignon. À Indian Head, il laissa vagabonder une de ses mains sur la cuisse et entre les cuisses de Lucien, qui accepta tacitement la caresse en songeant à Gide, à Genêt, à l'émancipation morale, au dérèglement des sens, à la révolution sexuelle, aux lassitudes de l'auto-stop et aux dix dollars qu'il avait déjà fournis. À Grenfell, Pinky lui confia qu'il était connu comme un amant doux, gentil, délicat. À Whitewood, il mentionna qu'il était fatigué de conduire. À Moosomin, il décida qu'ils passeraient la nuit à Virden. Lucien préférait rouler au moins jusqu'à Winnipeg. Pinky n'était pas d'accord. Un accident est vite arrivé quand on n'a plus l'esprit à la route. Il avait l'autorité de la quarantaine, l'air solide, et il tenait le volant. Et puis, il avait été payé et il ne fallait pas l'indisposer avant d'être rendus à Sudbury. Ils finirent par trouver une chambre dans un motel de Brandon, dont ils partagèrent le coût.

Éreinté par cette longue journée et les nuits précédentes, Lucien avait surtout envie de dormir. Pinky l'encouragea à prendre une douche.

Timide, le garçon se dévêtit dans la salle de bains. Que faire ? Deux mâles dans le même lit, c'était hautement illégal. La police pouvait venir, les surprendre ensemble, les arrêter. Comment expliquerait-il cela à ses parents ? Il craignait aussi de voir un homme tout nu, de devoir le toucher. Comment s'en sortir ? Il glissa et s'accrocha au rideau de douche, qu'il arracha. Pinky l'engueula. La queue entre les pattes, Lucien s'excusa et alla se cacher sous les couvertures. L'autre les repoussa, posa un pot de vaseline sur la table de chevet, près des lunettes de Lucien, et entreprit de faire ce pourquoi ils étaient là.

Le matin, en ouvrant l'œil, Lucien aperçut Pinky, déjà habillé.

– *The car's got some trouble. I'll go to the garage. Be back in twenty minutes. Get ready and wait for me.*

Lucien se leva, se doucha, se rasa, et attendit. Au bout de trois heures, il avait compris. Il avala un café et des toasts et gagna le bord de la route. Il avait perdu la moitié de son argent et de sa virginité, bien que ce ne fût pas celle dont il souhaitait se débarrasser. Il gardait l'humeur haute et sereine. Ce n'était pas la première fois, ni la dernière, qu'il se faisait jouer, et ces mésaventures font partie intégrante de la formation de chacun. Et puis, l'incident lui rappelait un passage d'une nouvelle de Sartre, *L'enfance d'un chef*. Il se réfugia dans l'œuvre à écrire. Il raconterait une histoire où il ridiculiserait Pinky. Il achèterait un revolver, retrouverait Pinky et le châtrerait à coups de balles. Il irait en voiture, croiserait Pinky, le pouce dressé, un jour de poudrerie glaciale, et refuserait de le faire monter. Il écrirait un bouquin terrible contre les homosexuels couverts de taches de rousseur. Il…

Une voiture s'arrêta et un jeune couple très sympathique le mena directement à Winnipeg.

Christian Vasneil était arrivé à Winnipeg quelques jours auparavant, après un affreux voyage en *Boxcar*, un avion de transport militaire, et il découvrait tranquillement la ville. Visite du Parlement, achats de bricoles à la *Baie d'Hudson*... Il prenait un café au restaurant *Manhattan* lorsqu'il entendit une voix caractéristique, une phrase inintelligible, et le cri effaré de la serveuse :

– *A what ?*

– *Oh-rrann-dje-juice. Oh-renn-djooce. Or-andj-jui-ce.*

– *I'm sorry...*

– *Okey. A Pepsi-Cola, please.*

Christian se retourna pour connaître celui qui torturait l'anglais encore plus atrocement que lui.

– Oh ! c'est toi ? s'étonna Lucien.

– Oui, je crois que c'est moi, dit Christian.

– Mais que fais-tu ici ?

– Comment faire autrement ? Je suis ton biographe attitré, n'est-ce pas ?

Christian se sentait très lyrique et prêt à valser avec la vie. C'était une époque mouvante, il était jeune, il s'était engagé dans l'aviation, il avait un peu d'argent et changer d'endroit le revigorait. Lucien lui conta son voyage, en brodant, en embellissant, avide de susciter l'admiration de son biographe. Il évita de mentionner l'épisode de Pinky, que la postérité n'avait pas à connaître. Toujours acoquiné avec Machiavel et Talleyrand, Christian ébrécha la vision poétique de Lucien en lui montrant le nord de la rue Main, hanté par une faune d'Ukrainiens, de Métis et d'Indiens plus ou moins ivres. Il lui parla des *lounge-bars* où l'on pouvait passer des heures stériles à s'imprégner de la vie de l'Ouest, ce mythe entre d'autres mythes. En déambulant autour de la cathédrale de Saint-Boniface, un des multiples flambeaux de la survivance des Canadiens français hors du Québec, il lui indiqua la tombe de Louis Riel, dont Lucien n'avait jamais entendu parler.

Rencontrer un vieil ami, ou du moins un visage familier, c'est bien réconfortant quand on voyage loin de chez soi. Sans le savoir, Christian remonta considérablement le moral de Lucien. Il voulut lui passer un peu d'argent ; Lucien refusa, par timidité. Il le laissa quand même négocier une chambre à bon marché à l'hôtel *Commercial*. Enfin, après lui avoir indiqué comment quitter la ville le lendemain, Christian regagna sa base.

Lucien était fauché, mais il croyait qu'une aide financière le déshonorerait. Le sens de l'honneur prend souvent des modalités étranges. Il étudia sa carte routière et s'imagina comme un point minuscule qui devait se frayer un chemin le long de ces lignes noires, blanches, vertes et jaunes. Montréal semblait un phare au bout du monde. Il contemplait avec horreur le tracé de la Transcanadienne. Kenora, Dryden, Fort William. Il repassa par ces villes, abruti, éreinté, n'ayant que la force de montrer son pouce, de barbouiller son journal, d'écrire de courts poèmes. Ces beaux noms, Marathon, Wawa, Agawa Bay, Batchawana, Sault Sainte-Marie, Thessalon, Blind River, Espanola, l'exaltaient encore, lui prenant ce qu'il lui restait d'énergie. Lever le pouce. Attendre. Monter dans une voiture. Parler. Écouter. Il avait toujours envie de pleurer. Et sa valise était trop lourde. Et il venait à peine de traverser Sudbury. Et Montréal était toujours trop loin.

— Yousque tu vas ?

On parlait français, enfin ! Ça le réveilla.

— À Montréal. Vous allez à North Bay ?

— Non, à Verner. On y sera vers minuit, mais il y a un hôtel.

Après avoir payé sa chambre, il lui restait trente-deux cents. Seul dans son lit, il pensa à son aventure avec Pinky. Quand on réfléchit aux choses qui nous arrivent dans la vie et qu'on les ramène à leur juste proportion, on s'aperçoit qu'elles sont toutes petites. Ainsi qu'il l'avait promis, Pinky s'était montré plutôt gentil et Lucien ne pouvait lui reprocher que de l'avoir abandonné au motel sans le conduire à Sudbury. Il n'y avait vraiment pas, dans leur brève étreinte, de quoi fouetter un chat. Ce qu'il y avait d'extravagant, c'était de savoir que, dans ce temps, l'homosexualité constituait un délit criminel punissable et les psychiatres tenaient ce penchant plutôt inoffensif, une question des goûts et de couleurs, pour une maladie mentale. Une révolution devrait avoir pour but de balayer les sottises dont on affublait les comportements humains.

Le matin, Lucien se rappela l'argent qu'il avait refusé de Christian et en conclut qu'un homme libre doit considérer ces choses-là de haut, avec une indifférence royale, toujours au-dessus des vicissitudes de la vie. À quoi sert la liberté, si on reste l'esclave de ses préjugés ? Au comptoir de l'hôtel, un camionneur offrit de le conduire à Sudbury. Ce n'était pas du tout dans la bonne direction, il faisait marche arrière, mais c'était une ville.

À Sudbury, il téléphona à Léon, à frais virés, et lui demanda de lui faire parvenir immédiatement vingt dollars à une banque locale, de quoi se payer un repas et le billet d'autobus. Le soir même, Lucien arrivait chez son ami, les muscles en morceaux, ayant tout juste la force de jouer au grand voyageur revenu d'un dangereux périple. Il était un héros. Il commençait à parler, lorsque, sans finir sa bière, il tomba endormi sur le divan.

Révolutionnaire et poète

S on voyage transcanadien avait métamorphosé Lucien en amateur de blocs aux dimensions raisonnables. Pendant une semaine, il avait coquettement refusé de parler de son périple à ses amis : oui, il avait vu le monde, et alors ? Puis, un soir, Aristide mentionna l'arrestation d'Antoine, peintre à temps partiel, sculpteur à l'occasion, qui avait eu la distraction d'oublier ici et là quelques bâtons de dynamite. Lucien se décida à leur ouvrir son cœur :

— Ne nous émouvons pas pour un incident de parcours. La victoire finale nous attend. Le Québec sera libre, et plus vite qu'on le pense, ou je ne m'appelle pas Lucien Théorêt !

— Tu...

Léon, suffoqué, n'acheva pas sa phrase.

— Oui, avoua Lucien, tout a changé. Il est trop tard pour croire au Canada. La jeunesse, avec l'impatience de la lucidité, veut l'indépendance. Et elle l'aura !

— Pourtant, les grands blocs... rappela Aristide. Tu disais que...

— Je suis toujours fidèle à mes idées et à mes principes ! Il suffit d'analyser les choses objectivement. Le Québec est un déjà un grand bloc formé de petits blocs. C'est une fédération de régions. Il n'y a rien en commun entre l'Ungava et la Gaspésie, entre Montréal et la Mauricie, entre la Gatineau et le Labrador, qui nous appartiendra toujours. Cette diversité nous apporte une identité distincte qu'on ne trouve nulle part ailleurs dans le monde. La société québécoise ne peut exister qu'au Québec !

Devant ses copains épatés, Lucien, avec sérieux et pondération, tira les leçons de son voyage, soulignant la supériorité que lui donnait son expérience.

– J'ai rencontré des Anglais. Partout. Nous avons parlé, discuté, échangé des points de vue. Bien des fois, jusqu'aux petites heures du matin, de Toronto à Vancouver. Ils n'attendent que notre sécession pour se joindre aux États-Unis.

Vu qu'il était le seul à avoir jamais franchi les frontières du Québec, on pouvait se fier à ses paroles.

– On dit que les Anglais sont orangistes. C'est faux. J'ai été là-bas… J'ai longuement examiné ces questions avec eux. Ils sont tous américanisés. Ils parlent tous anglais. Il ne faut pas se faire d'illusions : il n'y a pas dix provinces. Non, il n'y a que deux pôles au Canada : Québec et Ottawa. Deux peuples fondateurs, deux forces incompatibles. Inutile aussi de rêver d'une guerre civile : aucun Anglais n'a envie de traverser l'Outaouais. La seule chose qui pourrait arriver, c'est que les Yankees nous envoient leurs Marines. Ils trouveront à qui parler. Comme en 1812 ! Nous occuperons Washington une deuxième fois ! Et nous brûlerons encore leur Capitole !

Peu à peu, ses amis découvrirent à quoi avait abouti l'évolution de sa pensée. Lucien était absolument, foncièrement, résolument indépendantiste et socialiste. Et il ne s'agissait pas de snobisme universitaire, puisqu'il était encore collégien.

– Quand nous prendrons le pouvoir, affirmait-il, ce sera la victoire du peuple, la victoire du Québec, la victoire de l'humanité. Nous moderniserons les vérités éternelles et générales du marxisme-léninisme orthodoxe. Le Québec prendra sa place à l'avant-garde de la révolution sociale. Nous illuminerons le monde !

On lui demandait des extraits de son programme.

– Nous changerons tout. Nous contrôlerons les journaux et la télévision afin de promouvoir la vérité. L'Église sera communiste ou disparaîtra. Nous nationaliserons les industries, les services et l'agriculture ; nous abolirons alors les impôts, cette injustice capitaliste. Chaque citoyen recevra gratuitement les soins médicaux, l'éducation et les œuvres culturelles dont il a besoin. Il n'y aura plus d'exploités.

Un esprit terre à terre osait parfois prétendre que le public n'accepterait pas facilement de payer pour tout ça.

– Qui parle de payer ? L'État vivra de ses entreprises. Les profits privés seront publics. Pour éviter l'inflation, nous abolirons le salariat. Le travail deviendra une forme de loisir, avec des emplois épanouissants. Nous construirons le monde futur en nous fondant sur la fraternité socialiste du prolétariat, des cultivateurs et des étudiants. Les transports aussi seront gratuits, ajoutait-il, influencé par son expérience de l'auto-stop.

Cette volte-face apparente n'en était pas une. Lucien avait toujours été porté à adopter une idée, à l'approfondir, à l'examiner sous toutes ses coutures. Quand on est jeune, déraisonner constitue une méthode épistémologique utile dont il ne convient pas de s'offusquer outre mesure. Il était dans la nature des choses que sa révolte tous azimuts s'engage dans la voie d'une révolution tous azimuts, et il fallait bien commencer quelque part. Il se lança avec détermination dans cette nouvelle étape de son destin.

❧❦❧

Lucien avait perdu six kilos durant son voyage. Pourquoi essayer de les regagner ? Une certaine pâleur, une maigreur faciale, les vêtements vaguement en désordre, cela collait bien à son nouveau rôle. Car Lucien avait vraiment médité, ressassé son aventure, ses expériences, et il arborait un ensemble tout neuf de convictions. Il savait ce qu'il voulait. Il savait où il allait. Quand on voyage, quand on se plonge dans des situations nouvelles, on découvre le monde, et on se découvre surtout soi-même. Ses déboires avaient raffermi sa personnalité, lui apportant plus d'assurance et de détermination.

C'était l'automne 1963. Le Concile forçait le clergé québécois à se dépoussiérer, l'administration Lesage mettait l'État, le progrès, le modernisme, la grandeur nationale et même la culture à la mode. La jeunesse, piquée d'intellectualisme social, lisait en vrac *L'État et la Révolution*, toutes les histoires secrètes de l'OAS, les aventures de Fidel Castro, de Lumumba, *La Guerre de Guérilla*, *Les Damnés de la Terre*, Trotski, Mao Tsé-toung, *Dix Jours qui ébranlèrent le Monde* et tout ce que les librairies pouvaient offrir dans cette veine. Les causes, les partis, n'importaient guère. Le Québec découvrait avec délice et gourmandise le romantisme révolutionnaire. Les plus instruits se disaient que les guerres civiles des années trente, larvées ou sanglantes, en Allemagne, en France, en Espagne, n'avaient échoué qu'à cause d'erreurs de méthode et de conjoncture, et non parce que la bizarre idée de rénover le monde pouvait être un enfantillage. Ils ajoutaient, l'air important, que si le monde n'avait pas été assez mûr cinquante ans plus tôt, l'heure venait enfin de sonner pour le Québec.

On s'amusait beaucoup dans les cafés cultivés. On étudiait les techniques de sabotage, les étapes des insurrections, les qualités du plastic et de la dynamite, la force comparée des bombes et des manifestations comme outils de propagande. Lucien brilla rapidement dans ces cercles. De grandes discussions s'élevaient parfois.

– La révolution est un mythe, prétendait un blasé.

– Il n'y a pas de mythe qui ne soit une vérité, proclamait aussitôt Lucien.

– Mais où voulez-vous en venir avec votre séparatisme ?

– Nous ne sommes pas séparatistes, nous sommes indépendantistes.

– On ne peut pas s'isoler du reste du monde !

Lucien ne sourcillait guère :

– Évidemment, on ne peut pas s'isoler. Ce serait évoluer *ad absurdo*. Nous ne voulons plus supporter un statu quo qui nous rend esclaves de l'impérialisme, un sous-produit des États-Unis, un peuple colonisé, exploité in extenso par des profiteurs anglo-saxons. On voit bien que tu n'as jamais parcouru la Transcanadienne, toi ! Nous voulons quitter certaines alliances bâtardes, faussement macrosociales. Bien sûr, poussés au pied du mur, nous adhérerons au Comecon. Mais nous serons d'abord libres !

Ceux qui l'entendaient parler si bien l'approuvaient, ravis de compter enfin sur un porte-parole aussi éloquent. L'adversaire asséna alors son ultime argument :

– La Russie est si loin ! Il est plus rentable de faire partie du bloc occidental.

– Et qui dit le contraire ? Nous voulons être un peuple politiquement, socialement, culturellement et économiquement indépendant. Une fois autonomes, nous continuerons certainement à commercer avec nos partenaires géographiques.

Lucien reprenait son souffle et poursuivait, vingt-cinq ans en avance sur son temps :

– On pourrait établir un marché commun nord-américain, en commençant par un accord de libre-échange.

Devançant d'une dizaine d'années d'autres de ses concitoyens, il affirmait :

– Nous aurons toujours un passé historique en commun avec le reste du Canada, qui nous servira à resserrer nos liens avec nos voisins. La Nouvelle-France occupait la moitié du continent. Une fois souverains, nous pourrons nous associer aux autres provinces et former un seul pays, une grande confédération, avec des politiques communes et des lois nationales. Mais c'est aller loin dans le futur. Ne basculons pas dans l'utopie. L'essentiel, maintenant, c'est l'indépendance.

L'adversaire, convaincu, lui serrait alors la main, reconnaissant en lui un maître à penser et un chef.

– On a des principes ou en n'en a pas, ajoutait Lucien. Moi, j'en ai. Pour triompher, il est nécessaire de passer sur les cadavres des ennemis du peuple, sur les Kautsky, sur les déviationnistes, sur les traîtres et sur les cliques de toutes sortes. Aurions-nous peur de quelques décombres, alors que notre patrimoine est en jeu ? Nous devons vivre et mourir pour notre héritage, les idéaux sacrés de 1837, et nous ne faiblirons pas !

Il fumait beaucoup dans ces circonstances et sa voix prenait un timbre brisé, rauque, bronchitique, qui remplissait chacun d'émotion. On sentait qu'il savait de quoi il parlait. Il galvanisait les étudiants, les bohèmes, les artistes et les révoltés qui hantaient les restaurants de l'ouest et l'appartement de Léon. Il évoquait Kerenski, les Brigades internationales, Netchaïev, la Longue Marche, la Sierra Maestra, avec une force de persuasion contagieuse. Un chef de file, enfin !

Sa vision globale de l'avenir faisait dire à tout le monde que, s'il persévérait dans cette voie, Lucien Théorêt serait le premier ministre de demain. Sa renommée s'étendait en tache d'huile, dépassant les restaurants, gagnant les cellules terroristes et les imprimeries clandestines. Un soir, un macabre jeune homme à lunettes vertes l'accosta à la sortie d'un café.

– Lucien Théorêt ?

– Ou-oui ?

– Marchez devant moi. À gauche. Comme ça. Il ne faut pas qu'on pense qu'on est ensemble. Écoutez-moi en n'ayant l'air de rien.

Il était devenu difficile de n'avoir l'air de rien quand on s'appelait Lucien Théorêt, mais il fit de son mieux. Il avait quand même la frousse. Était-ce un piège ? La police ?

– Nous vous étudions depuis longtemps. Nous avons placé de grands espoirs en vous. Nous comptons sur vous. Seriez-vous prêt à entrer dans le maquis, à vivre dans la clandestinité, à changer de nom, à lutter jusqu'à la mort ?

– Ben... Si tel est mon devoir, oui.

– Seriez-vous capable de mourir pour la cause ?

– Ben, c'est une chose à éviter. Pour la cause, justement.

– Seriez-vous capable de tuer pour la cause ?

Lucien était timide, mais certainement pas timoré :

– Il faut ce qu'il faut, n'est-ce pas ? C'est-à-dire que…

– Nous n'en attendions pas moins de vous, chuchota la voix patibulaire. Nous sommes les forces armées de la révolution. Nous avons aussi besoin de théoriciens, et vous nous apparaissez comme une brillante possibilité.

– Je suis prêt à servir.

– Nous vous mettrons bientôt à l'essai. Ne cherchez pas à nous rejoindre. Notre anonymat est essentiel à la cause. Oubliez-moi et restez sur vos gardes en attendant de nos nouvelles. D'ici un mois, nous reprendrons contact avec vous. Je vais tourner au prochain coin. Continuez tout droit, sans vous retourner.

Cette rencontre fit un grand effet sur Lucien. Ce n'était pas comme l'organisation fantôme dont on lui avait fait part jadis au *Paloma*. C'était du sérieux. Des bombes avaient explosé. On avait volé de la dynamite, des armes. La révolution se trouvait sur le pied de guerre, invincible, plus forte que les enquêtes de la Police Montée et les exorcismes des Bérets Blancs.

« J'ai une mission à remplir », se disait Lucien. Trop souvent, dans la Belle Province, on était socialiste, séparatiste, révolutionnaire, communiste, marxiste, maoïste, trotskiste, terroriste et même indépendantiste pour tuer le temps et se griser de jolies sensations dans ses années de jeunesse. Lucien était d'une autre trempe. Il avait parcouru le Canada, il connaissait le monde, il savait penser et il serait capable de se battre. Oui, il avait une mission et ne s'y déroberait pas. Doucement, sans bruit, Lucien se préparait à jouer le rôle que la révolution québécoise attendait de lui.

Il avait quitté Montréal dans un élan canadien, fédéraliste, panprovincial. À force de méditer sur le nombre de gens qui l'avaient pris sur la route et le nombre de ceux qui avaient salué d'un bâillement son pouce dressé, en songeant au chauffeur de taxi de Vancouver, à Pinky, à celui qui l'avait abandonné dans les toilettes de la station-service, à ceux et celles qui n'avaient pas reconnu en lui l'ultime espoir de la confédération, il avait vu la lumière et avait tourné casaque. Mais que faire de ses nombreux poèmes d'inspiration transcontinentale ? Après une brève crise de conscience, partagé entre l'honnêteté artistique et intellectuelle et les impératifs de sa mission, il opta pour sa mission, se rappelant que Victor Hugo n'hésitait jamais à dater un poème du vendredi 13, peu importait le jour de sa rédaction.

C'est ainsi que, sans que la Société de Géographie s'en rende compte, le Canada devint le Québec, Winnipeg se changea en Rimouski, les plages de Vancouver s'appelèrent les rives du lac Saint-Jean, le Grand Nord fut rapatrié dans la baie James, les méditations lyriques sur la Saskatchewan et les Territoires du Nord-Ouest concernèrent la Gaspésie, l'Abitibi et la Beauce, le Pacifique devint l'estuaire du Saint-Laurent, les Rocheuses se transformèrent en Laurentides et l'appel au progrès se métamorphosa en appel à la révolution. Un coup de maître ! Le chef-d'œuvre attendu ! Crémazie, fini ! Fréchette, disparu ! Une poésie d'inspiration purement québécoise venait de naître de quelques ratures appropriées.

Lucien rassembla ses poèmes en un recueil qu'il intitula, modestement, *Ma Patrie chante par ma voix*. En relisant ses textes, il se disait, ému, qu'un jour Jean-Marie Laurence le citerait dans sa grammaire et Geslin l'étudierait dans ses manuels. On l'inviterait à prononcer des conférences. Il deviendrait membre de la Société Royale du Canada, chapitre québécois, et membre honoraire de l'Académie française. L'avenir serait à lui ! Des admirateurs lui écriraient. Des admiratrices lui demanderaient rendez-vous.

Il ne faisait pas que rêver. Il travaillait. Il rédigeait en moyenne deux manifestes et demi par semaine, de la haute politique, de pénétrantes analyses, des appels brûlants. À l'occasion, il envoyait aux journaux des ultimatums anonymes adressés au gouvernement. Malheureusement, la presse les trouvait tellement dangereux qu'elle ne les publiait jamais.

Il apportait parfois chez Léon des brochures touristiques et des horaires de voyage concernant le Mexique et Saint-Pierre-et-Miquelon.

– Qu'est-ce que tu fais avec ça ?

– Oh, rien...

– Tu veux repartir ? On a besoin de toi, ici !

– Ben, c'est seulement au cas où la RCMP aurait vent de mes activités. Un révolutionnaire doit toujours se préparer à l'exil. Prends Guevara, Lénine, N'Krumah...

Les activités subversives de Lucien consistaient à parler en cercle restreint et à écrire des inédits gauchistes. Toutes les grandes révolutions ont commencé, et souvent fini, par là.

– Mon vieux, c'est de la vraie dynamite ! disait Léon, l'un des rares à lire ses manifestes. Tu devrais vraiment les publier.

– Il est encore trop tôt, affirmait Lucien, conscient des crises que piquerait son père s'il apercevait son nom sous un écrit du genre.

Aristide aussi le poursuivait, le tentait, le conseillait :

– Tu sais, tu es une force ! Tu devrais quitter le collège et te consacrer à plein temps à la révolution.

– Non, non, répondait Lucien. Rester étudiant, c'est le meilleur des camouflages.

On ne se dérobe toutefois pas à la fatalité et l'un des textes de Lucien fut publié dans *Parti pris*, une revue lancée récemment avec succès par de jeunes révolutionnaires. L'article passa inaperçu, noyé parmi d'autres écrits semblables, mais Lucien se fit des amis, et d'autres amis encore, et réussit à collaborer régulièrement à la revue, y publiant parfois un petit poème. Sous la pression de Léon et d'Aristide, qui connaissaient tout le monde, on se mit à parler de Lucien dans les milieux évolués de la jeunesse intellectuelle. Il devint le chantre de la nation, le barde du nouveau Québec, le gourou de l'indépendance, du moins aux yeux de quelques lecteurs de la revue.

Comme il en gardait chez lui des exemplaires, son père finit par mettre le grappin dessus.

– Tiens, c'est toi qui écris ces bêtises-là ?

– Ben... Ce ne sont pas des bêtises.

– Non ? Je me demande ce que monsieur le curé dirait de tout cela. Mais réponds : c'est toi ou non ?

– Tu sais, papa, il y a bien des Lucien Théorêt dans la province !

– Ouais. Je ne t'interdis pas d'acheter les revues que tu veux, mais tu ferais mieux de soigner tes lectures.

– Oui, papa.

Vraiment, les révolutionnaires devraient naître sans père ni mère. Sans doute bien des mouvements progressistes sont morts dans l'œuf à cause d'une intervention paternelle réactionnaire. Lucien prit sa revanche en imaginant un roman où le protagoniste dirigeait secrètement un groupe de maquisards, se battait, trépassait héroïquement et était pleuré de ses parents qui reconnaissaient leur erreur.

À l'école, il était toujours excellent élève, avec la plus haute moyenne en religion et l'estime du père aumônier, ce qui le mettait à l'abri de bien des soupçons. Il jouissait de sa vie cachée de militant principal d'une épopée en gestation, et trouvait fort agréable de compter sur des amis qui connaissaient sa valeur.

Aristide était devenu très nationaliste depuis que l'appât mystérieux de l'action clandestine avait attiré chez Léon une demi-douzaine de douces gamines en quête d'émotions à bon marché. Il trônait parmi ces demoiselles, dont plusieurs se laissaient cajoler. L'une d'entre elles se risquait même à faire un petit saut dans le lit avec la bénédiction du révérend Ogino. Elle s'appelait Catherine et on l'appelait Cathy, ce qui sonnait étrangement en milieu indépendantiste. Elle avait le tour de regarder les gens avec un air mutin, de quoi désarmer le plus coriace des gorilles de la gendarmerie royale.

Lucien lorgnait son copain avec envie quand il caressait la taille de Cathy et qu'elle gloussait d'un rire complice. Révolutionnaire reconnu, bien introduit dans le cercle qui fréquentait Léon, ayant accès à son frigidaire, à ses bouteilles et à sa chambre, il passait de longues heures en compagnie de jeunes filles diablement intéressantes.

D'une timidité de séminariste, il parvenait à s'adresser à elles sans bégayer, mais sa réputation était déjà faite et les filles respectaient trop ce théoricien, ce brillant cerveau, ce chef, pour oser l'approcher de près. Il était une espèce de Dieu. Lorsqu'une gamine lui parlait en tête-à-tête, c'était pour discuter d'un point de doctrine ou, parfois, pour chercher des conseils sur sa vie sentimentale, dont il était automatiquement exclu. Aristide, qui le tenait toujours pour un libertin dissimulé qui prenait sa nourriture ailleurs, ne songeait guère à lui procurer une compagne, et Léon, trop occupé à examiner l'évolution de la lutte des classes et les contradictions du capitalisme, ne se souciait guère des menus plaisirs d'autrui.

Lucien essayait pourtant très fort. Il ne siérait sûrement pas au mouvement que des espions fédéralistes apprennent que l'un des chefs et espoirs de la révolution tournait en rond dans le carcan de son pucelage. Il glissait alors à Léon :

– Dis, Pierrette, tu la connais bien...

– Oui, pourquoi ?

– Elle n'est pas mal. On devrait s'arranger, des fois...

– Ah, petit salaud ! Bien sûr, je te fais confiance, tu as la clé de l'appartement. À propos, que dis-tu de la déclaration de René Lévesque sur... ?

Et Lucien, qui se cherchait un proxénète dévoué, se retrouvait dans les sables mouvants de la politique. Le succès a ses mauvais côtés. On ne pense jamais qu'un grand leader, responsable des destinées des peuples, puisse avoir un bas-ventre insatisfait et se ronger les pouces en écrivant des chants patriotiques. Et la situation est pire lorsqu'on est convaincu que le chef bien-aimé est un libertin comblé.

Un soir, le destin lui accorda une chance, une de celles qui ne reviennent pas souvent. Aristide arriva en catastrophe.

– Dis, Lucien, es-tu occupé, ce soir ?

– J'ai un texte à finir, oui.

– J'ai rendez-vous avec Cathy et une de ses copines. On a l'intention de festoyer chez elle. Une partie carrée, quoi ! Une petite orgie privée. Ses parents sont en vacances. Aimerais-tu lui servir de cavalier ? Je ne voudrais pas te détourner de tes travaux, mais une fois n'est pas coutume.

Léon franchit la porte, essoufflé.

– Lucien, on a absolument besoin de ton manifeste pour *Parti pris*. Les gars n'attendent que toi pour envoyer le tout chez l'imprimeur. Je leur ai dit de venir vers onze heures. Tu auras fini, n'est-ce pas ?

La mort dans l'âme, Lucien suggéra à Léon d'accompagner Aristide. Léon accepta avec un dévouement remarquable, et Lucien passa la soirée à fignoler son pamphlet. Ce qui fait le bonheur de la révolution ne fait pas toujours celui de ses serviteurs.

Une rencontre inattendue apporta à Lucien sa première gloire littéraire. Un vendredi soir, alors qu'il se rendait chez Léon, un militaire lui barra le chemin. Tout en évaluant ses chances de s'enfuir, Lucien dévisagea son adversaire et reconnut le sourire de Machiavel, révisé par Talleyrand.

– Toi ? s'écria-t-il. En uniforme ?

Christian lui avait raconté, à Winnipeg, qu'il s'était engagé dans l'aviation, mais Lucien avait cru à une blague.

– Pour quelques semaines encore, dit Christian. J'ai maintenant envie de me rendre en Amazonie. Et ta révolution à toi, ça avance ?

Comment était-il au courant ? Mais Christian, qui surgissait toujours dans sa vie aux moments les plus inopinés, avait pour fonction de tout connaître sur lui.

– Un anarchiste indifférent aux conventions peut se permettre de porter un uniforme. Est-ce que tes principes à toi t'autorisent à prendre un café en compagnie d'un militaire au bord de sa retraite anticipée ?

Dans un casse-croûte, au coin de Sainte-Catherine et Bleury, Christian, toujours imprévisible, posa la question clé dont la réponse marquerait un temps fort dans la vie de Lucien :

– Apprécies-tu l'art abstrait ?

– Ben...

– J'ai compris. Tu as raison. Mondrian a fait de beaux efforts, ses disciples ont pataugé dans la même soupe, mais il y a moyen de pousser la révolution plus loin.

– En effet, dit Lucien prudemment, la révolution ne connaît pas de limites.

– Il ne suffit pas d'éliminer les images figuratives. Quand elle sera vraiment abstraite, la peinture se passera de couleurs et de formes. Il est temps de déclencher le mouvement, mon vieux ! J'ai besoin de ta bibliographie. Les inédits uniquement. Les grands projets.

Il lui tendit un napperon et un stylo. Lucien, subjugué, fournit à son biographe la liste secrète de ses œuvres dont il avait dressé l'inventaire le jour de ses dix-huit ans.

– J'ai d'autres recueils, bien sûr, mais ceux-là, c'est la crème de la crème. Veux-tu que je t'explique... ?

– C'est inutile. On est dans l'art abstrait ou on n'y est pas. As-tu une photo de toi ?

– Non. C'est-à-dire, oui.

Lucien se faisait parfois tirer des photos dans des machines automatiques pour permettre à ceux qui écriront plus tard l'histoire de sa vie d'illustrer leurs livres en le montrant à différentes étapes de sa jeunesse. Christian emprunta des ciseaux à la caissière et découpa une des quatre photos.

– Les dieux sont avec nous, déclara-t-il. Pour une fois qu'ils nous servent à quelque chose ! Ton anniversaire, c'est bien le 22 février ?

– Oui, confirma Lucien, estomaqué, ne se souvenant absolument pas d'avoir jamais mentionné à Christian sa date de naissance.

– Lis donc *La Presse* le samedi avant ta fête.

Le samedi 21 février 1964, Lucien ouvrit le journal, chercha les pages littéraires et n'en crut pas ses yeux :

Le poète du siècle

Dans cent ans, quand on aura oublié les gentilles secousses de la Révolution tranquille et l'aimable éclosion du terrorisme québécois, on se souviendra de l'année 1963 comme de celle où Lucien Théorêt a conduit la poésie à son indiscutable apogée. Méconnu de ceux qui le connaissent, ce grand poète de dix-huit ans attend son siècle comme on attend son heure.

Les privilégiés qui ont eu accès à son œuvre ne s'y sont toutefois pas trompés. Héritier de la poésie universelle, précurseur de la littérature de demain et d'après-demain, Lucien Théorêt constitue un miracle de l'art. À l'inverse des étoiles dont on observe la trace lumineuse bien après qu'elles se sont éteintes, on savoure la lumière de l'œuvre de Lucien Théorêt avant même qu'elle n'existe, car elle représente la vie qui se joue des contraintes de l'espace et du temps.

Cinq recueils clés forment ce chef-d'œuvre de la pensée et de la sensibilité, dont le Québec de demain saura s'enorgueillir. Dans LES DIX-HUIT ANS DU MONDE, Lucien Théorêt nous situe d'emblée au centre et à la périphérie de l'univers, qu'il réarrange avec un génie qui ferait pâlir le créateur de la théorie de la relativité. Quittant les dimensions cosmiques, ON A LA JEUNESSE QU'ON PEUT nous propulse et nous installe au cœur de la condition humaine. Entre ces deux perspectives vertigineuses, L'AUBE DU POÈTE nous apporte la richesse exquise d'une âme dans laquelle l'immensité de l'expérience vitale se traduit en musique verbale. LES DIAMANTS DU NOUVEL ÂGE constituent à coup sûr un sommet de la civilisation, qui n'a d'égal que le cinquième recueil de ce poète insigne, **CLAIR-OBSCUR DE L'ÉTERNEL DESTIN**, où l'on retrouve tout ce qui ne sera jamais exprimé.

Par la magie du verbe qui se tait, d'une pureté absolue que les mots ne troublent pas, inodore, incolore et invisible comme l'air et l'eau pure, ces ingrédients essentiels de la vie, l'œuvre de Lucien Théorêt, aussi inépuisable que son auteur, représente ce qui s'est fait de mieux au Québec et, j'ose l'affirmer, n'importe où dans le monde. Poussant l'abstraction dans l'art jusqu'à en évacuer toute substance, ce grand poète en conserve l'essence, à laquelle son œuvre nous donne accès. Je salue aujourd'hui Lucien Théorêt, au moment où il achève sa dix-huitième année, et je signale son œuvre à tous ceux qui prennent au sérieux le prix Nobel de littérature.

Edmond Beaufort, le plus grand critique de son époque, avait signé cet article, illustré d'une photo de l'auteur. Lucien attendit quinze minutes et rouvrit le journal : le compte rendu s'y trouvait toujours. Il se remémora sa conversation avec Christian. Personne ne monte de blagues de cette envergure. Comment résister à la réalité ? Comment ne pas succomber à la force persuasive d'un critique aussi éminent, qui pesait tous ses mots ? Beaufort avait raison, indiscutablement. Lucien était le premier poète abstrait de son temps, de tous les temps, lancé sur le chemin de la gloire par l'arbitre majeur du monde littéraire québécois, qu'il avait si visiblement impressionné lors du cocktail de Georges Comtois. Le grand critique lui avait d'ailleurs annoncé sa consécration future, en lui recommandant, s'il voulait devenir un auteur célèbre, d'éviter avant tout de publier quoi que ce soit.

Timide, rougissant, il montra l'article à son père. Celui-ci le lut, ahuri, puis le tendit gravement à sa femme. Enfin, M. Théorêt dit :

– C'est très bien, mon fils. Du moment que tu continues à avoir de bonnes notes au collège...

Mme Théorêt ajouta :

– Ta marraine sera très contente.

Il ne leur passa pas par la tête d'exprimer le vœu de voir ses œuvres. Après tout, ce n'était que de la poésie.

Lucien n'entendit jamais parler de l'article, ne reçut pas de louanges, ne signa pas d'autographes. Ses camarades, apparemment, ne lisaient pas les chroniques littéraires ou prenaient sa célébrité pour acquise. Pis encore, aucune jouvencelle ne lui sauta au cou. Un autre fleuron à son crédit, voilà tout. Un professeur, une fois, lui dit : « Bien sûr, vous qui avez tellement publié... » On ne saluait pas Lucien dans l'autobus, on ne l'acclamait pas dans la rue. Un bel article, et le silence. Mais telle est la nature de la gloire littéraire.

Un homme d'action

Six semaines après leur première rencontre, Lucien revit le jeune croque-mort aux lunettes vertes. Il avait reçu un coup de fil : on le convoquait chez *Loulou les Bacchantes* de sept à huit. À huit heures, après avoir bu deux bières et fumé une pipe, Lucien s'inquiéta. Était-il en retard ? Un raid ? Les aurait-on repérés ? Il sortit. Devant la porte, les mains derrière le dos, le sombre émissaire attendait. Il fixa Lucien d'un regard froid et lourd, puis se dirigea vers la rue Sherbrooke. Lucien le suivit, avec la nonchalance étudiée d'un vagabond nocturne. Soudain, désemparé, il le perdit de vue. Il y avait un arrêt d'autobus. Il regarda à droite. Il regarda à gauche. Une voix jaillit de la nuit :

– Restez là. Faites semblant d'attendre l'autobus. Je suis derrière la cabine téléphonique. C'était nécessaire. Votre ligne est surveillée par la police et le bistro de Loulou est aussi sur écoute. Demain, réglez votre montre sur CKAC. Rappelez-vous : sur CKAC. À sept heures douze, remontez la rue Saint-Hubert jusqu'au coin de Cherrier. Vous me verrez entrer dans un immeuble. Vous m'y suivrez. Vous entrerez dans l'appartement 22. Ne vous retournez pas ! Ne bougez pas. Soyez naturel. Surtout, n'oubliez pas : le numéro 22. La porte sera ouverte. Nous vous mettrons au courant de ce que nous attendons de vous. Attention, on nous observe ! Voici l'autobus. Prenez-le. À demain soir.

Lucien passa une nuit difficile. Son horrible insomnie se prolongea jusqu'à une heure du matin. Il tournait en rond dans son lit, s'assoupissait, se recroquevillait, se retournait, et il se retourna tellement qu'il tomba par terre. Sa mère et son père accoururent.

– Lucien ! Qu'est-ce qui t'arrive ?

– Euh... Je...

– Un mauvais rêve ? Va chercher un verre d'eau, ma femme. Alors, de quoi s'agit-il ?

– Je ne sais pas... Je suis tombé...

– Dis tout à ton père. As-tu des problèmes ?

– Ben... Je suis fatigué, c'est vrai... Trois examens...

– Mon pauvre gars ! Va, j'appellerai M. Leduc. Tu te reposeras cette fin de semaine.

Mme Théorêt apportait le verre d'eau. Il but goulûment.

– Ça va mieux. Non, je travaillerai, vendredi. Ça passera.

Car Lucien avait repris son emploi dans l'entrepôt. Mlle Georgette l'avait accueilli en souriant. Elle avait fait exprès de rester près de lui à quelques occasions, sous un prétexte ou l'autre. Il ne tenta rien, effrayé à l'idée de commettre une nouvelle gaffe. Incapable de soutenir éternellement ses sentiments charitables, Georgette résolut de l'ignorer.

Les bruits de la nuit s'accumulèrent, amplifiés, dans le rêve matinal de Lucien. C'était effroyable. Il courait sur le toit de l'immeuble de la Sun Life, des grenades dans les mains, poursuivi par un régiment de détectives. Il descendait la façade, de corniche en corniche. Il atteignait le trottoir et des chiens en uniforme lui mordaient les mollets. Il les faisait fuir avec un pétard. Il se cachait dans le confessionnal de l'archevêché. Il sortait. Personne. Au parc Lafontaine, deux voitures de police foncèrent sur lui. Il sauta dans le lac et attendit que le silence se fît. Il gagna sa chambre et se coucha. On cogna à la porte. Il se leva en tremblant. C'était sa mère, qui lui demandait si ça allait mieux.

La journée se déroula avec une lenteur d'escargot. Devait-il se rendre au rendez-vous ? Il changea quinze fois d'avis. La pendule s'arrêta sur le oui. Après le souper, il régla sa montre sur celle de CKAC, arriva en avance au centre-ville, patienta en examinant des vitrines et remonta la rue Saint-Hubert à l'heure indiquée. L'homme aux lunettes vertes pénétrait dans un vieil immeuble à trois étages. Il le suivit. La porte intérieure était fermée.

Lucien hésita, au bord de la panique. Tous les héros connaissent la peur, cela fait partie du métier. Il appuya sur le bouton de l'appartement 22. Bloqué ! Il essaya un autre numéro, au hasard. Il entendit un déclic, poussa la porte, gravit l'escalier et se perdit dans les couloirs. Une femme peu vêtue sortit d'une chambre. Lucien alluma une cigarette et se dandina, nonchalant, histoire de ne pas se faire remarquer. La femme le regarda, médusée. Lucien finit par trouver la porte du 22. Il la poussa, prudemment. Quatre jeunes hommes, dont le sombre individu aux lunettes vertes, jouaient aux cartes.

– Bonjour. Voici, prends des cartes. On fait semblant de jouer au cœur, au cas où la police viendrait. Maintenant, causons.

Gilles, qui portait les lunettes vertes, introduisit les conspirateurs à temps partiel : André, petit gars au teint gris, les yeux sadiques, un rictus niais sur la bouche enfantine ; Denis, universitaire inquiet, perdu derrière d'épaisses lunettes, le front gonflé de lectures hétéroclites ; Raymond, joufflu, les yeux striés de sang, balourd, genre gueulard, qui essayait de faire oublier qu'il avait manifesté quelques mois auparavant en faveur d'un drapeau canadien distinctif. Lucien se sentait ému. Cela, c'était une vraie cellule révolutionnaire, avec tout le personnel requis et la volonté de vaincre.

– On peut parler en toute confiance. Chacun de nous est sûr. Nous faisons partie du Réseau de Résistance du Québec.

– Nous avons pour mission de maintenir allumé le flambeau de l'indépendance.

– Nous sommes en contact étroit avec les autres réseaux. Nous pourrions, aujourd'hui même, lancer la révolution et imposer nos idéaux. Nous avons choisi l'action souterraine, provisoirement, afin d'éviter une guerre civile meurtrière.

– Dans un an, deux au plus, le Québec aura acquis sa souveraineté en balayant l'opposition. Nous devons consacrer ces quelques mois à faire de la propagande, du sabotage, à informer la population, à l'éduquer, à cristalliser l'espoir de la nation.

– Enfin, Lucien, tu sais mieux que personne que toute insurrection doit être préparée.

– Et qu'il faut adapter les techniques d'action aux idiosyncrasies des pays. Voici donc ce qu'on a au programme.

Lucien écouta, un creux dans le ventre, les doigts crispés par la tension.

– Nous nous battons contre deux gouvernements, expliqua Gilles. Les colonisateurs d'Ottawa et les vendus de Québec. Nous allons les frapper à leur point sensible.

– Et les deux du même coup, ajouta André.

– À quoi te fait penser le premier avril ?

– Ben... Au poisson d'avril, proposa Lucien innocemment.

Stupéfaction et déception. Gilles ne se laissait pas démonter pour si peu.

– Oui, c'est vrai. Mais, surtout, c'est le jour où le gouvernement a dans ses coffres la plus grosse partie de l'impôt.

– Je vois, dit Lucien, qui ne comprenait rien.

– On fait sauter l'édifice du ministère du Revenu, rue Bleury. Du coup, à cause du mécanisme de transfert des fonds, Québec et Ottawa n'ont plus le sou. L'État est en banqueroute. Tous les services publics s'arrêtent, faute de liquidités. L'interruption du paiement des salaires paralyse la machine gouvernementale. Et ça s'étend. Disparition des subventions aux entreprises, aussitôt acculées à la faillite. Suspension de l'assurance-sociale, avec début de famine. Grogne chez les industriels et les commerçants. Mécontentement chez les fonctionnaires. Troubles dans la population. Terrain idéal pour l'insurrection générale.

– C'est génial ! lança Lucien, qui, comme les quatre comparses, avait des notions très vagues des finances publiques.

Raymond sourit, le regard pétillant :

– Ainsi que Lucien l'a si subtilement suggéré, on pourrait appeler cela l'*Opération Poisson d'avril*.

– Adopté ! Maintenant, passons aux détails. Il nous faut un plan, une méthode, un horaire.

On frappa à la porte. Les conspirateurs se concentrèrent fiévreusement sur leur partie de cartes. Aristide entra, la main sur l'épaule de Cathy.

– Ah, c'est toi ? Rentrez donc.

Léon concubinait, son lit était pris, et Aristide cherchait un nouveau nid. Denis, qui louait l'appartement, était un ami serviable. Et c'est ainsi que ce soir-là, l'amour de deux jeunes gens suspendit le cours de la révolution.

Pas pour longtemps, cependant. L'*Opération Poisson d'avril* avançait à toutes voiles dans l'esprit de ceux qui l'avaient conçue. La cellule se réunissait chaque semaine. On discutait le plan, on le remaniait, on mettait les manœuvres au point. Certains soulevaient des objections :

– Est-ce que la population comprendra ?

– Nous envahirons Radio-Canada et nous annoncerons au peuple le début d'un monde meilleur.

– Le gouvernement ne décidera pas plutôt d'imprimer de nouveaux billets ?

– C'est illégal, affirma Gilles, qui, ici comme ailleurs, ne savait pas de quoi il parlait.

– Que diront les gens, s'il y a des morts ?

– Est-ce que 89 a été un week-end de plaisir ?

– Est-ce que les morts de 17 ont empêché les Russes de bâtir le socialisme ? Toute révolution se nourrit de sang. L'histoire nous exaucera.

– Pour calmer la population, nous donnerons à des grandes rues le nom des victimes. Les familles seront contentes.

Lucien vivait dans une agréable exaltation. Il était un initié. Il savait. Il pouvait contempler avec mépris les passants et ses professeurs quand ils lui tournaient le dos.

À intervalles irréguliers, ils prenaient soin d'inspecter la cible. Chacun, à des heures différentes, alla demander un formulaire d'impôt. Ils dressèrent ainsi un plan de l'endroit. Conscients de l'importance des aspects techniques, ils étudièrent l'immeuble. Les uns regardaient les murs, évaluaient la distance entre les colonnes de soutien, les angles, les points d'appui, les parties stratégiques de la charpente, tandis que d'autres observaient les passants et, au moindre soupçon, sifflotaient un air à la mode et allaient bouquiner à la *Librairie de la Paix*, où leurs complices, frémissants de romantisme, les rejoignaient.

Les jours s'écoulèrent, et les semaines. La police était sur les dents. On avait volé une quantité considérable d'armes et d'explosifs. On perquisitionnait, on surveillait, on enquêtait.

Lucien n'écrivait plus dans *Parti pris*. Il avait reçu l'ordre de se tenir tranquille, de ne pas se compromettre. Deux de ses textes, anonymes, furent publiés dans *La Cognée*, le journal clandestin d'un autre groupe. Lucien aimait son nouveau rôle. La guérilla urbaine, le frisson de l'action... S'étant déjà taillé une place dans le milieu, il pouvait se contenter de sourire, de prononcer un mot équivoque, d'agir étrangement, pour qu'on devinât qu'il était bien dans le coup, un résistant à part entière qui baignait dans l'action subversive. Tout le monde se sentait en plein roman, et ça marchait. Il fallait toujours insinuer qu'on avait des tuyaux, qu'on faisait partie d'un groupement et qu'on devait se taire car on risquait sa peau. Ce jeu n'étant pas dangereux, chacun s'en portait bien.

Lucien recommença à écrire des chants patriotiques. Fort d'une vision cosmique de sa personne, il théorisa assez vite que le révolutionnaire joue un rôle essentiel dans la bonne marche de ce vieil univers. Edmond Beaufort ne l'avait-il pas affirmé dans *La Presse* ? « Moi, le poète révolutionnaire… » Il écrivit une nouvelle sur un Québécois d'après la Conquête qui quittait sa ferme chaque nuit pour aller trucider deux ou trois Anglais ; après tout, quand on va faire sauter le siège du Revenu national, on peut bien réinventer l'histoire pour galvaniser ses lecteurs. La lecture de Sarraute, Butor et Robbe-Grillet l'encouragea à jouer avec la syntaxe, la ponctuation, la structure des paragraphes. Avec le consentement de Gilles, il proposa sa nouvelle aux *Écrits du Canada français*. On la lui réexpédia plus tard, en lui suggérant de suivre des cours de grammaire. Lucien se promit que le régime révolutionnaire nationaliserait les maisons d'édition et les revues, et se concentra davantage sur l'*Opération Poisson d'avril*.

À la fin mars, grande réunion chez Denis. André brandit fièrement un gros pistolet mexicain de contrebande. Denis exhiba quatre bâtons de dynamite.

– Rien que ça ? s'exclama Raymond.

– C'est suffisant, répliqua Gilles, catégorique. On les place dans le sous-sol, près des piliers, et l'immeuble tombe en morceaux.

L'incrédulité fit place à l'admiration. Personne n'avait jamais manipulé des explosifs, personne ne savait manier une arme à feu, mais la foi révolutionnaire les soutenait. Raymond monterait la garde avec son revolver. André et Denis attendraient à l'extérieur, dans une Volkswagen ; ils se seraient procuré deux mitraillettes d'un lot récemment volé par un autre groupe. Gilles et Lucien iraient placer la bombe : les quatre cartouches, reliées à deux piles et une horloge *Westclox*. Un complice de l'École Polytechnique avait armé la machine infernale.

Les derniers jours s'écoulèrent dans un climat d'appréhension digne d'un film américain. Lucien voyait le gros immeuble s'écrouler, les voitures écrasées, la panique, les cris, la victoire nationaliste, un poème splendide sur tout cela. Le premier avril, il se rendit chez Denis.

– C'est le grand jour ! Où sont les autres ?

– Euh… André n'a pas pu trouver de balles pour son revolver. C'est un modèle qui ne se vend pas ici.

Lucien ne se laissa pas démoraliser par la nouvelle. Même vide, l'arme en imposait. Gilles et Raymond entrèrent.

– Prêt, Denis ?

– Oui. C'est-à-dire… Voilà, je n'ai pas les mitraillettes. La police a effectué des saisies et les gars sont introuvables.

Gilles réagit en homme d'action :

– Tant pis. Prends la voiture. On y va quand même.

– D'accord, mais… Enfin, on m'a collé un examen important, demain, et si je veux le réussir…

– Un examen ! Et la révolution ?

– La révolution a besoin de diplômés ! Raymond peut conduire.

Raymond jouait avec le revers de son veston.

– Je voudrais bien, mais c'est glissant et la Volks n'a pas de pneus à neige. Alors, comme je suis en retard sur mes assurances… Ce n'est pas le moment de se faire repérer, non ?

Furieux, Gilles redressa ses lunettes vertes.

– Allons-y, Lucien. On ne se laissera pas arrêter par ces choses-là !

Ils marchèrent, lentement, lentement, et encore plus lentement. Au coin de la rue Saint-Denis, Gilles s'écria :

– Merde ! La bombe ! Attends-moi, je vais la chercher.

Il courut prendre le paquet chez Denis et rejoignit Lucien, qui aurait bien voulu se cacher n'importe où. Ils firent trois fois le tour de l'édifice, puis se consultèrent.

– Tu sais, au fond…

– Sans informer la population, ça ne rimerait à rien…

– On ne peut tout de même pas jouer l'indépendance à pile ou face. C'est trop important pour le pays.

– Il faudra se réorganiser.

– D'ailleurs, écoute… Le réveille-matin s'est arrêté.

– On fait mieux de rentrer. J'ai l'impression qu'on nous surveille…

L'*Opération Poisson d'avril* ne fit donc pas les manchettes. À défaut de lancer l'insurrection, elle provoqua la dissolution de la cellule. Quand Lucien revoyait ses complices manqués, ils parlaient de l'imminence de la révolution. L'imminence, c'est toujours pour plus tard. Léon se joignait à eux, de nouveau seul au monde, sa compagne ayant constaté que les digressions nationalistes, dont il entrecoupait ses caresses, la conduisaient à une frigidité prématurée. Cathy avait disparu au bras d'un Islandais de passage et Aristide courtisait une pucelle qui lui coûtait les yeux de la tête et s'avérait une mule réfractaire à l'idée d'aller faire un tour dans le lit. Il consultait Lucien :

— Dis, vieux, avec ton expérience, tu dois savoir comment on fait pour amener une vierge sur l'oreiller...

Après tout, c'était Lucien qui, en l'entraînant au *Paloma*, l'avait lancé sur les chemins qui ne mènent pas à Rome.

— Ben, il y a des tas de façons... Il faut d'abord identifier le point faible...

— Son point faible, c'est la chasteté. Et il est plutôt fort.

— Tu sais, toutes les filles sont pareilles. Elles sont différentes les unes des autres. Chacune a son moment. Parfois il faut être gentil, parfois il faut se montrer ferme.

— Je comprends. Mais, dis, est-ce que c'est difficile d'enlever sa fleur à une fille ? Tu as dû le faire souvent.

— Oh, ça m'est arrivé... Ça dépend de l'hymen, tu vois...

Et Lucien lui ouvrait le monde de son expérience livresque, aménagée à la première personne.

L'été s'installa. Lucien trouva un emploi de commis à plein temps à la compagnie Bell. Son salaire faisait bon ménage avec ses convictions, l'aidant à camoufler sa carrière plus ou moins secrète de révolutionnaire actif. Il acheva son premier roman, malheureusement trop compromettant pour être publié, avec ses détails autobiographiques qui attireraient l'attention de la police. Conscient que des poètes majeurs tels que Musset, Apollinaire et Aragon ont écrit de splendides romans érotiques, donnant dans la pornographie la plus savoureuse, il essaya de rédiger un chef-d'œuvre dans cette veine, pour s'apercevoir assez vite que son expérience copulative présentait trop de lacunes. Dans quelques cercles plus littéraires que d'autres on le saluait parfois comme un grand poète, en mentionnant la sublime couverture de presse que ses multiples recueils avaient reçue. Lucien souriait, indulgent. Quand vous êtes un écrivain émérite, les gens qui vous estiment le plus ne sont pas nécessairement ceux qui vous ont lu. Si Lucien devait reprocher quoi que ce soit à cet excellent été 1964, c'était de lui avoir refusé l'essentiel, c'est-à-dire une rencontre avec une femme accueillante.

Vint alors le mois d'octobre. La belle terre du Québec demeurait calme, mais l'effervescence politique faisait frissonner les journaux et les ondes. La reine s'apprêtait à visiter ses fiefs et domaines. Comme il fallait s'y attendre, Lucien et d'autres convaincus envoyèrent aux bureaux de rédaction des quotidiens des menaces capitales à l'endroit de la souveraine. Perdus en terre anglo-saxonne, les descendants de Laval et de Maisonneuve en oubliaient les principes de la galanterie. Ces lettres d'adolescents firent pâlir le ministre de la Justice et toutes les forces de police furent mises sur le pied d'alerte.

– Il faut faire quelque chose, déclara Léon.

Les propositions affluèrent :

– Louer un hélicoptère et bombarder l'endroit où elle parlera.

– Se procurer un mortier et attaquer le centre d'accueil.

– Un franc-tireur, on devrait trouver ça, suggéra Gilles.

Aristide favorisait la révolution dans l'humour :

– On pourrait mobiliser cinq cents étudiants et les mêler à la foule, chacun avec un paquet de livres dûment emballés sous le bras. La police devra les examiner tous, et, en plus de nous amuser, ça discréditera la visite.

– Toi, Lucien, qu'est-ce que tu proposes ?

– Oh, moi, j'ai mon idée, glissa mystérieusement ce dernier.

Il venait de lire des romans d'Ian Fleming. Si James Bond connaissait invariablement le succès, c'était parce qu'il agissait seul. L'*Opération Poisson d'avril* avait échoué à cause du nombre des exécutants. Tchen, voilà la réponse. Le jeune terroriste de *La Condition humaine* montrait la voie à suivre.

Lucien n'avait certes pas l'intention de se jeter avec une grenade sous la voiture de Sa Majesté. Son existence importait à la révolution. Cependant, comme on n'a de plaisir à jouer au loup solitaire qu'avec des spectateurs, il s'ouvrit à ses amis intimes :

— Demain, c'est le dix.

— Oui, on le sait.

— La reine foulera le sol québécois.

— Un affront à la patrie ! Une tragédie !

— Justement, il faut rabattre l'orgueil anglais sur son territoire. Demain, je ferai sauter l'hôtel de ville de Westmount. Surtout, ne le dites à personne !

Admiration ébahie. Denis laissa partir avec soulagement les bâtons de dynamite qui moisissaient chez lui depuis six mois. Gilles brancha le mécanisme pour sept heures. Vers une heure du matin, Aristide et sa rétive amie, dans la voiture de Léon, conduisirent Lucien près de la mairie. Le cœur battant, conscient de sauver l'honneur du Québec, Lucien se glissa vers le sombre édifice. Il avait relu ses poèmes pour se donner du courage. D'un geste sûr, il abandonna le paquet près du mur.

Une voiture de police ralentit et s'arrêta à côté du véhicule d'Aristide. Voyant les amoureux se suçoter le visage, les gendarmes se retirèrent galamment. Lucien regagna son siège et Aristide le ramena chez lui, avant de conduire dans la chambre de Léon sa compagne dont les scrupules avaient fondu dans l'excitation de l'aventure.

Trois jours plus tard, le maire de Westmount, sensible au remous provoqué par la répression un peu violente d'une manifestation antiroyaliste, ce qu'on a appelé « le samedi de la matraque », et ne voulant pas secouer davantage les passions, jugea bon de ne pas informer la justice que le jardinier avait trouvé dans les buissons un paquet de dynamite avec une montre *Westclox* arrêtée à trois heures. Ce nouvel échec n'entama nullement l'admiration que ses camarades portaient à Lucien. Ce n'était pas sa faute si le mécanisme de l'horloge avait fait défaut. Après tout, la révolution obéit à des lois historiques qui se rient des petits contretemps circonstanciels.

Victoire sur toute la ligne !

Le samedi 10 octobre, celui de « la matraque », scandalisa longtemps les journalistes, toujours sentimentaux, et les intellectuels soucieux du bien-être de leur conscience. Perdant toute mesure, la police, excitée par la foule, les ordres reçus et les sombres pronostics des commentateurs politiques, avait méchamment tabassé des manifestants qui se contentaient de vociférer plus ou moins paisiblement. Les personnalités les plus diverses, les connues et celles qui voulaient l'être, sortirent de leur coquille pour protester contre l'infamie. Vivions-nous déjà sous quelque dictature sud-américaine ? Gilles saisit l'occasion pour brandir publiquement ses lunettes vertes et réclamer l'indépendance immédiate du Québec et le droit de se confédérer à la France, ou du moins, à Saint-Pierre-et-Miquelon. Il convainquit peut-être quelques lecteurs du *Devoir* que les agents du C.R.S., (Corps républicain de sécurité dans l'Hexagone) pourraient donner des leçons de savoir-vivre aux recrues sanguinaires de la Sûreté Provinciale. Lucien, sous pseudonyme avec adresse fictive, envoyait des lettres aux journaux, dont certaines étaient publiées, et leur faisait part de son indignation dans l'espoir de « faire éclater la justice » (c'étaient ses mots). On se délectait des photos des victimes ensanglantées en accusant le Procureur général de sadisme. Tous les prétextes étaient bons pour se donner l'impression de participer aux affaires de la nation. Ensuite, on se gaverait de reportages concernant la maîtresse d'un ancien ministre associé, comme quoi les histoires d'amour l'emportent toujours sur les récits de violence. Cela viendrait plus tard. D'autres discussions chatouillaient la colline du Parlement en cet automne 1964. L'économie allant bon train, les députés jouaient à se lancer des bribes du rapport Dorion, dont on a oublié la teneur, à accuser un ministre d'avoir acheté des meubles à bon marché, à démasquer en un certain Lucien Rivard, l'ami de tout le beau monde, un affreux trafiquant de drogues, à dévoiler les histoires d'argent d'un dénommé Raymond Denis et les passions hippiques d'un Yvon Dupuis, bref, tout ce qu'il faut pour faire les manchettes avec des vétilles, tout en évitant soigneusement de parler de questions publiques importantes, s'il y en a. Après tout, les nouvelles ont pour but d'alimenter les conversations de la journée et il faut toujours proposer des sujets accrocheurs.

Lucien résistait héroïquement à la faiblesse de penser qu'après quelques années, voire quelques mois ou quelques semaines, on oublie les personnages et les incidents qui ont fait la substance des actualités, et qu'on pourrait bien commencer par ne pas s'en occuper au moment où les choses se passent. Il voulait s'engager dans son époque et se tailler une place qui serait sans doute petite, mais à sa mesure. Il avait haussé sa stature en s'attaquant à l'ennemi, tout seul et en pleine nuit. C'était beau, mais avec quelques inconvénients. On parlait parfois de lui d'une manière équivoque :

– Tiens, voici Lucien.

– Qui ça ?

– Tu sais, celui qui a mis la bombe à la mairie de Westmount.

– Oh ! Je ne savais pas...

– C'est qu'elle n'a pas explosé. Un défaut d'horlogerie...

– Ouais...

Il devenait indispensable de réaliser un coup marquant, un exploit éclatant. L'affaire se décida un soir, chez Léon.

– Ce qui manque, c'est l'équipement, affirma Gilles. La révolution, ça prend des armes, des imprimeries, des avocats, des volontaires, des cachettes. Ça coûte des sous.

– Nous avons essayé de négocier avec le KGB et la CIA. Ils sont d'accord en principe, mais ils nous refusent des prix de faveur.

– Et nous n'avons plus de fonds, soupira Raymond. Le Réseau de Résistance a son compte à plat. Je le sais de source sûre.

Aristide soumit un projet fantastique :

– Il suffit de soixante gars. À Montréal, il n'y a jamais plus de mille policiers de service. Si on faisait des hold-up dans soixante banques différentes, à des endroits stratégiques, éloignés les uns des autres, une bonne partie de ces coups réussiraient.

– Non, dit Gilles, fermement. On ne peut pas risquer de tels sacrifices. Cela ferait trop de prisonniers politiques.

– Et alors ? Nous les libérerons dès que nous prendrons le pouvoir.

– Avec un casier judiciaire ? Non, c'est impossible.

Il ne pouvait tout de même pas avouer qu'il n'y avait pas soixante terroristes résolus dans l'île de Montréal. Léon se montra plus pratique :

– Les maisons de finance ont toujours près de cinq mille dollars en caisse le vendredi. Deux ou trois gars, un après-midi, quand il y a peu de gens...

Tout le monde détestait les compagnies de finance, ces requins qui abusent de la vulnérabilité des gens en prêtant de l'argent à des clients peu solvables qui n'arrivent pas à joindre les deux bouts. Voler, dans ces conditions, constituait un acte de justice. Lucien, qui avait lu bien des livres, songea avec émotion à la récupération anarchiste des biens dérobés à l'individu par la société.

L'opération exigea deux semaines de préparatifs. Léon et Gilles choisirent un bureau isolé de *People's Finance Corporation (Canada) Ltd*. Ils inspectèrent les lieux, évaluèrent le nombre habituel de clients, déterminèrent les heures les plus propices et firent part de leurs conclusions à Lucien, qui les étudia en jouissant de l'angoisse, de l'exaltation, de la sensation du risque et du romantisme qui sont l'apanage de l'illégalité. Au diable l'orthodoxie socialiste ! Un descendant de Ravachol vivait en lui. Par ailleurs, Gilles connaissait un autre écrivain, un penseur engagé qui cherchait de la matière à ses romans. C'est ainsi que Lucien retrouva Édouard Hubert, qui ne se souvenait pas de l'avoir rencontré lors du lancement de son livre aux Éditions du Siècle.

Le vendredi en question, Édouard et Lucien, munis du revolver mexicain de Gilles et de bas de nylon fournis par la copine d'Aristide, pénétrèrent dans l'immeuble qui abritait la succursale de *People's Finance*. Personne dans les escaliers. Ils montèrent. Au deuxième étage, Édouard éprouva le besoin d'aller faire un tour aux toilettes. Lucien le suivit en tremblant. Au bout de dix minutes, ils redescendaient en claquant des dents.

Ils expliquèrent à leurs complices qu'ils avaient vu deux gros détectives dans le couloir. Lucien, habitué aux fiascos depuis le jour de sa confirmation, ne se sentait pas diminué par l'aventure. Cependant, la pression de leurs amis les poussa à récidiver.

Le vendredi suivant, ils prirent l'immeuble d'assaut. Aristide les accompagnait. Sans prendre le temps de souffler, le ventre glacé, les yeux écarquillés, le visage dans un bas de femme, le revolver au poing, les dentiers en pagaille, ils affrontèrent un commis balourd, un gérant ahuri et deux secrétaires paralysées par la stupeur. Aristide proférait ses plus beaux sacres, poussait brutalement ses victimes, leur gueulait en un joual succulent de se coucher par terre, tandis que Lucien, ayant retiré ses lunettes afin d'être méconnaissable, faisait valser son arme à droite et à gauche des employés apeurés, et qu'Édouard vidait la caisse sans dire un mot, puisqu'il était passé à la télévision et que l'on pourrait reconnaître sa voix. Ils battirent ensuite en retraite, jetèrent les bas dans une poubelle et se retrouvèrent chez Léon.

Ils avaient récolté trois cent soixante dollars, qu'Édouard donna à Gilles, qui les confia à un membre d'un autre réseau, qui les remit à un curé au-dessus de tout soupçon, très fervent disciple du chanoine Groulx, qui les refila à un nationaliste notoire, intellectuel engagé, écrivain de haute réputation, qui saurait comment employer l'argent efficacement au service de la révolution. C'était encore Édouard Hubert, qui, se retrouvant en possession du butin, songea d'abord à affecter cette somme à un voyage de propagande et d'information en Floride, puis pensa à se ressourcer plutôt dans les milieux guérilleros d'Acapulco, puis décida enfin de l'utiliser pour effectuer un premier paiement sur une voiture américaine. Après tout, un révolutionnaire consciencieux et dévoué doit pouvoir se déplacer facilement afin de se trouver rapidement à l'endroit où sa mission l'appelle. Il ficela l'achat de sa bagnole avec un prêt de *People's Finance*.

On ne parla pas trop de cette glorieuse victoire, par crainte des mouchards et de la police, mais la cote de Lucien monta en flèche. Ceux qui ignoraient tout de la dialectique, des méthodes, des causes, des effets et des tactiques de la révolution l'auraient traité d'ennemi public. Qu'importe ? Lucien savait dans son cœur, et ses amis surenchérissaient, qu'il avait l'envergure voulue pour devenir l'idole, l'espoir et le porte-drapeau de la jeunesse militante de demain. Il canalisait, à lui tout seul, les courants les plus progressistes de la Belle Province. Aristide et Léon le hissèrent sur un piédestal et les pucelles et moins pucelles qui fréquentaient l'appartement firent enfin attention à lui.

Lucien se dit en son for intérieur qu'il était temps que son for extérieur allât quérir la récompense méritée. Il se serait contenté de peu. Par exemple, voir son nom sur un beau volume imprimé et relié. Mais les éditeurs montréalais, tous des ploutocrates impérialistes, bourgeois et décadents, lui renvoyaient ses poèmes avant même l'accusé de réception. Ils n'avaient sans doute jamais lu la chronique percutante d'Edmond Beaufort. Lucien considéra toujours avec suspicion le fait qu'Édouard

Hubert eût publié son dernier roman, qui décrivait leur aventure avec les améliorations nécessaires, grâce à une subvention du Conseil des Arts du Canada, d'autant plus que ledit roman obtiendrait le prix du Gouverneur général, qu'Hubert négligerait de refuser. À défaut de la gloire littéraire, où aller cueillir le fruit de ses efforts, sinon auprès du sexe opposé ?

Éternel récidiviste, Lucien crut que la meilleure façon de parvenir à ses fins consistait encore à tomber amoureux. Il s'amouracha donc de Juliette, une douce et délicieuse jeune fille qui fréquentait le groupe parce qu'elle s'était acoquinée au couvent avec une autre pensionnaire, Justine. Celle-ci, attirée par Aristide, ne négligeait pas pour autant son ancienne Bilitis. Aristide comprenait la situation, qu'il trouvait fort stimulante et parfois reposante. Lucien, évidemment, croyait que Juliette recherchait la compagnie de Justine afin de parler à sa confidente des sentiments brûlants qu'il lui inspirait.

Juliette le tenait pour un garçon gentil, mais insupportablement intellectuel, comme n'importe qui portant lunettes et citant Sartre, Nietzsche ou Bergson. Lorsqu'elle s'aperçut, horrifiée, que son amie se laissait palper par un garçon, elle en souffrit pendant deux semaines, ce qui est beaucoup, avec conviction et peu de dommages. Ensuite vint le temps de la jalousie, puisque la jalousie est censée indiquer l'intensité d'un amour, du moins quand on a le cœur maladroit. Finalement, pour se venger d'un sort injuste, elle accepta les tendres avances de Lucien, qui l'invitait souvent à aller au cinéma ou à causer dans un coin de l'appartement. Ils parlaient alors de Justine et d'Aristide.

Lucien ne comprenait pas pourquoi Juliette, si caressante en présence de sa copine, devenait doucement distante quand ils se trouvaient seule à seul. Il attribuait ce comportement aux sautes d'humeur féminines, à propos desquelles il avait beaucoup lu. Enfin, un soir, elle arriva en pleurant, après avoir appris que son amie de cœur, préférant vraiment les caresses au masculin, venait de perdre sa virginité. Lucien, qui ne savait comment réagir, lui parla de Lamartine, de Nelligan et de Marie-Claire Blais.

Il se remit à pondre des poèmes à une cadence vertigineuse. Tout pour Juliette ! Elle était sa vie, son destin, son avenir. Aussi, lorsque parut Thérèse, Lucien ne s'en aperçut guère. Thérèse entra dans l'arène après avoir eu vent du coup de *People's Finance*. Trouvant qu'un garçon courageux, risque-tout, intellectuel et donjuanesque, du moins de réputation, ferait certainement un amant remarquable, elle se lança à l'attaque. C'était une jeune femme froide, décidée, voluptueuse et rigoureusement hédoniste. Elle n'admettait pas de perdre du temps. Elle aborda Lucien :

– Alors, comment va la vie ?

– Perfection tous azimuts.

– Vraiment ? On ne pourrait pas ajouter à ton bonheur ?

– J'ai Juliette. Qu'est-ce que je pourrais vouloir de plus ?

Il possédait Juliette comme on possède ses rêves, mais Thérèse le prit au mot et se retira, ne supportant pas l'idée peu épicurienne de lutter pour les faveurs d'un homme. C'est ainsi que Lucien passa trois mois à se ronger les pouces dans son rôle d'amoureux attitré de Juliette. Et la catastrophe arriva. Aristide, trouvant que Justine commençait à causer mariage trop souvent, jugea bon de chercher fortune ailleurs. Juliette retrouva les bonnes grâces de son amie esseulée et Lucien, morfondu, mal-aimé, recommença à écrire de déchirants poèmes.

L'amour constitue cependant une force primordiale, puissante, irrésistible. De tant secouer les choses autour de lui, Lucien réussit à former dans le chaos des étoiles un signe favorable. Et pour prouver de façon définitive qu'il était dans le vrai, la révolution provoqua le miracle tant attendu.

Lucien venait de rédiger un manifeste audacieux qui exprimait, avec quelques singularités de son cru, les espoirs et les idéaux des cercles qu'il fréquentait, et même davantage. Considérablement en avance sur son temps, il préconisait la dépénalisation des drogues, de l'homosexualité, du suicide et de l'avortement, l'abolition de toute censure, la multiplication des parcs nationaux, la fin de toute discrimination juridique, économique et professionnelle entre les sexes, l'équité salariale, la légalisation de l'euthanasie volontaire, l'installation de centres de services sexuels autogérés pour répondre aux moindres besoins de la population, l'abolition de la censure et la distribution gratuite des livres, notamment les recueils de poésie. Il se chercha un éditeur, une revue de préférence. Il mit en branle tous ses contacts, tuyaux et relations. *Parti pris* refusa, trouvant le texte d'une moralité révolutionnaire douteuse et l'exposant à des poursuites judiciaires. *Indépendance* refusa, Lucien ayant oublié de mentionner la séparation du Québec parmi ses objectifs, la prenant déjà pour acquise, et, surtout, ayant négligé de se montrer dans les bons cénacles durant ses amours avec Juliette. *Québec libre* refusa, prétextant manquer d'espace. *Révolution québécoise* refusa, les idées colportées par Lucien lui semblant excessivement révolutionnaires et susceptibles de détourner l'attention des militants vers des rêves dangereusement utopiques.

Lucien décida de recourir à la bonne vieille *Cognée*. Il en parla à Léon, à Gilles, à Denis. Personne ne savait comment rejoindre l'équipe clandestine. Aristide, enfin, lui fournit une adresse où on le renseignerait. Son document en main, Lucien se rendit dans un immeuble d'appartements, rue Sainte-Famille. Il sonna. Pas de réponse. Il s'offrit un pèlerinage nostalgique au *Paloma*, puis revint deux heures plus tard. Une jeune femme souriante et vaguement étonnée lui ouvrit. Lucien eut envie de partir à la course, sa peur du sexe opposé s'étant accrue depuis son dernier échec.

— Bonjour, dit l'inconnue, divinement accueillante, suave et gentille.

— Ben...

Lucien retrouvait ses tics habituels. La jeune femme le fit entrer et ferma délicatement la porte. Elle était ravissante, la voix caressante, la blouse joliment échancrée et la jupe tellement courte qu'elle laissait voir le fond de sa conscience. Lucien balbutia :

– Je venais… Je cherchais…

La jeune femme l'invita à s'asseoir. Elle venait de se fiancer et, bizarrement, se sentait d'humeur à aimer tout le monde.

– Aimez-vous la musique ?

On ne tutoyait pas encore les gens qu'on ne connaissait pas.

– Ben… Oui…

Elle mit les *Quatre saisons* sur le stéréo. Elle trouvait ce visiteur tranquille et sympathique, mais elle ne comprenait pas ce qu'il cherchait. Il dégageait un besoin d'être aidé et elle avait un faible pour les chats errants.

– Je m'appelle Madeleine.

– Madeleine, oui…

Tout à coup, sans prévenir, il déroula son ruban :

– Moi, c'est Lucien Théorêt. *Poisson d'avril*, Westmount, *People's Finance*. N'en disons pas trop ! Je venais pour un article. On m'a dit que vous étiez de *La Cognée*. Il est rare que je puisse écouter de la vraie musique. Il y a toujours trop de monde chez Léon. Ah ! et pour mon article… Donc, je cherchais l'imprimerie.

La pauvre fille ne comprenait toujours rien. Lucien ne lui paraissant aucunement dangereux, elle lui offrit une tasse de thé.

– Oui, merci. Alors, j'ai apporté un manuscrit. La conjoncture a besoin d'un manifeste éclatant. Vous comprenez ce que je veux dire. *La Cognée* se trouve à l'avant-garde des courants politiques authentiquement québécois et j'ai déjà publié dans la revue. Alors, j'ai pensé qu'il conviendrait d'utiliser ce moyen pour rendre public le vrai sens de la pensée de notre mouvement commun.

Madeleine le dévisagea longuement.

– Vous savez, Lucien, vous êtes très sympathique.

Il avala son thé de travers et se mit à tousser.

– Néanmoins, continua-t-elle, je ne sais pas de quoi vous parlez.

Lucien comprit que la police avait dissimulé des microphones dans le petit appartement, ce qui empêchait son interlocutrice de s'exprimer librement.

– Si *La Cognée* est en danger, chuchota-t-il, c'est justement le temps de protester. Et ça tombe bien, car je parle de liberté de presse dans mon texte. Chacun doit pouvoir publier ce qu'il écrit, voilà mon message. Je sais que c'est subversif, mais il le faut. Je vais vous confier mon manifeste, d'accord ?

– Il y a un malentendu. Je viens de déménager ici. Lucienne n'a pas fini d'emporter ses choses. Elle doit venir d'un moment à l'autre. C'est sans doute elle que vous cherchez.

Le téléphone sonna. Elle s'y précipita. Mots tendres, mots doux, allusions passionnées, paroles amoureuses. Lucien se sentait mal à l'aise. Son cœur fonctionnait si rapidement qu'il avait eu, l'espace d'un demi-thé, l'impression de trouver sa moitié métaphysique. Tout s'effondrait, encore une fois.

Et peut-être non. Cette Lucienne, qui partageait son prénom… Il hésitait, sachant par expérience que l'espoir est une forme de l'abîme.

– Oh ! Lucien, excusez-moi, s'écria Madeleine. Je dois vraiment partir tout de suite. Et Lucienne n'a plus la clé. Est-ce que vous seriez assez gentil pour l'accueillir ? J'ai confiance en vous. J'ai confiance en elle. Elle emportera ses effets personnels, c'est tout. Vous voulez bien ? Merci ! Barrez la porte en sortant, tout simplement.

Elle l'embrassa sur la joue et disparut en lui criant de revenir, parce qu'il était un garçon très intéressant. Lucien eut du mal à retrouver ses esprits. L'amour venait et fuyait aussitôt. *La Cognée* avait encore changé d'adresse. Tout était mal fait. Dieu n'existait décidément pas. L'indépendance était compromise. Il resterait éternellement puceau.

La théière et les tasses à moitié vides soupiraient, mélancoliques, sur la table à café. Il vida sa tasse et entama l'autre, ému, savourant le baiser des lèvres qui s'y étaient posées. Il voulait partir, mais se sentait tout lourd. Et il avait promis d'attendre Lucienne. On cogna.

– Entrez, dit-il faiblement.

Une fille de vingt ans, la bouche entrouverte, les yeux grands comme un cœur, les cheveux noirs coupés courts et ébouriffés, franchit la porte et s'arrêta, surprise.

– Bonjour ! Est-ce que Madeleine…

– Vous prendrez bien une tasse de thé, Lucienne ?

Le découragement donnait de l'assurance et même de l'esprit à Lucien.

– Lucienne, ce n'est pas moi. Je suis sa sœur. Enfin, sa cousine. Mais on est comme des sœurs. Je m'appelle Ginette. Et toi ?

Elle, elle tutoyait tout le monde.

– Lucien.

– On vivait ensemble, Lulu et moi. Elle s'est mariée. Alors, j'ai dû déménager. J'ai trouvé une chambre ravissante sur la rue Laval.

– C'est bien, la rue Laval. Près du carré Saint-Louis ?

– Oui. Ça me fait mal, de partir. On en a fait des choses, ici ! Des orgies, ajouta-t-elle, l'air complice. C'était le bon temps. C'est fou, cette idée que les gens ont de se marier.

– On a parfois des mouvements irrésistibles.

Vivaldi donna sa dernière mesure. Ginette se leva, fureta dans la pile de disques et en choisit un.

– Moi, Yves Montand me rend malade, avec sa voix caressante !

Elle écouta la rengaine, les yeux dans le vide, sans oublier de boire son thé. Lucien lui offrit une cigarette. Elle fuma nonchalamment en contemplant le lit.

– Oui, le bon temps. Ah ! Alfred… Il était doux. Pas comme Gaston, mais c'était délicieux. Et Jean ! Lui, c'était le genre vigoureux. Enfin, inutile de pleurnicher, on recommencera ailleurs. Il y a partout des gens à aimer, tu ne trouves pas ?

Elle se leva en sursaut, ouvrit l'armoire et entreprit furieusement de faire du désordre dans le désordre. Elle eut tôt fait de rassembler ses derniers effets personnels, ainsi que ceux de sa cousine. Lucien l'observait, pantois. Tant de vitalité, d'énergie ! Ginette le dévisagea, essoufflée.

– C'est dommage.

– Quoi ?

– Quitter comme ça un endroit qu'on a aimé. C'est drôle, l'amour. Tu ne trouves pas que c'est drôle ?

– Ben… hésita-t-il.

Sidéré, il devint la cible du regard joueur de Ginette. Les yeux voraces comme des bouches, elle éclata de rire et se précipita sur le divan en se collant contre lui. Malgré ses jeux avec Juliette, quand celle-ci voulait exciter la jalousie de Justine, Lucien n'avait jamais vraiment touché une femme. Il avait vu des films, il avait lu Sade, Pierre Louÿs et Henry Miller, sans cesser de croire que certaines caresses n'étaient pas vraiment permises, ou qu'elles risquaient, pour le moins, de vous attirer une paire de claques. Ginette prit à cœur de le détromper généreusement.

Les préludes s'étalèrent sur une bonne demi-heure. Lucien faisait des progrès remarquables dans le registre des baisers. Il perdit ses lunettes et n'essaya pas de les reprendre, ce que Ginette prit pour une preuve de passion. Elle s'aventura dans des attouchements singulièrement exquis et tellement stimulants que Lucien pouvait enfin craindre pour sa virginité. Elle lui déboutonna la chemise. Avant qu'il ait pu lui rendre la politesse, elle ôta elle-même sa blouse et le reste en l'encourageant à l'embrasser, ce qu'il fit de son mieux, s'appuyant sur la pratique récemment acquise.

– Partout ! Embrasse-moi partout ! insista-t-elle.

C'est où, partout ? Ce n'était pas sa myopie qui retenait Lucien, mais la peur de commettre une gaffe. Ginette vint à son secours en lui collant le visage sur ses seins et sur son ventre, puis un peu plus bas. Il comprit vite et ils furent deux à ballotter sur la plus belle des mers houleuses. S'accordant un moment de répit, Ginette s'amusa à déshabiller son compagnon. Quand il ne fut plus qu'un corps tout blanc en caleçon blanc, Lucien éprouva quelque mal à respirer. Quand son slip s'envola, il proposa de prendre un bain ensemble, ainsi qu'il l'avait lu dans un traité d'harmonie conjugale.

– Tu es fou ! Ça prend trop de temps. Viens, mon beau vicieux. Vite ! Tout de suite !

Ils se jetèrent sur le lit, dans une petite rage amoureuse. Quand elle lui permit de reprendre son souffle, Lucien eut l'idée de s'allumer une cigarette. Il devait réfléchir, se calmer les nerfs. Ginette, étonnée, admira son sang-froid. Elle se mit à le lécher délicatement, comme une chatte.

– Je n'ai jamais vu quelqu'un comme toi ! Un vrai étalon ! Comment peux-tu durer si longtemps ?

Agréablement transformé en dieu lubrique, Lucien n'en restait pas moins désorienté. Ses lectures ne lui avaient pas appris comment, exactement, on fait l'amour. C'est bien beau, savoir que la terre doit trembler et que l'étreinte est un miracle de volupté, mais qu'est-ce qu'on fait de ses jambes, de ses coudes, quelle doit être la succession des gestes, par quels cheminements facilite-t-on l'introduction d'un organe dans un autre ? Et s'il lui faisait mal ? Heureusement, Ginette en savait long en la matière et se fit une joie de lui enseigner cinq ou six manières, aussi ravissantes les unes que les autres, pour aboutir à un feu d'artifice et de jolies secousses telluriques.

Quand ce fut fini, avec un sourire d'une gaucherie émouvante, Lucien offrit de réchauffer le thé. Il contempla son amoureuse, qui se rhabillait langoureusement. Sa première conquête !

– C'était de toute beauté ! Comme ça, je ne pars pas trop triste, dit Ginette. C'est chic à toi, d'avoir bien voulu.

– Il faut toujours s'entraider, n'est-ce pas ? Et tu sais quoi ? Toi, tu es une perle.

Il rentra chez lui, radieux, victorieux, les jambes un peu molles. Une légère déception jetait une ombre sur son souvenir. C'était très bon, mais pas autant que ce à quoi il s'attendait. Quand Ginette s'était mise à vibrer de spasme en spasme, Lucien, ne connaissant rien à ces choses-là, avait cru qu'il la blessait. Perplexe, inquiet, il avait à peine senti sa propre jouissance, et il se demandait, troublé, si le sexe était vraiment une si grande affaire. Il n'écrivit pas un seul poème sur son expérience, ce qu'il allait toujours regretter. Il se souvenait toutefois de l'essentiel, une immense explosion dans les étoiles, qui alimentait déjà le désir de recommencer.

La sagesse, de gré ou de force

Lucien était très affecté par la guerre du Vietnam. En 1965, ainsi que tant d'autres étudiants, à l'Université de Montréal et ailleurs, il se sentait personnellement impliqué dans ce conflit asiatique. Il laissait parfois entendre qu'il irait se battre pour le Viêtcong dès qu'on ouvrirait un bureau de recrutement sur le campus. Intellectuel d'action, il n'hésita pas à écrire une longue lettre au Président Johnson. Au nom du peuple québécois, avec une décennie d'avance sur les diplomates les plus chevronnés, il expliquait comment il fallait s'y prendre pour régler le problème : il suffirait de proclamer la victoire américaine et se retirer aussitôt du terrain, en inscrivant le Vietnam en place prioritaire sur la liste des pays bénéficiaires de l'aide au développement. Si Johnson ne semble pas avoir reçu la lettre, son successeur en a certainement tenu compte.

Lucien se prononçait aussi sur la politique nationale. Il vitupérait courageusement les ministres connus et inconnus. Gaulliste, bien que socialiste, il racontait comment il avait appris de source bien informée que le vieux général nourrissait des sentiments favorables aux indépendantistes. Là encore, Lucien se révélait en avance sur son temps. Il se trompait parfois, comme chacun, et lorsque Pearson remporta de justesse les élections du 8 novembre 1965, Lucien se sentit froissé et déçu. Il s'attendait à une victoire surprise du Nouveau Parti démocratique, qu'il voyait bien former une alliance avec le Crédit Social. Au moins, on avait élu les « trois colombes », Gérard Pelletier, Jean Marchand et Pierre Trudeau. Il en était très fier. Le Québec envahissait Ottawa ! Avant tout le monde, Lucien prophétisa la venue d'un équilibre dynamique avec Trudeau à Ottawa et Lévesque à Québec, ce qui lui permettait d'appuyer les grands blocs à l'échelle nationale et la souveraineté sur la scène provinciale. Avec l'ensemble de ses concitoyens, devançant Yvon Deschamps, il rêvait d'un Québec indépendant dans un Canada uni. Vingt ans avant les autres, il appuyait le mouvement des *Chevaliers de l'Indépendance* qui cherchait à faire élire des candidats séparatistes au Parlement fédéral. En prenant le pouvoir à Ottawa, raisonnait-il, on pourrait assurer en même temps l'indépendance du Québec et la consolidation d'une nouvelle fédération canadienne *a mari usque ad mare*.

Émerveillé de se trouver à l'université, qui, contrairement aux collèges classiques, admettait des étudiants des deux sexes, il fut un des grands artisans du renouveau qui secouait la vénérable institution. Comment ne pas reconnaître son influence, sa clairvoyance, son dynamisme au cœur des idéaux qui, sans changer grand-chose, ont eu des répercussions monstres dans la presse étudiante ? Grâce à lui et quelques collègues, *Le Quartier latin*, journal des étudiants de l'université, devint du jour au lendemain « le plus grand bihebdomadaire socialiste au monde ». Fière de ce slogan capitaliste qui semblait annoncer une superproduction américaine, l'équipe de rédaction entreprit de politiser les masses, qui ignorèrent jusqu'à la fin l'existence du journal. On retrouvait dans ses pages le vocabulaire révolutionnaire de l'Europe, cuvée 1925. L'Union générale des étudiants du Québec, forte de s'être séparée du syndicat étudiant canadien, prit soin de représenter consciencieusement les intérêts de ses membres, notamment en se prononçant contre la guerre au Vietnam, ce qui a certainement dû faire réfléchir les dirigeants américains. L'Association générale des étudiants de l'Université de Montréal, en pleine forme, lançait des ultimatums au ministre de l'Éducation à propos de disputes dont on a oublié la teneur. Lucien a été de tous ces groupes, de tous ces mouvements, de tous ces espoirs. Ses exigences en matière de style littéraire le conduisirent toutefois à abandonner *Le Quartier latin* au moment où le journal poussa l'analyse et le sens de l'action efficace jusqu'à traiter des hommes politiques de putains syphilitiques, de vendus, de traîtres anglicisés, plusieurs hommes d'affaires de salauds et de cochons, et ainsi de suite jusqu'à son dernier soupir de décembre, date de démission de l'équipe de rédaction.

Quand il ne s'acharnait pas à vouloir imposer un ordre meilleur dans le monde, et quand il parvenait à se dégager de l'anachronisme révolutionnaire contemporain, Lucien s'occupait de lui-même. Incapable de retrouver la trace de la merveilleuse Ginette, il recommença à fréquenter l'appartement de Léon. La virilité a ses petites exigences et Lucien était bien de ceux à qui une étreinte annuelle ne suffit pas. Ayant eu la preuve de sa désirabilité, du moins dans certaines circonstances, il croyait pouvoir poser des conditions et des restrictions et finir par obtenir les faveurs de celle qu'il choisirait, de préférence une demoiselle qui lui réciterait du Musset en lui caressant la cuisse.

Un soir où Aristide avait amené trois gamines chez Léon et faisait jouer du Brassens, Lucien glissa :

– C'est bon, oui, mais je ne vois rien de poétique à coucher avec un gorille.

Il faisait allusion à la grande chanson de Brassens.

– Moi, précisa-t-il, je ne tiens pas à me lier avec une fille qui ne saurait pas apprécier le beau et la poésie.

Il fut bien surpris lorsque ses avances furent rejetées par son élue qui le prit pour un admirateur dissimulé de Fernand Gignac, célèbre chanteur de charme de l'époque. Délaissant Léon et ses amis, Lucien choisit l'université comme champ de bataille. Il passa en revue toutes ses camarades et en inscrivit trois sur sa liste. Le cœur plein d'espoir dans la grande révolution des mœurs, il invita la première à voir un film au cinéma.

– Je ne peux pas, dit-elle, je sors *steady* avec quelqu'un.

Il s'attaqua à sa deuxième cible, qui accepta sans se faire prier le repas qu'il lui offrait. Elle était originaire de Gaspé. Quelle belle occasion de l'épater !

– Oui, Gaspé... murmura-t-il. Ça m'intéresse, comme maquis. Tu sais, moi, je suis un révolutionnaire...

– Ah, vraiment ?

Elle dit ça comme s'il lui avait annoncé qu'il jouait aux billes. Elle le regardait à peine, tout à son dessert. Il décida de jeter son dévolu sur la troisième candidate. Louise était une de ces filles légères, rieuses, souples, imaginatives, sensibles, curieuses et inexpérimentées que beaucoup rêvent de rencontrer. Malheureusement pour Lucien, quelqu'un l'avait vue avant lui. Elle comprit toutefois que Lucien lui voulait du bien et l'accepta comme ami. Pendant bien des mois, à toute heure du jour et de la nuit, Louise prit l'habitude de lui téléphoner pour lui raconter ses amours, l'inciter à la plaindre quand ça allait mal et l'inviter à partager sa joie lorsque tout allait bien. C'est ainsi que Lucien traversa sa première année d'université avec la désagréable impression d'avoir retrouvé sa virginité. Et puis, un jour, au retour d'une manifestation dirigée contre la politique étrangère des États-Unis, contre le recteur ou contre la compagnie Coca-Cola (Canada) Ltd, Lucien vit que son père arborait un visage préoccupé.

– Lucien ! Mon enfant !

– Oui, papa ?

– As-tu fait quelque chose de pas correct, dernièrement ?

Sa mère éclata, au bord des sanglots :

– La police est venue et a demandé à te voir !

– Ils reviendront demain, ajouta son père.

Lucien garda un silence discret. Aurait-on trouvé ses empreintes sur le paquet abandonné devant la mairie de Westmount ? Aurait-on mené une enquête fructueuse sur le cas de *People's Finance* ? L'aurait-on vendu pour trente sous à la gendarmerie ? Il se rendit chez Léon et demanda négligemment s'il y avait du nouveau. Léon l'ignorait. Devenu gérant d'une succursale de sa compagnie de finance, il se passionnait pour le curling et ne fréquentait plus de meetings politiques. Aristide dit qu'on avait récemment volé des bâtons de dynamite dans un entrepôt du *Canadien National*, mais aucun des gars n'était impliqué dans l'affaire. Cela n'intéressait plus Aristide, qui s'était épris d'une collégienne tranquille et ne se sentait plus enclin à faire du tapage. Il laissa même entendre qu'il songeait vaguement au mariage, à la grande horreur de Lucien, qui nourrissait encore des illusions héroïques sur son propre avenir.

Le lendemain, M. Théorêt accorda aux deux détectives la permission de perquisitionner dans la chambre de son fils. Après tout, s'il exigeait un mandat, ça risquerait de tacher le nom de son rejeton, et le sien en passant. Il manifestait aussi cette réaction des braves gens, c'est-à-dire de se laisser mener par tous les employés gouvernementaux, de l'inspecteur des services municipaux au ministre. Les policiers interrogèrent discrètement Lucien, qui s'acharnait, de peine et de misère, à garder sa pipe allumée, et n'avait même pas songé à demander s'ils représentaient la police municipale, provinciale ou fédérale. Son père resta dans la chambre pour s'assurer qu'on ne torturerait pas son garçon. Les gardiens de la paix se mirent à ouvrir des boîtes, à feuilleter des manuscrits inoffensifs, à parcourir en diagonale des liasses de poèmes, à froncer les sourcils devant les titres pompeux de *Parti pris* et du *Quartier latin*, à regarder sous le lit, dans le placard, sur le bord de la fenêtre.

– À vrai dire, demanda M. Théorêt, comment se fait-il que vous ayez le nom de mon fils sur vos listes ?

Silence gêné. Un détective glissa :

– Vous savez, on n'a pas le droit de vous le révéler.

– Mais, ajouta l'autre, on a mis la main sur un carnet d'adresses avec le numéro de téléphone de votre garçon. Nous sommes désolés de ne pouvoir en dire davantage.

Soulagé, Lucien lança de vastes bouffées de fumée. Les policiers, heureux de n'avoir rien trouvé, ce qui leur aurait apporté un surcroît de travail, s'excusèrent du dérangement, en remerciant M. Théorêt de son aimable coopération. Celui-ci tenta de réprimander son fils, mais son épouse, délivrée d'un grand poids, lui rappela que Lucien fréquentait l'université, cet endroit plein de dangereux révolutionnaires, et que n'importe qui pouvait avoir inscrit son nom sur son carnet d'adresses.

Lucien traita cette visite policière avec une discrétion exemplaire. Il trouva l'incident plutôt amusant. Mieux encore, d'une cocasserie rafraîchissante, ce qui signifiait déjà qu'il ne prenait plus cet aspect de la vie au sérieux. S'il n'alla plus bouquiner à la librairie communiste de la rue Saint-Laurent, ce n'était pas qu'il fût persuadé que la police photographiait tous ceux qui y pénétraient, mais parce que la virulence de ces livres finissait par lui arracher des bâillements. Que faire ? Le moment était-il venu de se consacrer à la théorie pure ? Après tout, Marx, en écrivant ses manifestes dans la paisible bibliothèque du *British Museum*, avait fait davantage pour l'émancipation du prolétariat que tous les terroristes actifs réunis. Chaque révolution a besoin de penseurs. Cependant, pourquoi assumerait-il tout seul l'impossible tâche de méditer, d'interpréter les faits, de préparer l'indépendance, de devenir le maître théoricien de l'avenir québécois ? Il savourait plutôt la douce impression de comprendre le monde, dont la torpeur assagie ne manquait pas de charme. Profondément, il se rendait compte que, dans le fond de son cœur, tout ce qu'il avait accompli et tout ce qu'il avait pensé durant sa courte vie était merveilleusement dénué d'importance. Les expériences passent, les convictions sont de la nature des nuages passagers, les échecs et les succès composent leurs mélodies, et tant mieux si on est devenu quelqu'un d'intéressant et bien dans sa peau. Intelligent, sensible, lucide, Lucien se réjouissait d'avoir eu une belle jeunesse, ponctuée d'événements extraordinaires. Les choses ne tournent pas toujours comme on veut, les bavures n'avaient pas manqué, mais il en avait fait un roman qui, en fin de compte, ne lui déplaisait pas.

Il convient de renouveler les slogans. Après avoir tant parlé de Révolution tranquille, on pouvait glisser dans le temps de la révolution tranquillisée.

– Ainsi, lui dit un jour Aristide, tu n'es plus révolutionnaire ?

– Au contraire ! s'insurgea Lucien. Je le suis toujours, et de plus en plus. Seulement, vois-tu, la révolution est trop importante pour qu'on la conduise à la faillite. Nous ne devrons faire la révolution que dans des conditions gagnantes.

C'était vraiment un visionnaire. Lucide, il pouvait déjà imaginer son avenir. Sur le plan de l'action, il avait fait sa part. Dans quelques années, il deviendrait tranquillement libéral, tendance nationaliste, et obtiendrait une maîtrise en sociologie. Après la collation des grades, entouré de ses vieux parents, il épouserait une fille en or et verrait, avec une authentique émotion, touchant cadeau nuptial de sa mère, sa photographie et celle de sa femme dans les pages sociales de *La Presse*. Il louerait un appartement près du collège où il enseignerait et s'y installerait avec sa dulcinée pour y fabriquer, après les nouvelles de onze heures, deux ou trois enfants qui contribueraient à repeupler le Québec. Il travaillerait honnêtement, serait bien payé et voterait pour quelque parti un tantinet conservateur, autonomiste peut-être, mais de façon reposante : « Nous nous séparerons, puis nous nous associerons, et tout redeviendra comme avant. » Dans la foulée du référendum de de Gaulle, l'indépendance deviendrait un enjeu électoral. Par nostalgie pour ses élans de jeunesse, il se prononcerait chaque fois en faveur du oui et se sentirait soulagé en lisant les résultats, que l'accueil réservé à ses élans révolutionnaires lui permettait de deviner. Celui qu'on aurait pu prendre à la légère pour un ennemi public se montrerait ardent défenseur de sa langue natale, protecteur des traditions, à l'exception de la religion, des danses d'antan et autres coutumes vétustes, soucieux d'ouvrir des musées et des bibliothèques publiques afin de conserver l'identité québécoise dans toutes les métamorphoses qu'elle a connues à travers les temps, gardien jaloux de la vitalité culturelle, gentiment agnostique et bon citoyen.

Lucien hésitait. Le scénario ne l'enthousiasmait pas. Heureusement, ce qui appartient à l'avenir peut toujours changer. À la manière d'une anguille, il s'était toujours glissé entre les mailles les plus étonnantes du destin. Il souhaitait autre chose. Sa vie publique tirait peut-être à sa fin, mais ce serait une fin à la mesure de son génie.

Le bonheur et la gloire en prime

Lucien ne devait pas quitter la scène sans une dernière intervention de son ange gardien et biographe officiel. Alors qu'il déambulait sur la rue Saint-Denis en se demandant si l'avenir de l'humanité allait enfin passer par le sien, il aperçut, venant à sa rencontre, un couple extraordinaire. Christian Vasneil avait ajouté un soupçon de Metternich à son regard de Talleyrand et son sourire de Machiavel. La jeune fille arborait les cheveux ensoleillés d'Adrienne, les yeux vifs de Geneviève, la douceur de Juliette et les lèvres savoureuses de Ginette.

– Ce n'est pas possible ! s'exclama Lucien.

– Tout est possible, rectifia Christian, autrement l'univers ne serait pas le chaos que nous savons.

– Mais tu partais pour l'Amazonie !

– J'ai changé d'idée à mi-chemin. On a la jeunesse qu'on peut, tu le sais mieux que personne. Pour l'instant, je me contenterai des forêts manitobaines. Ensuite, l'université et ces choses-là. Et puis, un jour, je m'appellerai Jacques Dalban.

Il était aussi énigmatique que toujours. Déconcerté, Lucien dévisagea celui qu'il pouvait bien considérer comme un vieil ami et cette jeune fille intimidante qui le contemplait avec une curiosité presque attendrie.

– Comment as-tu fait pour cet article ? Tu sais, celui d'Edmond Beaufort.

– Excellente idée, dit Christian, sans vraiment répondre. Edmond n'est pas encore parti pour l'Amérique du Sud. Christine lui en glissera un mot.

De plus en plus perplexe, Lucien s'appuya sur un banc, essayant de reprendre contact avec le monde réel. Soudain, il éclata de rire, ce qui était très bon signe :

– Cette histoire d'art abstrait, pour des recueils qui n'existaient pas !

– Magistral, n'est-ce pas ? Il ne faudrait pas s'arrêter là. Christine s'en occupera.

Bombardé de ces commentaires sibyllins, Lucien, qui craignait de sombrer dans quelque hallucination, se débattit en bafouillant :

– Le poète de dix-huit ans ! Il exagérait drôlement, tu ne trouves pas ?

– Une belle trouvaille, en effet. C'était une bonne année. Oui, tu as raison. Tu as vingt ans, mais cela te permettra d'avoir toujours dix-huit ans. J'écrirai l'histoire de ta vie, tu le sais bien.

Chaque fois qu'il avait croisé Christian, c'était une rencontre de passage. Là, Lucien ne voulait pas lâcher prise. Christian observait, écoutait, fréquentait Aristide et d'autres amis communs, et semblait savoir sur lui des choses qu'il ignorait, et qui devaient marquer son destin.

– Je n'en mérite pas tant, je t'assure. Que pourrais-tu écrire ?

– Toute la vérité, et plus que la vérité. Tu pourrais devenir le symbole d'une époque et l'incarnation de la Révolution tranquille.

– Tu exagères drôlement !

– Et également le symbole de la Révolution tranquillisée, ajouta Christian avec le sourire.

Époustouflé, Lucien se gratta la tête. Il y avait pensé, mais n'en avait jamais parlé à personne.

– Ou bien, poursuivit Christian, on pourrait dépasser les frontières et affirmer, sans exagérer, que tout adolescent, plus ou moins, a été Lucien Théorêt et le sera éternellement dans la suite des générations. Tu vois, je ne manquerai pas de matière. Maintenant, je me sauve.

– Non, attends ! Tu dois m'expliquer. Tu as quand même le temps de prendre un café...

– Je ferai mieux : tu le prendras avec Françoise.

Françoise ? Il avait cru comprendre qu'elle s'appelait Christine. Christian lui serra la main, embrassa la jeune fille et disparut à travers le carré Saint-Louis. Saisi de panique, Lucien se trouva seul avec la femme la plus lumineuse qu'il eût jamais rencontrée. De quel monde sortait-elle ? Était-elle une émanation de Christian ou existait-elle vraiment ?

– Quel drôle de gars, quand même ! s'écria-t-il. Ça fait cinq ans que nos chemins se croisent, et...

– Viens, l'interrompit Christine en souriant. Je sens de la magie dans l'air.

Il la suivit, parce qu'il ne pouvait faire autrement. Curieusement, il pressentait que les cinq années qu'il venait d'évoquer avaient surtout servi à préparer cette rencontre. Il se trompait, comme souvent, et les poèmes que lui suggérait la proximité de la ravissante jeune fille ne verraient jamais le jour. Il aurait mieux. Beaucoup mieux.

Christine l'entraîna dans une boutique, rue Bleury, qui arborait fièrement le nom de *Galerie Desprès*. Lucien se rappela qu'il y avait eu là un restaurant hongrois ou portugais. Le local, plutôt vide hormis des meubles dépareillés, des caisses et de la poussière, n'était encore, avec un peu d'imagination, qu'un projet de galerie. Ils descendirent cinq marches et se trouvèrent face à une jeune fille d'allure bohème, les yeux taquins et pourtant graves et très vivants. Le souffle coupé, Lucien redevint le garçon qu'il était à dix-sept ans, quand il espérait de tout son cœur et de tout son corps rencontrer cette fille-là et uniquement elle.

– Bonjour, Françoise. Voici Lucien.

Il y a des choses dans le monde et dans la vie qu'il est impossible de comprendre et Lucien sut simplement qu'il contemplait la femme qu'il aimait déjà et qu'il n'aimerait pas en vain. Sans chercher à l'impressionner, il demeura lui-même, et ce n'était pas mal du tout.

— C'est un ami de Christian, poursuivit Christine, et c'est grâce à lui que nous lancerons la galerie. Je te le confie.

— Je n'ai pas grand-chose ici, dit Françoise, mais j'ai du café.

— C'était au programme, commenta Christine avant de disparaître.

Lucien savoura pendant plusieurs semaines une superbe accélération de son rythme vital. Son cœur envahissait l'espace de sa conscience à une vitesse vertigineuse. Quand il retrouvait son emploi d'été au ministère de la Famille et du Bien-être social, où il distribuait à des milliers de déshérités les largesses gouvernementales soutirées à d'autres contribuables, il parcourait encore les jardins parfumés des baisers de Françoise, sa conversation, sa chaleur et sa fraîcheur. Il découvrait l'humour et la lucidité qu'il avait toujours courtisés sans parvenir à les étreindre. Il rêvait, mais il rêvait la réalité.

Il passait tous ses moments libres à la *Galerie Desprès*, à peindre les murs, à décaper et à vernir de vieux meubles, à explorer les mystères d'une installation électrique, à disposer les projecteurs face aux murs et sur les tables qui hébergeraient les chefs-d'œuvre de demain.

— J'ai trouvé le secret de Christian ! s'écria-t-il un jour.

— Raconte, raconte !

— Des gens disent : Le hasard a fait que je t'aie rencontrée. D'autres disent : Dieu a fait que je t'aie rencontrée. Et ils se disputent et ils en viennent aux coups parce que l'un parle de hasard et l'autre parle de Dieu. Christian dit : Je t'ai rencontrée. Il a toujours les deux pieds dans la réalité.

Il se mit à rire en se rappelant la manifestation en faveur de Caryl Chessman, le défi à l'*Enfer*, la visite des bas-fonds de Winnipeg, l'article d'Edmond Beaufort. Sa carrière poétique, marquée au sceau de la révolution, n'échappait pas à son regard amusé, pas plus que ses égarements dans les sables mouvants des amours maladroites. On a l'époque qui nous échoit, et, tout compte fait, il s'était bien débrouillé avec son destin.

Un soir qu'ils s'étaient embrassés et caressés plus audacieusement que d'habitude, explorant avec une tendre avidité le monde merveilleux de l'anatomie humaine, Françoise se déroba, reprit son souffle et dit :

— Toi, tu es arrivé comme ça, de nulle part. Moi, j'avais déjà ma vie. Je sors toujours avec Arthur, un gars très bien.

Il la dévisagea, perplexe.

— Je ne m'en étais pas aperçu.

— C'est que c'est si bon, d'être avec toi ! Maintenant, tu veux autre chose. Et moi aussi, reconnut-elle.

Lucien avait appris que les filles étaient aussi incompréhensibles que les garçons, mais là, il se sentait pris de court.

— Ce qu'il y a, expliqua Françoise, c'est que je suis vierge.

— Ça arrive à tout le monde, remarqua-t-il avec indulgence.

— Oui, mais je n'ai pas encore eu l'occasion de rompre avec Arthur, parce qu'il travaille cet été à Québec. Il n'a pas le téléphone, je ne connais pas son numéro au bureau, et il ne vient à Montréal qu'une fois par mois. C'est un problème insoluble.

— Pourquoi ?

— Parce que je lui ai promis que, tant qu'on sortira ensemble, je ne coucherai avec personne d'autre. Et je tiens toujours parole.

Lucien réfléchit et tomba vite sur la solution.

— Tu en as envie et moi aussi, n'est-ce pas ?

— Oh, oui !

— Mais une promesse est une promesse. Alors, nous ne coucherons pas ensemble.

– Je.te l'avais dit : c'est insoluble.

– Certainement pas ! Nous le ferons debout, voilà tout !

Françoise pouffa de rire et l'arc-en-ciel de l'avenir se dessina dans ses yeux. Elle aussi, elle avait eu la curiosité de parcourir bien des livres d'éducation sexuelle et avait remarqué nombre de positions intéressantes où la plante des pieds ne quitte pas le sol. Doucement, un par un, elle posa ses vêtements sur une petite table, où ils se mêlèrent à ceux de Lucien.

– Notre première sculpture, dit-elle, énigmatique.

Et ils ne furent plus que deux jeunes dieux dans les bras d'un poème.

La *Galerie Desprès*, destinée à devenir un château fort de l'art moderne, méritait une inauguration éclatante. Françoise et Lucien travaillèrent d'arrache-pied à produire les œuvres qui déclencheraient l'enthousiasme du public et gagneraient la faveur des critiques les plus rétifs. Christine s'occupait de la publicité. Parfois, Lucien les surprenait dans des conciliabules secrets qui s'éteignaient dès son arrivée. Sachant qu'elles lui préparaient une surprise, il ne tentait pas d'en percer le mystère et se contentait d'approfondir par la pratique ses connaissances de la soudure, de la mécanique et de la menuiserie, éléments clés de la sculpture artistique.

Le jour tant attendu arriva. En faisant des pieds et des mains, Christine avait réussi à compiler une liste d'invitations forte de cinq cents noms. Pour stimuler la curiosité, elle avait inclus deux fiches. La première présentait les sculptures de Françoise Desprès, avec la photo de l'artiste, sa biographie (« Pour la suite, prière de consulter le Larousse des noms propres, édition en voie de révision, prévue pour l'an 2000 ») et la nomenclature de ses œuvres (« Veuillez consulter, quand elles s'y trouveront, le grand et le petit Robert, le Littré, l'Encyclopaedia

Britannica, le dictionnaire Bellarmin et l'encyclopédie Grolier »). Le reste de la page était consacré à des citations élogieuses et perspicaces de Huyghes, Malraux et d'autres insignes critiques d'art contemporain, aussi authentiques les unes que les autres, bien que les dignes auteurs aient eu d'autres artistes en tête en rédigeant leurs commentaires. Pour Lucien Théorêt, dont on annonçait qu'il accomplirait pour les arts plastiques ce qu'il avait fait pour la poésie, Christine avait inséré une photocopie du célèbre article d'Edmond Beaufort.

On s'attendait à une centaine de personnes. Il en vint deux cent soixante-quinze, comme en faisait foi le livre d'or que chacun signait avant de pénétrer dans la salle. Léon fournissait le vin, gracieuseté de sa compagnie de finance. Les visiteurs, incrédules, perplexes, désorientés, circulaient parmi les œuvres, attendant qu'on leur dise si c'était bon ou mauvais.

– Enfin de l'art moderne ! lança, de sa voix la plus tonitruante, le grand Aristide. Du génie !

– Du génie ? s'écria la conservatrice en chef de la Galerie Nationale, visiblement mal à l'aise.

– Plus que du génie ! renchérit son collègue et rival du Musée des beaux-arts. Désormais, l'art contemporain passe par Montréal !

– C'est de l'abstraction dans l'abstraction !

– Et le *figuratisme* dans son essence la plus pure !

– Et quel symbolisme !

– Et quel hyperréalisme !

– Du post-abstrait, je vous le dis !

– Je n'avais jamais vu ça !

– Je ne m'y attendais pas !

– Ces œuvres symbolisent tout le Québec, résolument à l'avant-garde dans le concert des nations ! Vive le Québec libre !

– Ces œuvres sont le plus beau fleuron du Canada moderne, distillant les grands courants de l'avenir. Vive le Canada !

Il faut ce qu'il faut.

– Ces œuvres, tonna Aristide, c'est toute l'humanité en marche !

– Les artistes ! Les artistes !

Chacun voulait participer à la griserie du triomphe. Les critiques les plus chevronnés se bousculaient autour des héros du jour.

– J'ai lu toutes vos œuvres, Monsieur Théorêt, mais là, vous m'en bouchez vraiment un coin !

– Après vous deux, on ne pourra parler de Dali, de Cocteau et de Picasso que comme vos précurseurs.

– Tout ce qu'on a écrit sur vous, Mademoiselle Desprès, semble bien timide une fois qu'on a vu et admiré vos chefs-d'œuvre.

– Dire qu'encore une fois il vous a fallu vous imposer à Paris, à Venise et à New York pour être enfin reconnue au Québec !

Les parents Desprès et les parents Théorêt subissaient également l'ébahissement contagieux des experts et en concluaient que, s'ils manquaient eux-mêmes de l'éducation nécessaire pour apprécier ces œuvres d'avant-garde, leurs enfants avaient décidément beaucoup de talent. De plus, comme ils bavardaient entre eux et qu'ils étaient des gens pratiques, ils se disaient, non sans émotion, que Françoise et Lucien formaient un très beau couple, du genre qui vous donne envie d'avoir des petits-enfants.

Devant l'admiration ébahie des connaisseurs, les plus sceptiques, car il s'en trouve toujours, refoulaient dans leur cœur la honte de leurs sentiments retardataires. Les autres, sans crainte de se bousculer, passaient et repassaient parmi les travaux des artistes, s'arrêtant pour s'extasier devant ceux qui les impressionnaient, les emballaient, les fascinaient. Une des pièces maîtresses consistait en un amas audacieux de vêtements des deux sexes entassés sur une table de nuit, avec un caleçon lové dans un bas de nylon, une jupe négligemment confondue à un pantalon, un chandail d'où dépassait l'extrémité d'un soutien-gorge. L'œuvre s'intitulait *Hymne à l'amour*. À côté, une roue de bicyclette soudée sur un socle, sagement immobile, s'appelait *Révolution*.

Les œuvres de Françoise déclenchaient des cris d'admiration. On saluait *Le désir*, composé d'une pipe et d'un rouge à lèvres installés entre deux miroirs qui les réfléchissaient à l'infini ; *Civilisation*, qui était une chaise, une simple chaise ; le troublant *Avenir*, un cendrier qu'on n'avait pas vidé ; *Liberté*, une coupe de cristal posée sur une estampe érotique japonaise en guise de sous-verre ; l'inoubliable *Fascination*, un microsillon savamment ceinturé de rubans comme une boîte de bonbons, avec un bourgeon de rose glissé dans l'orifice central ; l'extraordinaire *Solitude*, deux coquillages séparés par une vitre opaque ; *La vie*, une horloge à demi enfoncée dans un carré de sable.

Les œuvres de Lucien pendaient aux murs. Une toile vierge, sans cadre, s'intitulait *Les dix-huit ans du monde*. Un cadre, constitué de quatre planches grossièrement clouées ensemble, s'appelait *On a la jeunesse qu'on peut*. Un cadre de métal chromé, *L'aube du poète*. Un cadre de bois verni, saupoudré d'éclats de vitre multicolores, *Les diamants du nouvel âge*. Un cadre ancien, avec de majestueuses arabesques dorées, *Clair-obscur de l'éternel destin*. Deux cadres, aussi vides que les autres, installés côte à côte, *Histoire d'amour*. Trois cadres s'intitulaient, respectivement, *Sans titre I*, *Sans titre II* et *Sans titre III*. Pur chef-d'œuvre de l'art abstrait, la dernière pièce ne comportait ni canevas ni cadre, mais une simple étiquette collée au mur : *Sans titre*.

Un beau, un grand succès ! Guidés par le besoin de commercialiser l'art à sa juste valeur, et poussés par un bel idéal égalitaire, les jeunes gens offraient chacune des pièces à mille dollars. C'était, à l'époque, le prix d'une petite voiture ; pour dix mille dollars, on pouvait acheter une maison modeste, mais tout à fait convenable. À la fin de la réception, ils avaient vendu sept œuvres et reçu des commandes fermes pour cinq autres.

– Wow ! Nous sommes riches ! s'écria Françoise en fermant la porte.

– Ma richesse, c'est toi, commenta Lucien. J'ai souvent remarqué que l'argent d'autrui ne fait pas le bonheur. Quand ça devient notre argent, c'est bien agréable.

Le montage de cette exposition et la création de ces œuvres leur avaient surtout servi à vivre les débuts de leur histoire d'amour. L'énorme succès de la soirée augurait à merveille de leur avenir.

Le lendemain, qui était un samedi, tous les journaux consacraient leurs pages artistiques au triomphe de Françoise Desprès et de Lucien Théorêt. On saluait le grand événement historique qui couronnait admirablement la Révolution tranquille. Avec ce nouveau fleuron, le Québec ou le Canada, selon le penchant des chroniqueurs, pouvait se présenter la tête haute sur la scène mondiale grâce à la qualité de ses artistes.

Françoise, qui gardait toute sa tête, accueillait son succès avec un plaisir calme d'artiste au-dessus des critiques mesquines et des flagorneries élogieuses. Elle avait voulu attirer l'attention sur sa galerie, et elle savait que tous les peintres et sculpteurs montréalais rêvaient déjà d'y exposer. De son côté, un petit regret, insignifiant comme une épine, protégeait Lucien des abîmes de la vanité : il se tenait pour un poète plutôt qu'un sculpteur, même s'il ne manquait pas de talent pour se distinguer dans cette branche de l'art, alors que sa production littéraire laissait beaucoup à désirer. Cette avalanche de louanges, c'était comme si on publiait le théâtre de Picasso en mentionnant qu'il peignait parfois, comme si on exposait les dessins de Montherlant en rappelant qu'il s'adonnait à la littérature dans ses heures creuses, comme si on acclamait les spectacles intimes d'Ingres au violon, les scénarios de films d'aventures de Faulkner, l'action politique de Lamartine, les discours parlementaires de Hugo, en escamotant le reste de leur œuvre.

– Toi, tu ne perds rien pour attendre, dit Françoise, rassurante.

M. Desprès, qui comprenait la vie et voulait s'attirer l'affection éternellement reconnaissante de sa fille, leur offrit un cadeau qui, à l'époque, ne manquait pas de courage et d'intelligence : une fin de semaine tout seuls dans le chalet familial au bord de la rivière Richelieu. Les parents Théorêt, subjugués par le succès retentissant de leur fils, n'y trouvèrent rien à redire, bien que Lucien fût encore mineur. Pour une fois, ils savaient avec qui leur garçon sortait, comme on disait, et c'était quelqu'un de bien.

Françoise et Lucien, bien sûr, ne faisaient plus l'amour les deux pieds sur terre afin d'éviter de coucher ensemble et s'intéressaient au registre entier du *Kama Soutra*. La jeune fille avait suavement mis fin à sa liaison platonique avec Arthur lorsque ce dernier lui avait annoncé son intention de s'inscrire à l'Université Laval, que fréquentait aussi une douce Québécoise qu'il venait de rencontrer. Mais, jusqu'à ce jour, les deux amoureux n'avaient pas trouvé pour leurs tendres ébats d'endroit plus confortable qu'un tapis moelleux dans un coin de la galerie.

Il n'est pas utile de s'attarder sur l'usage passionné qu'ils firent du lit des parents de Françoise ni sur le nombre des préservatifs dont ils jalonnèrent leur fin de semaine. Ils passèrent deux jours et trois nuits au paradis, qui dans leur cas ne relevait pas d'une conception métaphysique.

Le lundi matin, sur le chemin du retour, Françoise qui avait emprunté la voiture de son père, s'arrêta devant le restaurant d'un motel de Longueuil.

– J'ai drôlement envie d'un café, déclara-t-elle, dissimulant une féroce envie de rire.

– Nous venons de déjeuner, rappela-t-il.

– Je veux bien, mais on n'avait pas le journal.

Il la suivit, les sourcils froncés en point d'interrogation. À la caisse du casse-croûte, Françoise demanda si Christine avait laissé un journal à son intention. La caissière lui tendit un exemplaire du *Devoir*.

Ils commandèrent un café. Tout à fait déboussolé, Lucien lui demanda pourquoi diable elle se faisait apporter un journal par Christine alors qu'elle pouvait se le procurer dans n'importe quelle tabagie.

– Ce n'est pas un journal, mon amour, c'est un incunable. Enfin, dans son genre.

Lucien ouvrit le journal et lut, en première page, les énormes manchettes du jour : **LUCIEN THÉORÊT, GRAND PRIX NAKAZAWA**.

Époustouflé, il commença à lire : *Le Grand Prix littéraire Nakazawa, le plus sérieux concurrent du prix Nobel, a été décerné au grand poète montréalais Lucien Théorêt. Son œuvre, écrite à dix-huit ans...*

Contrairement à ce que pensait Lucien, il ne s'agissait pas d'un coup magistral de Christian Vasneil. Dans la voiture, Françoise, entre deux hoquets de rire, lui expliqua comment elle avait manigancé l'opération avec Christine, qui connaissait Beaufort, qui connaissait tout le monde au *Devoir* et dans les autres journaux. L'idée du canular revenait à Edmond Beaufort, qui avait voulu mettre fin à sa carrière de critique littéraire en inventant un auteur et son œuvre. Quelle belle façon de donner suite à son article dans *La Presse* ! Il avait alors pensé au richissime industriel et philanthrope Tatsuo Nakazawa, ancien yakuza soucieux d'affermir sa respectabilité et de faire oublier son passé douteux durant la guerre, qui venait de créer une série de prix imposants pour se fabriquer une honorable réputation planétaire. Mieux doté que le Nobel, le prix Nakazawa consistait en une rente viagère de cinquante mille dollars américains, ce qui représentait alors une fortune annuelle, dûment indexée afin de compenser les avatars de l'inflation. Grâce à la complicité d'un linotypiste, Beaufort avait fait tirer une première page à l'intention exclusive de Lucien, se rappelant un vieux président argentin pour qui ses collaborateurs produisaient une édition unique du plus grand quotidien de Buenos Aires, dont les nouvelles remaniées le rassuraient sur l'excellent état des affaires du pays.

Contrairement à ce que pensait Françoise, ainsi que Beaufort également, une erreur se produisit à la dernière étape et le tirage complet du *Devoir* annonçait à la population que le plus prestigieux des prix littéraires, destiné à éclipser le Nobel, venait d'être décerné au grand poète Lucien Théorêt. *La Presse* fit recomposer en catastrophe sa première page : **LUCIEN THÉORÊT, GRAND PRIX INTERNATIONAL À DIX-HUIT ANS.** Comment ne pas excuser cette légère erreur biographique de la part de journalistes habitués à avoir les coudées franches avec la réalité ? Tous les journaux québécois et canadiens leur emboîtèrent le pas. La nouvelle fut reprise par l'Agence France Presse, ainsi que par Reuters, l'Associated Press et la United Press International. Après avoir vertement sermonné leurs correspondants à Tokyo, qui, avec une négligente incurie, s'étaient fait damer le pion par des journalistes montréalais, toujours à la fine pointe de l'actualité, ces agences assurèrent la diffusion de la nouvelle dans tous les journaux, radios et télévisions du monde.

Lucien, préparé de longue date à affronter avec sérénité les étranges va-et-vient de la réalité, se montra à la hauteur de la situation. Il accepta toutes les demandes d'entrevue, heureusement peu nombreuses, car les nouvelles littéraires ne font pas longtemps la manchette, et multiplia les déclarations qu'on attendait de lui, faisant preuve de simplicité et de modestie dans le triomphe. Que ses œuvres fussent introuvables ne dérangeait personne, les commentateurs littéraires n'hésitant jamais à parler de livres qu'ils ne prenaient pas la peine de lire. Les critiques les plus émérites leur facilitaient la tâche : « J'ai toujours dit que, si un auteur québécois devait obtenir le Nobel ou, encore mieux, le prix Nakazawa, ce serait Lucien Théorêt » ; « Quand j'ai lu son œuvre, j'ai été un des premiers à y reconnaître sa profonde qualité humaine et sa gigantesque valeur artistique » ; « Comment s'étonner qu'il ait incombé à un poète de dix-huit ans d'exprimer la nature intime d'un pays rajeuni, renouvelé, tourné vers son avenir ? » ; « Il n'y a pas une page, chez Lucien Théorêt, qui ne respire la sensibilité et la beauté des chefs-d'œuvre » ; « Moi, qui ai consacré ces dernières années à l'étude de son œuvre, j'affirme qu'on y trouve un point fort de la civilisation et l'essence éternelle de la nature humaine, telle qu'elle peut apparaître sous le regard neuf d'un adolescent génial. »

Pendant que Montréal et ses alentours immédiats et moins immédiats, de l'Ungava à la Louisiane, de Trois-Pistoles à Mexico et de Natashquan à San Francisco, en passant par Paris, Londres et Francfort, tombaient en pâmoison aux pieds de l'idole du jour, le temps de lire les entrefilets et de les oublier, des nouvelles inquiétantes provenaient de Tokyo. Comment comprendre ces messages sibyllins qui défiaient le bon sens et mettaient en question l'authenticité du récent prix Nakazawa ? Le maire de Montréal, qui venait d'approuver une vaste campagne touristique (« Visitez la ville de Lucien Théorêt ») donna un coup de téléphone discret et désespéré au premier ministre du Québec, qui suspendit la dernière querelle fédérale-provinciale pour s'entretenir de toute urgence avec le premier ministre du Canada, qui fit appel au gouverneur général, qui communiqua aussitôt avec la maison impériale japonaise. Quelques jours plus tard, l'homme à qui revenait la paternité de la découverte du grand poète, le célèbre Edmond Beaufort, débarquait à Tokyo. Grâce aux bons soins efficaces et empressés de l'ambassadeur du Canada, l'éminent critique rencontrait sur-le-champ les adjoints de Tatsuo Nakazawa responsables de l'attribution du prix.

– Nous sommes tous des confrères, déclara Beaufort, sans perdre de temps. Les rumeurs concernant la validité de votre choix, si elles prenaient de l'ampleur, discréditeraient le prix Nakazawa pour bien des décennies.

– Justement, il ne s'agit pas de notre choix.

– Ce Théorêt ne figurait même pas sur la liste des candidats.

– Franchement, il s'agit d'un canular monstrueux !

– Grotesque !

– Ahurissant ! Déplorable ! Infâme !

Edmond Beaufort, impassible, savoura son apéritif.

– Messieurs, dit-il, je vous ai compris. Examinons la situation. Je sais, comme vous, que jamais les journalistes n'accepteront de se dédire. Il y va de la respectabilité de la presse du monde libre.

– Ce n'est pas la seule presse !

– Bien sûr. Mais ne comptons pas sur la presse des régimes dirigistes, progressistes ou totalitaires pour changer de version lorsqu'on vient d'encenser un poète révolutionnaire.

Décidément, on était acculé au pied du mur.

– Mais, Monsieur Beaufort...

– Personne ne connaît l'œuvre de Lucien Théorêt...

– Comment pourrions-nous accepter... ?

Ils parlaient déjà au conditionnel. La partie était gagnée.

– Mesdames, messieurs, chers confrères, la généreuse philanthropie culturelle de l'honorable Tatsuo Nakazawa lui a mérité dans le monde entier une statue qu'il ne faut surtout pas ébranler. L'admirable institution que vous représentez ne saurait être secouée par si peu. Vous ne connaissez pas Lucien Théorêt, et c'est à votre honneur. Concentrons-nous sur l'essentiel. Vous voulez rivaliser avec le prix Nobel. Vos collègues suédois ont toujours su résister à la tentation de saluer des auteurs tels que Borges, Malraux, Montherlant, Tennessee Williams, et j'en passe, qu'ils ne trouvaient pas suffisamment à gauche. Vous avez voulu rétablir la balance. Conscients de votre vocation universelle, vous avez déjà couronné l'œuvre d'un sublime romancier guarani, d'un illustre dramaturge transylvanien, du plus grand écrivain du Bornéo, d'un admirable auteur katangais. En octroyant le prix à un poète québécois, vous avez l'occasion de consolider une tradition prometteuse.

– Mais c'est qui, Lucien Théorêt ?

– Pouvez-vous nous assurer qu'il est un homme de droite ?

– Pouvez-vous au moins nous confirmer qu'il n'est pas un homme de gauche ?

– Je vous assure que Lucien Théorêt est un esprit révolutionnaire libre de toute attache et de tout préjugé, qu'aucun mouvement de gauche ni de droite ne réussira à enrégimenter. Il possède à merveille une personnalité parfois gauche, mais souvent adroite. Quand on épouse les aspirations d'un peuple et la richesse de la condition humaine, on se situe au-delà des divisions politiques tout en les reflétant.

- Personne ne l'a jamais lu ! rappela un récalcitrant.

La sagesse la plus majestueuse illumina le visage de Beaufort.

– Qui a lu la majorité des récipiendaires du prix Nobel de littérature ? Il suffit de savoir qu'ils l'ont reçu, et de prétendre qu'on les a lus. C'est bien l'essence d'une réputation littéraire, n'est-ce pas ?

On n'osa pas le contredire. Une voix s'éleva pourtant, désemparée :

– Nous venions d'arrêter notre choix sur le grand poète papou Kiokio Samaka...

– Il a déjà été prévenu...

– Sa famille est au courant...

– Il est très connu dans son village...

– Et il a quatre-vingt-douze ans ! La déception le tuerait...

Beaufort hocha la tête, gravement.

– Il n'y a donc aucun problème, annonça-t-il.

– Mais...

– Lucien Théorêt, comme tout grand artiste, habite le monde de sa poésie. L'argent et les honneurs ne forment qu'un frisson sur la surface de l'immense océan de sa vie. Vous lui remettez la médaille, le ruban, le certificat, vous donnez vos instructions à la Banque de Tokyo pour le versement annuel du prix, et tout s'arrêtera là, en ce qui le concerne. Ensuite, vous envoyez des copies conformes, exception faite du nom, avec une autre rente viagère, à l'illustre Kiokio Samaka. Toute la Papouasie le célébrera comme il le mérite, bien à l'abri de l'influence pernicieuse de la presse internationale, toujours insensible aux aspirations du tiers monde et ignorante de ses réalités.

– Vous croyez que c'est possible ?

– Au fond, je vous propose la solution éternelle de la sagesse : ne rien faire. Monsieur Nakazawa peut s'offrir deux prix de cette valeur. Vos budgets n'en souffriront pas trop. Laissez donc courir l'histoire de Lucien Théorêt, et menez à bien vos démarches concernant Kiokio Samaka.

Un profond soupir de soulagement accueillit ces propos. On festoya toute la soirée dans une allégresse confraternelle. Avant de se quitter, un digne professeur posa une dernière question :

– Dites-nous, cher ami, Lucien Théorêt est-il un grand poète ?

– À notre époque, et partout dans le monde, affirma Beaufort, en pesant bien ses mots, on ne saurait trouver mieux, dans son genre. Son œuvre constitue une exploration géniale de territoires littéraires encore vierges. Elle recrée, par la magie de l'art, l'immensité du vide cosmique et la nature fondamentale des préoccupations humaines.

Ces paroles, dûment transcrites, figurent dans les archives de la Fondation Nakazawa et seront tôt ou tard reprises dans tous les grands dictionnaires et les meilleures encyclopédies, perdues dans les pages qu'on lit rarement. L'honorable Nakazawa, qu'on avait dû consulter, trouva l'histoire très drôle et approuva la solution. Pour lui, c'était de l'argent de poche. On lui doit aussi la création du *Musée Théorêt*, à Tokyo, qui héberge les plus belles pièces des œuvres de Lucien Théorêt et de Françoise Desprès.

L'affaire du prix littéraire céda vite la place à des nouvelles plus accrocheuses et on finit par l'oublier. Les années ont passé, tout simplement. Émergeant de son singulier parcours de jeunesse, Lucien a suivi d'autres chemins, de la même façon que les dinosaures sont devenus des oiseaux et qu'une graine se transforme en rosier. Encore aujourd'hui, quand il songe à ses jeunes années, Lucien affiche un tendre sourire qui finit invariablement par se poser sur le visage exquis de Françoise. Tortueux et incohérents, les chemins du destin conduisent quand même à des îles merveilleuses. On apprend à vivre comme on peut, ballotté entre des rochers glauques et des plages étincelantes, et chacun fait ce qu'il veut de ses blessures et de ses joies. Lucien Théorêt a su se servir de ces ingrédients pour devenir un homme heureux et épanoui, solidement installé dans la douce beauté de l'existence, et la Banque de Tokyo lui rappelle régulièrement qu'il n'a pas rêvé les péripéties qui ont jalonné les débuts de sa vie.

TABLE DES MATIÈRES

La production de ce titre sur du papier Rolland Enviro 100 Édition plutôt que du papier vierge réduit votre empreinte écologique de :

Arbre(s) : 8
Déchets solides : 239 kg
Eau : 22 573 L
Émissions atmosphériques : 524 kg

Imprimé sur Rolland Enviro 100, contenant 100% de fibres recyclées postconsommation, certifié Éco-Logo, Procédé sans chlore, FSC Recyclé et fabriqué à partir d'énergie biogaz.

CET OUVRAGE, COMPOSÉ EN GARAMOND PREMIER PRO,
A ÉTÉ ACHEVÉ D'IMPRIMER SUR LES PRESSES
DE L'IMPRIMERIE TRANSCONTINENTAL MÉTROLITHO,
SHERBROOKE, CANADA
EN JUIN DEUX MILLE DIX
POUR LE COMPTE
DE MARCEL BROQUET ÉDITEUR